I0645665

Novelettes and Short Stories

Hrachya Kochar

ՎԻՊԱԿՆԵՐ ԵՎ ՊԱՏՄՎԱԾՔՆԵՐ

ՀՐԱՉՅԱ ՔՈՉԱՐ

Novelettes and Short Stories

Copyright © 2014, Indo-European Publishing

All rights reserved.

Contact:
IndoEuropeanPublishing@gmail.com

ISNB: 978-1-60444-817-7

Վիպակներ և պատմվածքներ

© Հնդեվրոպական Հրատարակչություն, 2014

Հրատարակված է Ամերիկայի Միացյալ Նահանգներում:

Կապ՝

IndoEuropeanPublishing@gmail.com

ISNB: 978-1-60444-817-7

ԿԱՐՈՏ

ԳԼՈՒԽ ԱՌԱՋԻՆ

Գյուղն Արազի ափին էր։

Գարնանը, երբ վարարում էր գետը, տանը նստած՝ կլսեիք նրա ալիքների մռնչյունը, ուշ աշնանը՝ նրանց մեղմիկ ծփանքները։ Առավոտ շուտ Մասիսն ու Բարդուղյան լեռներն այնքան մոտիկ ու հստակ էին երևում, որ թվում էր, թե ձեռքդ պարզես՝ նրանց լանջերից մանդակ ու խավրծիլ կքաղես։ Բայց ամենից շատ Մայր Արաքսն ու Հայկական լեռները, այդքան մոտիկ ու այդքան հեռու, գեղեցիկ էին երևում ամռան լուսնյակ գիշերներին։

Գյուղում ոչ ոք դաշտապահ Առաքելի նման չէր տեսնում ու չէր զգում այդ գեղեցկությունները, չնայած չկար մարդ, որ իրեն ավելի խելոք չհամարեր նրանից ու չծաղրեր նրան։ Գուցե պատճառը դա էր, որ, վեց ու կես տասնամյակ աշխարհում ապրելուց հետո էլ, Առաքելը խուսափում էր մարդկանցից, լուռ էր մնում նրանց շրջանում և եթե խոսելիք էր ունենում, խոսում էր կամ անասունների, կամ դաշտերի հետ։ Նրանց էր պատմում իր մտքերն ու մտադրությունները, իր վշտերն ու ցավերը։ Եվ, ինչ թաքցնենք, այդ ամենի համար ծաղրում էին Առաքելին, նրա «մի տախտակը պակաս» էին համարում։

Անարդար էին։ Առաքելը պակասավոր մարդ չէր։ Պարզապես նրա բնավորությունն էր այդպես։ Մենակություն էր սիրում ու լավ էր զգում իրեն հանդ ու դաշտում, մարդկանցից հեռու։ Իր ամբողջ կյանքում նա դաշտապահ էր եղել, պաշտպանել էր ցանքսերն ու մարգագետինները նախիրներից, լուսաբացից մինչև արևամուտ, մահակը ձեռքին քայլել էր հովտից հովիտ, սարավանդից սարավանդ։ Հանգստացել էր՝ ժայռերի տակ խոնավ կանաչի վրա փռվելով, կամ գետափին՝ ականջը ձայների, հայացքը՝ զուլալ ալիքներին: Ասում էին, որ նրա հայրն էլ դաշտապահ է եղել, պապն էլ: Ուրեմն բնության սերը ժառանգական էր Առաքելի մեջ, գալիս էր պապից ու հորից: Եվ հիմա, երբ նա արդեն, ինչպես գյուղում էին ասում, «ղուռուխչի» չէր այլևս, տխրում, ձանձրանում էր: Ու դարձյալ դաշտ էր գնում, ժամերով թափառում արտերում: նայում էր, թե որտեղ ինչպես են աճել ցանքսերը: Նստում էր թմբերի վրա, նայում հեռաստաններին, Մասիսներին ու Բարթուղյան լեռներին: Աչքերը կկոցած, արևելքից արևմուտք ձգվող լեռների կույտերի մեջ որոնում էր այն գյուղերը, որոնցով քանիքանի անգամ էր անցել «երկրից» այստեղ և այստեղից երկիր վերադարձել: Հիմա «երկիրը» հեռու էր ու անհասանելի, բայց աչքիդ առաջ: Կարող էիր միայն նայել հարազատ վայրերի կողմը: Եվ Առաքելը նայում էր՝ առավոտ, երեկո, գիշեր, ցերեկ:

Ամռան գիշերները շոգին դիմանալու համար քնում էին տափակ կտուրներին: Ի՜նչ գեղեցիկ էր աշխարհը: Լուսնի շողերը փշրվում էին գետի ալիքների մեջ, հայելու հազարավոր կտորտանքների նման փայլփլում էին՝ շողքեր նետելով երկինք, Մասիսները ոտից գլուխ սպիտակ, լուսեղեն, երկնքին միացած, մոտենում, կանգնում էին ուղիղ Արազի էն ափին: Առաքելի աչքերի մեջ: Թե սիրտ ունես, դիմացիր: Ուրիշները, օրվա աշխատանքից հոգնած, դադրած, քնում էին խոր քնով, իսկ Առաքելը քնել չէր կարողանում: Նայում էր կաթնագույն մշուշի մեջ լողացող լեռներին ու մեկիկ-մեկիկ հիշում էր նրանց վրայով անցնող ճանապարհները, կածաններն ու արահետները: Մտքով քա՜նի հազարերորդ անգամ անցնում էր այդ ճանապարհներով, իջնում լեռների մյուս երեսը: Քորուն ու Մուսուն գյուղերի կանաչ, տարածուն մարգագետիններով, Արծափ բարձրադիր գյուղի մոտով, արծաթաշող գետափերով գնում էր, գնում, բարձրանում ծանոթ լեռներն ու իջնում ճանաչ հովիտները: Եվ հասնում էր «երկիր», իրենց, գյուղը, ուր դաշտերի, արտերի ու մարգերի տերն էր եղել վաղ պատանեկությունից մինչև գաղթը, ուր որոտում, սար ու ձորով մեկ դմդմբում էր նրա ձայնը, և, այդ ձայնից սարսափած, հովիտներից լեռներն էին փախչում մարդ ու անասուն, դող ու գազան:

Նրա երևակայության մեջ այնտեղ հիմա դաշտերն անտեր էին, լուռ ու ամայի, ձորերում միայն ոռնում էին քաղցած գայլերը, գյուղերն անտեր, «խարաբա», հուռթի խոտերն ու եղինջները ծածկել էին տները, աղբյուրների ակունքները փակվել էին, նրանց առջևի գուռերը մամռոտել: Այդպես, և միայն այդպես էր պատկերացնում Առաքելը՝ իրեն հարազատ «երկիրը», ու սիրտը ներսում վառվում, խորովվում էր: Եվ ոչ ոքի մի խոսք չէր ասում այդ մասին, ոչինչ չէր ասում նույնիսկ որդիներին՝ Արամին ու Տիգրանին:

Արամը գյուղական խորհրդի նախագահն էր, զբաղված էր մեծմեծ գործերով: Տիգրանը գյուղի «կոմսոմոլների» քարտուղարն էր: Տոն օրերին տղաները գյուղի հրապարակում ճառեր էին ասում խորհրդային իշխանության մասին, որ ժողովրդին փրկեց կոտորածից ու սովից: Որդիների պատվի համար, թե նրանցից վախենալով, հիմա Առաքելին առաջվա պես չէին ծաղրում: Ճիշտն ասած, ինքն էլ իր տղաներից քաշվում, վախենում էր իր հարազատ որդիներից: Չէր հետաքրքրվում նրանց գործերով, գյուղի վեճերով ու աղմուկներով, չնայած թաքուն, հոգու խորքում հպարտանում էր, որ մեծ ու փոքր լսում էին Արամին, որ ջահելների մեջ բոլորից աչքաբաց տղան, ասում են՝ իր Տիգրանն է: Չէր բացվում տղաների մոտ մանավանդ մի երկու տարի առաջ եղած մի վեճից հետո: Երկու տարի առաջ, ամեն անգամվա պես պատի տակ, արևի դեմ՝ կոճղի վրա նստած, նայում էր լեռներին: Ու խորին հառաչանքով ինքն իրեն, ինքն իր համար շշնջաց.

- Վա՜յ, ընկեր Ստալին, բալքի դու լե քո թախտից գլորիս, հորի՞ մեր երկիր թողեր իս թուրքին...

Արամը լսեց, բարկացավ հոր վրա, խիստ խոսքեր ասաց նրան: Երեկոյան Տիգրանն էլ եկավ տուն: Երկու եղբայր միացան իրար, ինչ ասես որ չասացին հորը: Մայրն էլ տղաներին էր պաշտպանում, հարձակվում էր Առաքելի վրա:

Բարկացած որդիները հորը բացատրում էին, որ այդ խոսքը լսողները խորհրդային իշխանության հակառակ մարդ կհամարեն նրան ու տղաների վրա էլ կկասկածեն, որ այդ խոսքը, իսկապես, թշնամու խոսք է, և իրենց հայրն անխելք լինելով՝ կրկնում է:

Վեճն ու կռիվն այնտեղ հասան, որ Առաքելը զղջաց իր գործած մեղքի համար, թողություն խնդրեց որդիներից:

- Ես անուսում մարդ իմ, մատաղ: Ձեր հոր ներող եղեք... Երդում կենիմ, լաո, որ ոչ հակա իմ, ոչ լե թշնամի... Էդ խոսք լե ուրիշի խոսք չէր, իմ սրտեն ելավ...: Ես շնորհակալ իմ խորհրդային իշխանութենեն, դուրբան...: Թե որ մեր երկիր լե մի օր մըզի տան, ես լե բոլշնիկ կգրվեմ: Երդում կենեմ ձեր առաջ, մատաղ, որ կգրվիմ...

Առաքելը չհասկացավ, թե ինչու իր այդ անկեղծ, «սրտից» ելած խոսքերը նույնպես բարկացրին որդիներին:

- Դու քո տղերքի թշնամի՞ն իս, հալիվոր,-վրա տվեց կինը,- հորի՞ քու գլխուց դուրս բաներ կխոսաս: Ողորթ է, որ կըսին խելքից պակաս իս...:

Մի շաբաթից ավել որդիները հարազատ հոր հետ չէին խոսում: Դրսում էլ կարծես թե շփոթված ու վախեցած էին:

Եվ այդ օրվանից Առաքելը լուռ էր մնում նաև իր հարազատ ընտանիքում: Առաջվա պես ուրախանում, հպարտանում էր որդիների համար, բայց չէր բացում սիրտը նրանց մոտ, վախենում էր: Իսկ սիրտը հաճախ էր լցվում պռունկեպռունկ, լցվում էր տխրությամբ, կարոտով, խնդությամբ ու լացով: Այդպիսի դեպքերում առաջվա պես գնում էր դաշտերը, խոսում էր կանաչների ու ջրերի հետ, երկնքի, արևի, գետերի ու սարերի հետ: Շոյում էր, օրինակ, սիբեխի երկարավուն, մուգ կանաչ տերևը և քնքշությամբ հարցնում էր.

- Հորի՞ էս տարի նվազ իս, մատաղ... համբերե, քու հույս մի կտրե, միգուցե երկինք խղճա, անձրև ի տա քըզի...

Կամ նստում էր Արազից դուրս եկող առուների ափին, նրանց զուլալված ալիքներին նայելով, խոսում էր.

- Գինամ, մատաղ, Բինգյոլեն կիգաք...: Հազար երնեկ ձըզի, որ պագեր իք երկրի հողն ու կանաչ, անցեր իք մեր ձորերով ու դաշտերով... երկրի հովն ու զով բերեր իք ձեր հետ...

Ու բռով ջուր էր վերցնում, խմում էր ծարաված, կամ քսում շոգից այրվող դեմքին, հեռուներին նայելուց հոգնած աչքերին: Ու տուն էր վերադառնում ուշ երեկոյան, նստում էր դռան առաջ ընկած կոճղին, «ղույլասար» թութուն էր ծխում ու նայում աստղերին: Նույն աստղերն էին, ինչոր դեռ ջահել տարիներից տեսել էր երկրում. երկնքի նույն ճանապարհներով էին շարժվում: Միայն թե այդ աստղերն այնտեղ ավելի մեծ էին, ավելի փայլուն ու մոտիկ: Այստեղ աստղերը երկրից հեռու էին ու գունատ:

Երկար նայում էր երկնքին, նայում էր, նայում, ծխում ու մտածում: Հետո, եթե ամառ էր, բարձրանում էր տանիք, պառկում էր մեջքին ու մնում այդպես երկար, երկար: Տղաները տուն էին գալիս հաճախ կես գիշերն անց, գալիս էին բարձրաձայն խոսելով ու վիճելով: Մայրը վեր էր կենում, ուտելու բան էր տալիս նրանց ու գալիս, պառկում էր նրա կողքին, առանց հետը խոսելու, առանց մի բան հարցնելու, որովհետև գիտեր, որ Առաքելը պատասխան չուներ նրա հարցերին: Այդպես լուսադեմին կփակվեին աչքերը, որ առավոտ կանուխ վեր կենա, կովն ու հինգ ոչխարը դաշտ տանի, հեռանա մարդկանցից, ինքն իր հետ լինի, կովի ու ոչխարների, հանդերի ու դաշտերի հետ:

Այսպես անցնում էին օրեր, շաբաթներ, ամիսներ, տարի: Արամն ամուսնացավ, հարս բերին տուն: Մի տարի հետո նորածնի ճիչ լսվեց Առաքելի հարկի տակ: Տիգրանը գնաց քաղաք սովորելու, նոր մեքենաներ երևացին դաշտերում, նոր տներ ու դպրոց շինեցին գյուղում: Ամեն օր փոխվում էր մի բան, մյուսը մոռացվում: Նույնիսկ Առաքելի կինը` Սանամ մարեն, Արամի ու հարսի կամքով փոխել էր հին շորերը, նորերն էր հագել, որ բերել էին քաղաքից, գլխաշորերը հանել, գլուխը բաց էր ման գալիս: Իսկ Առաքելը դարձյալ նույնն էր, հաստ ու թավ, գորշ բեղեր, որ երկու կողմից իջնում էին ծնոտի վրա, գլխին հին, մորթե փափախ, որ դեռ երկրում ինքն էր կարել մի ամսական զառան մորթուց, բուրդը հիմա թափվել, սև կաշին էր երևում, ոտքերին տրեխներ էին և ձեռքին դաշտապահի հին, ավանդական մահակը:

- Մեր նախազահ Արամ դեռ աշխարհ չէր եկեր, որ Առաքել էդ փափախ կդներ, էդ կոպալ կառներ ձեռքն ու դաշտեր կիջներ,- ասում էին տարեկից ծերունիները բարի ծիծաղով:

Այդ խոսքերը լսում էր Առաքելն ու ոչ մի ուշադրություն չէր դարձնում:

- Այ հալիվոր, ամոթ է, գոնե քու տղերքի պատիվ պահե, վազիր-նազիր ին գեղի մեջ,- կշտամբում, համոզում, խնդրում էր Սանամը:

Բայց Առաքելը դարձյալ նույն Առաքելն էր մնում, ոչ կորցնում էր որևէ բան ունեցած չունեցածից, ոչ էլ նորն էր գտնում՝ նորացած աշխարհի մեջ: Գորշացել էին մազերը, կարծես մոխիր էին ցանել գլխին: Իսկ ուսերն ամուր էին, թևերն առնացի, կուրծքը՝ ժայռի պես անդրդվելի: Ծերանում էր, բայց չէր կռանում, հնանում էր, բայց չէր կոտրվում, վառվում էր, բայց չէր մոխրանում դաշտապահ Առաքելը:

Վաղուց բոլորն ընտելացել էին Արազի ափի իրենց նոր գյուղին: Ծիրան, դեղձ ու խաղող էին մշակում, որ չէին տեսել «երկրում», ուրախանում էին իրենց բերք ու պտուղով: Աշխատանքի ու նոր հոգսերի մեջ մոռանում էին, որ այս գյուղում հաստատվեցին երկրին մոտենալու համար, մոռանում էին հին տարազներն ու հայրենի բարբառները: Այդ ամենը տեսնում էր Առաքելը, հոգու խորքում ցավում էր, որ այդպես է, բայց չէր բողոքում, չէր ապստամբվում: Հանդի ու դաշտի մարդ, ի՞նչ է հասկանում աշխարհից:

Միայն մի անգամ չդիմացավ, տանը կնոջը թեթև ծաղրանքով ասաց.

- Սանամ, հորի՞ դու լե կոմսոմոլ չգրվիս...

Ակնարկում էր կնոջ նոր հագուստները, ակնարկում էր, որ գլուխը բաց տնետուն ու գյուղամեջ է գնում, տղաների ու հարսի կողմն է պահում: Լեզվանի Սանամը հասկացավ Առաքելին և, ինչպես միշտ, խոսքի տակ չմնաց.

- Սն գա վրե՛դ, դու լե ըսիս բա՛ն հասկցա աշխրքից, աշքխրքեն բեխաբար, խեղճուկրակ Առաքել: Ուրիշի լե կծաղրիս, երնե՛կ քըզի...

Հարսը ծիծաղեց, հավանություն տալով սկեսրոջ խոսքերին: Ինչպես միշտ, պարտվողն էլի Առաքելը եղավ: Սանամը դեռ պիտի շարունակեր:

- Լավ, լավ, իմ գոմեշ փախավ,- կտրեց Առաքելն ու մահակը վերցրեց,- գնա գրվի. քըզի արգելող չկա...:

Ու դուրս եկավ: Սարյակները ճռվողում էին տների քիվերին, կարմրում էին ծիրանենիների սաղարթները, վառվում էին կլորակ խարույկների պես: Օդը հստակ էր, լվացված բյուրեղապակու նման թափանցիկ, լեռները մոտեցել էին Արաքսի ափին: Կանգ առավ, նայեց, ով գիտի քանի հազարերորդ անգամ:

- Ո՞ւր կնայիս, Առաքե՛լ,- կանչեց նրա տարեկից, երկրից դեռ ընկեր-մտերիմ Մուշեղը,- քոռնաս լե, չտեսնիս, հո՞րի քու աչքեր կցավցուս...:

Առաքելը մեխվել էր կանգնած տեղում ու դառը ժպիտով նայում էր Մուշեղին, այն մարդուն, հին ընկերոջն ու տարեկցին, որին հավատում, վստահում էր, որի առաջ իր սիրտը չէր ծածկում, որի մոտ, եթե երկուսով էին, լուռ չէր մնում: Մուշեղն էլ երկրում դաշտապահ էր, հարևան գյուղացի: Այնտեղ ամեն օր հանդիպում էին իրար, մաղախներից հանում կարմիր գարե բոքոնները, լոռ ու պանիր ու որևէ բարձրադիր տեղ, ժայռի վրա նստած, ուտում էին, նայելով հեռուները ձգվող հովտին, որի մեջտեղով հոսում էր Մուրադ գետը՝ հայկական Արածանին, իսկ նրա ալիքների մեջ խայտում էին դեղնիկ ձկներ... Քա՛նի անգամ դաշտում սուփրա են բացել ինքն ու վանքեցի Մուշեղը, քա՛նի անգամ դեղնիկ ձուկ են խորովել միասին ու Նպատ լեռան լանջին նստած՝ նայել են դուրաններին՝ ցորենի կարմրած արտերին, մինչև ուշ աշուն միշտ կանաչ, շողացող մարգագետիններին, երկրի գույներին ու կապույտ, խոր երկնքին:

- Քոռնաս լե, չտեսնի՛ս,- կրկնեց Մուշեղը մտերմաբար, ցավով:

Առաքելը խոր հառաչեց.

- Քու բերան կոտրի, Մուշեղ, որ մեկ լե էդ խոսք չըսիս...

Ու երկուսով լուռ քայլեցին գյուղից դուրս: Քայլում էին կողք-կողքի, խոսում էին իրար հետ մտքով, ծխում էին ու հիշում հայրենի եզերքները:

Աշուն էր, դաշտերը դեղնել էին: Գյուղից դուրս կանգ առան, նստեցին մի թմբի, հայացքները դեպի հարավ: Ու երկուսն էլ այդ վայրկյանին տեսնում էին հայրենի գյուղերը. Վանք գյուղը՝ Նպատ լեռան ստորոտին, Դիտակը՝ դիմացի լեռների վրա, ուրկից երևում էր Ջիրավի դաշտը, որ սկսվում էր Նպատի ստորոտներից, երկարելով դեպի արևմուտք, գնում կորչում էր կա պույտ մշուշի մեջ, ձուլվում երկնքին: Հիշում էին արևածագերը, երբ նպատ լեռան ստվերը փռվում էր մարգագետինների վրա և Արածանու վճիտ ալիքներին, և վերջալույսերը, երբ կանաչ հովիտներն ու Արածանին հեղեղվում էին ծիրանիով:

Մինչև մթնշաղ նստեցին թմբին, և ոչ մեկը մի խոսք չարտասանեց: Աչելիքներն արդեն ասել էին իրար հանդիպելու առաջին րոպեներին: Լուռ գնացել էին դաշտ, լուռ էլ վերադարձան: Մուշեղի տան մոտ, իրարից բաժանվելու պահին Առաքելը շշնջաց.

- Վայ, քու բերա՛ն կոտրեր, Մուշեղ...

Մի քանի ժամ առաջ եղած խոսակցության վերջին արձագանքն էր դա:

Գիշերն անհանգիստ քնեց Առաքելը: Քնի մեջ խոսում էր ինքն իր հետ, անհասկանալի բառեր մրթմրթում, խորը հառաչում: Մի անգամ էլ գոռաց, ահեղ ձայնով, ինչպես այն վաղնջական օրերին, երբ տեսնում էր, որ նախիրները ոտնակոխ են անում ցորենի արտերը, և նրա գոռոցից դղրդում էին սար ու ձոր:

Սանամն արթնացրեց ամուսնուն.

- Ի՞նչ եղավ քըզի, հալիվոր...

Առաքելը աչքերը տրորեց, նայեց աջ ու ձախ, նայեց կնոջը:

- Ի՞նչ երազ տեսար,- կրկին հարցրեց կինը:

- Երկիրն էի գացեր, արտեր կավիրեին, հերսոտա...

- Սև՛ գա վրեդ,- ծիծաղեց Սանամը,- երկիր ըսելով պիտի մեռնիս...

Երկրորդ անգամ Առաքելը փնչալով, մռնչալով արթնացավ լուսադեմին:

- Ի՞նչ եղավ քըզի, մարդ...:

Առաքելը բարկացավ.

- Իյա՛, չթողիք երա՞զ լէ տեսնամ:

Մյուս գիշերն էլ ծանր գիշեր եղավ:

Սանամն արդեն անհանգստանում էր:

- Առաքել, դուրբան, ի՞նչ պատահավ քըզի...

Առաքելը շորերը հագավ, մահակը վերցրեց ու դուրս եկավ, նստեց դռան առջևի կոճղին: Սանամն էլ գնաց նստեց նրա կողքին: Մինչև այդ օրերը Առաքելը երբեք չէր գանգատվել անքնությունից: Ի՞նչ պատահեց, ի՞նչ եղավ:

Կնոջ հետ հոգով հաշտված, բարի, հանգիստ ձայնով Առաքելը բացատրեց.

- Իմ սիրտ կցավե... Երկիր ինձի կկանչե...

Սանամը վախեցավ: Հանկարծ «չծռի՞» Առաքելը: Եվ գորովանքով փաթաթվեց ամուսնուն:

- Ե՛լ, Առաքել, ե՛լ գնա դաշտն ման արի, զվռնե, միտքդ ու հոգիդ քիչ մ' հովցու...:

Առաջին անգամ չէր, որ «դուռուխչի» Առաքելը մահակն առած դաշտ էր գնում գիշերով:

Ղանդաղ վեր կացավ կոճղի վրայից: Գնաց:

Վերադարձավ տուն, երբ արդեն բարձրացել էր արևը:

ԳԼՈՒԽ ԵՐԿՐՈՐԴ

Այդ դեպքից մի քանի օր հետո, արևը դեռ չծագած, գյուղի ներքին թաղով մեկ լսվեց Սանամի ծղրտոցը: Հարևանները, ով արդեն շորերը հագած, ով շտապ հագնելով, վազեցին Առաքելի տան կողմը: Քանի գնում, Սանամի ծղրտոցն ավելի բարձր ու սուր էր դառնում, հասնում էր գյուղի հեռավոր տները:

Արազի ափի այդ մեծ գյուղն ամբողջովին իրար անցավ: Առաքելի տան առջև հավաքվեց մի ամբողջ ամբոխ՝ ծեր, երեխա, կին, տղամարդ: Սանամը հիմա երգելով գովում, գովասանում էր Առաքելին, ողբալով նրա կորուստը.

- Քո տանջված հոգուն մեռնիմ, Առաքել ջա՛ա՛ն...:

«Ջան»-ը երկարում էր, երկարում, զեղզեղում, թրթռում տանիքների վրա, ցնցող բոթի նման մտնում բակերը, քնից արթնացնում էր երեխաներին: Եվ գնալով ավելի ու ավելի էր ստվարանում ամբոխը դժբախտության հանդիպած տան առաջ:

- Ի՞նչ պատահավ քըզի, Առաքել ջան,- էս ի՞նչ սև բերիր մեր գլխուն, Առ-ա-քե՛լ...

Բայց իսկապես, ի՞նչ էր պատահել:

Սանամը պատմում էր երգելով:

- Իրիկուն Առաքել չկար: Ասի միգուցե գնացեր է դուրս Հովնալու...: Գիշեր ելա նայեցի՝ չկար...: Լուսադեմին նայեցի՝ չկար...: Չկա՛, չկա՛, Առաքել չկա...: Մեր տուն քանդեց, մեր գերաններ փլցո՛ւց, Առա-քե՛լ...:

Արամը բարկանում էր մոր վրա, որ լռի, ամբոխին առաջարկում էր, որ ցրվեն: Բայց ոչ Սանամն էր լռում, ոչ ամբոխն էր ցրվում: Ընդհակառակն՝ ավելի ու ավելի էին շատանում մարդիկ, գալիս էին գյուղի ամենահեռու ծայրերից: Արամի հրամանով մի քանի հոգի վազեցին գյուղի բոլոր կողմերը՝ շրջակայքը նայելու: Չէ՞ որ Առաքելը սովորություն ուներ նույնիսկ գիշերները դաշտ դուրս գալու:

Ոչ մի հետք չգտնելով, վերադարձան: Վերադարձան նաև այն տղաները, որոնց Արամը հարևան գյուղն էր վազեցրել, ստուգելու, թե հայրն իր ամուսնացած աղջկա տունը չի՞ գնացել: Ո՞վ գիտի, երևի խելքը փչել է ու մահակն առել, գիշերով գնացել է աղջկա մոտ: Այնտեղ էլ չէր եղել: Աղջիկն, ասել էր, թե մի տարի կլինի հայրն իրենց կողմերում չի երևացել:

Լաց ու կոծից Սանամի շունչն արդեն կտրվում էր: Արամը, վերջապես, կարողացավ դաշտ քշել ժողովրդի մի մասին՝ բամբակ հավաքելու, տարեցները մնացին բակում գլխահակ կանգնած: Արամը հիմա նստել էր դռան կոճղին, որտեղ հայրն էր նստում միշտ, գլուխն առել էր ափերի մեջ ու մտածում էր: Նրա կողքին նստել էր վանքեցի Մուշեղը, լուռ չիբուխ էր ծխում :

Ոչ ոքի մտքով չէր անցնում, թե ինչ պատահած կլինի Առաքելի հետ: Ենթադրությունները խելքից ու մտքից այնքան հեռու բաներ էին, որ ոչ ոք բարձրաձայն չէր ասում, գուցե գիշերը դաշտում գազաննե՞րն են հոշոտել, գուցե սպանե՞լ են, կամ գուցե Արա՞զն է զցել իրեն: Բայց ո՞ր գելն ու բորենին կարող էին հոշոտել «ղուռուխչի» Առաքելին, ինչո՞ւ պիտի սպանեին նրան, ո՞ւմ ինչ էր արել խեղճուկրակ Առաքելը, Արազն էլ ինչպե՞ս կարող էր նրան խեղդել, ուշ աշնան այս օրերին քչացած, ծանծաղացած, լռիկմնջիկ Արազը:

- Է, լավ, ո՞ւր պիտի երթար, ի՞նչ պիտի պատահեր,- քրթմնջաց ծերունի Մուշեղը, բերնից «ղույլասար» թութունի մուգ ծուխ բաց թողնելով բեղերի ու հոնքերի դեղնացած մազերի մեջ:- Ո՞ւր կորավ: Մարդ լե կորի՞, մարդ չոփ չէ, ասեղ չէ, թել ու սամթել չէ՛: Մարդ ինչպե՞ս պիտի կորի:

Այդ կարեկցական, տխուր խոսքերն ավելի բորբոքեցին Սանամին: Շրջազգեստի փեշով աչքերը ծածկելով, նա դարձյալ սկսեց երգով ողբալ Առաքելի բախտը:

- Բավական է, մարե, վերջ տուր,- համբերությունն արդեն հատած, բարկացավ Արամը: Նրան թվում էր, թե ինչ որ դավադրություն է կատարվել իր դեմ, որից տեղյակ են այս ծերուկ Մուշեղը, որ այսպես անմեղանմեղ խոսում է, և իր մայրը, որ այսպես գյուղով մեկ ողբում է: Չէ՞ որ ուրիշ անգամ էլ հայրը, առանց մեկի բան ասելու, որևէ գյուղ էր գնացած լինում ու վերադառնում էր երկուերեք օր հետո: Այս անգամ ինչո՞ւ այսպես լաց ու կոծ, սուգ ու շիվան սկսվեց:

Որպես պատասխան տղայի սաստող խոսքերին, մայրն սկսեց երգել.

- Քու խիղճ քըզի չ'տանջե՞, անաստված, հո՞րի քու հոր տնեն դադարգուն էրիր, սար ու չոլ զցեցիր, անխիղճ որդի, անաստված զավակ...:

- Համբերե, Սանամ, համբերե,- միջամտեց Մուշեղը,- էդ խոսք չէ, որ կըսիս Արամին... Արամ ի՞նչ մեղավոր է...

Մարդիկ լուռ ցրվում էին և հենց Առաքելի տնից հեռանում էին թե չէ, սկսում էին աշխույժ խոսել, ենթադրություններ անել.

- Իրեն թալեր է Արազ, ինչ կուզիք, ըսեք...:

- Հա՛, վալա՛, թալեր է:

- Չէ ջանըմ, Առաքել խեղդվող չէ, գնացեր է սարեր:

- Մե փոս ու արխի մեջ քներ է, հլա յոթ օր, յոթ գիշեր պտի քնած մնա...:

- Մըսրա Մելիքի պես:

- Երկիր մի անգամ դաշտի մեջ քուն կտանե, կքնի: Կարթըննա, կտեսնի գիշեր է, երկինք լիք աստղեր: Կըսե թող լուս բացվի, հելնիմ: Մեկ լե կարթննա, կտեսնի որ դեռ լուս չի բացվեր, էլի կքնի: Յոթ օր, յոթ գիշեր ցերեկ քնած կմնա, գիշեր կզարթնի... Քներ է էլի, մի փոսի մեջ, մի թմբի տակ քներ է... հլա վեց օր վեց գիշեր լե պիտի քնի:

- Գնացեր է Սնանա կողմեր նախրորդ, յա դուռուխչի դառնա: Էստեղ կամչնար, տղեն նախազահ էր...

- Ի՞նչ գինաս, տղա:

- Գինամ, որ կըսիմ... Էստեղ կտխրեր, շունչ կկտրվեր...

Ամենից հավանական թվացող այս ենթադրությունն անմիջապես տարածվեց գյուղով մեկ, բերնեբերան անցավ, ծավալվեց, մեծացավ: Իբր թե Առաքելն ասել է՝ «ի՞նչ էնիմ, որ իմ տղեն նախագահ է, տղեն իր տեղ, ես՝ իմ տեղ»: «Ես չեմ կրնա,- ասել է,- ապրիմ իմ տղի շուքի տակ, ես պիտի իմ կոպալն առնիմ դաշտ երթամ, ղուռուխչի եղնիմ, կամ նախրորդ: Էստեղ իմ տղի պատվի համար ամոթ է, ուրիշ տեղ կերթամ, որ ընձի չճանչնան...»:

Ու կոպալը վերցրել, գլուխն առել գնացել է, հա՜յ գիդի, Առաքել, հա...:

Հավատալով իրենց երևակայության հյուսած պատմությանը, մեկերկու ժամ հետո արդեն ավելացնում էին, թե Էջմիածնի մոտ Առաքելին տեսնող է եղել ու Առաքելը խնդրել, պաղատել է, որ գյուղում ոչինչ չպատմեն: Մի ուրիշի էլ ասել է, թե ուխտ է գնում Էջմիածին ու այնտեղ պիտի հայոց կաթողիկոսին ծառա դառնա, միայն թե տղաները չիմանան, չբարկանան:

Ամեն մեկը մի նոր բան էր ավելացնում եղածի վրա և այսպես, մի օրվա ընթացքում ծնվում ու ձևավորվում էր մի ամբողջ կենդանի ու ճյուղավորված հեքիաթ: Այդ հեքիաթն ավելի պիտի մեծանար ու ծավալվեր մինչև իրիկուն, եթե հանկարծ անսպասելի գյուղը չլցվեին ձիավոր սահմանապահները: Չորս զինվոր և երկու հրամանատար ցած իջան գյուղական խորհրդի դռան առաջ, կանչեցին Արամին ու գյուղի մյուս կուսակցականներին:

Հյուսված առասպելը ջրվեց: Հիմա նորը պիտի ծնվեր: Իսկապես, կես ժամ հետո գյուղում թնդաց նոր բոթը՝ Առաքելն Արազն անցել, փախել է երկիր...

Դա արդեն հեքիաթ չէր, առասպել չէր: Սահմանապահները գտել էին Առաքելի ոտնահետքերը: Արազի այս ափին գտել էին նաև դեղձի կորիզները մոմած թելի վրա շարած մի թազբեհ, որ Առաքելինն էր, բոլորը ճանաչում էին:

Այդ բոթն ամենից անսպասելին էր և շշմեցրեց ու վախեցրեց բոլորին:

Ամեն մեկն իր տունը մտավ, որ խոսք ու զրույցին չմասնակցի, իր ենթադրություններն ուրիշներին չասի, ուրիշների կարծիքները չլսի ու ինքն էլ կարծիքներ չհայտնի:

Լռություն իջավ Արազի ափի այդ գյուղի վրա: «Երկրի» գրեթե բոլոր գյուղերից գաղթականներ էին հավաքվել այստեղ հազար ինն հարյուր տասնութ-քսան թվականներին, հույս ունենալով, թե «երկիր երթալ» կլինի ու իրենք առաջինն Արազը կանցնեն, իրենց երկակնանի սայլերն առաջինը կճռնչան ճանաչ ճամփաների վրա: Իսկապես՝ տարազների բարբառների խառնարան էր այս գյուղը. ամեն թաղը մի աշխարհ էր, որ երկար տարիներ պահում էր իր դեմքն ու իր գույնը: Հիմա արդեն բոլորը ձուլվում էին իրար: Այստեղ գալուց առաջ միմյանց անծանոթ մարդիկ հիմա հարազատացել էին՝ դառնալով իրար քավոր ու սանահեր, խնամի-բարեկամ: Ուրիշ տեղերում չէին հիշում արդեն իրենց ծննդավայրերը, նոր գյուղի անունն էին տալիս, իսկ ներսում ազգանունների փոխարեն միմյանց հին գյուղերն էին հիշվում՝ Քորունցի Վահան, Մուսունցի Արսեն, Վանքեցի Մուշեղ...:

Տարեցներն ամեն օր հիշում էին իրենց երկիրը, բայց վախենում էին խոսել, որովհետև բարեկամություն կար պետությունների միջև, վերադարձից ու հույսից խոսելը դատվում ու դատապարտվում էր:

Բայց ահա գտնվել է մեկը, որ խախտելով պետությունների սահմանները, «երկիր է գնացել»...:

- Վա՛յ, Առաքել, Առաքե՜լ,- իրենց տներում փակված գլուխներն օրորում էին ծերունիներն ու զոռ էին տալիս չիբուխներին,- Ինչպես դու արնախում թուրքի մոտ գնացիր, տնա՛ քանդ Առաքել...

Սահմանապահները հեռացան գյուղից, իրենց հետ տանելով նախագահ Արամին ու Սանամին: Տներից դուրս եկան գյուղացիները, լցվեցին փողոցներն ու նստոտեցին պատերի տակ ձգված գերաններին ու կոճղերին:

- Ի՞նչ արիր, ծուռ Առաքել,- փնթփնթաց վանքեցի Մուշեղը,- խեղճ Արամին վայ թե կասկածին քո պատճառով...

- Կկասկածին, պաշտոնից լե կհեռացուն,- ավելցրեց

Մուշեղի կողքին նստած մի ուրիշը,- էստեղ ին ըսե՝ ծուռ որ մի քար զցե հոր, հազար խելոք չկարնան հանին: Իր նազիր-վազիր տղերքի անուն անպատվեց...

- Վայ թե Առաքելի խելք խախտվեր էր,- կարծիք հայտնեց մի երրորդը:

Ու սկսվեց նոր վեճ ու աղմուկ: Որ Առաքելի խելքը կարող էր խախտված լինել, հավանական էր թվում շատերին: Չէ՞ որ առանց այն էլ այդ խելքն ամուր չէր նստած իր տեղում: Խելքը գլխին մարդը կվերկենար ու գնար թուրքերի մո՞տ, թողներ տուն ու տեղ, կին, զավակներ ու դավաճան դառնա՞ր:

Այդ միտքը հայտնեց Վանքեցի Մուշեղի կողքին, կոճղին նստած Ոզմեցի Ենոքը...

Մուշեղը չիբուխը հեռացրեց բերանից ու զարմացած նայեց զրուցակցին: Աշխատելով զսպել բարկությունը, նա հանգիստ, ցածրաձայն հարցրեց.

- Դու ի՞նչ զինաս թուրքերի մոտ է գնացեր, Կոլոտ Ենոք: Ի՞նչ դինաս դավաճաներ է...

- Բա հորի՞ Արազն անցեր է, էն կողմ...

- Ինչ զինաս անցեր է: Թէ որ անցեր է՝ քո ի՞նչ գործն է...:

Ոզմեցի Կոլոտ Ենոքի տղան, որ մյուս ջահելների հետ ծերունիների առջև կանգնած լսում էր նրանց, խորամանկ ժպտալով հարցրեց.

- Քեռի Մուշեղ, եթե քո կարծիքով Առաքելը դավաճան չէ, թուրքերի լրտես չէ, բա ի՞նչ է, բոլշևի՞կ է...:

Ծերունին զունատվեց.

- Առաքել քու հոր հասակին էր, լաո,- ասաց նա,- քու բերան պատվով բաց էրա: Էս քու հոր հետ է կխոսիմ, քի հետ չեմ խոսա, Շիլ Գարե...

Այդ խոսքերից վիրավորվեց Գարեն: Ուզեց պատասխանել բայց հայրը վեր կացավ ու շրխկուն մի ապտակ հասցնելով քսանհինգ տարեկան կուսակցական որդուն, հեռացրեց զյուղամիջից:

Գարեն մի անզամ միայն շուռ եկավ ու սպառնաց ծերուկին.

- Ես հետո կխոսամ քու հետ:

Մուշեղի երկու որդիներն էլ զգաստացան: Մեծը պատասխանեց.

- Արի հիմա խոսինք...

Մուշեղը վեր կացավ կոճղի վրայից:

- Երթանք տուն, լաո, շառից հեռու եղեք...

Երեկոյան սահմանապահ զինվորները եկան, իր տնից տարան նաև Վանքեցի Մուշեղին:

Դա էլ նոր բոթ էր, ավելի անհավատալի, ու դրա համար՝ էլ ավելի երկյուղալի:

Հետնյալ օրը Մուշեղի որդիներն սպառնում էին Ռզմեցի Ենոքի տղային, Գարեին, որին Շիլ Գարե էին ասում՝ մի աչքը շեղ լինելու պատճառով: Իրենց հոր բանտարկության համար նրանք Գարեին էին մեղավոր համարում երեկվա վեճից հետո: Գարեի ազգականներն էլ, որ քիչ չէին գյուղում՝ պատրաստ էին պաշտպանելու նրան: Նրանք իրենց հոգում նույնիսկ ուրախացել էին դեպքերի համար, մտածելով, որ հիմա, եթե Արամին հեռացնեն նախագահի պաշտոնից, Գարեն կդառնա նախագահ, գյուղի իշխանությունը ռզմեցիների ու արճեշցիների ձեռքը կանցնի:

Մի քանի օր շարունակ գյուղը լարված, տագնապալի դրության մեջ էր: Արամին, իր մորն ու վանքեցի Մուշեղին տարել էին Երևան:

Ծերունիներն այլևս դուրս չէին գալիս փողոց, չէին նստում գերաններին արևկող անելու: Երիտասարդների մի մասը, որ Արամի ու Տիգրանի մտերիմներն էին, ընկճված, տխուր դեմքերով էին անցնում փողոցներով, մյուս մասը, Գարեի ընկերները՝ աշխուժացել էին:

Տարեցները տեսնում, հասկանում էին այդ ամենը և գլուխներն էին օրորում:

- Վա՜յ, անխելք Առաքել, վա՜յ: Էս բոլոր խառնակությունն ու թշնամություն քու պատճառով է, Առաքե՜լ...

Դեպքերը հաջորդում էին իրար, մեկը մյուսից զարմանալի, մեկը մյուսից հանկարծակի:

Մի քանի օր հետո քաղաքից վերադարձավ Վանքեցի Մուշեղը: Լուռ, դանդաղաքայլ անցավ գյուղի փողոցներով, ա՛ռանց որևէ մեկի բարև, բարի լույսասելու, առանց շուրջը նայելու: Հասավ իր տունը, ներս մտավ, տնեցիների ուրախության վրա էլ ուշադրություն չդարձնելով ու մի շաբաթ շարունակ տնից դուրս չեկավ: Իրեն այցելողների և ոչ մի հարցին չէր պատասխանում. ոչինչ չգիտի, ոչնչից տեղյակ չէ, գործով էր գնացել Երևան, վերադարձել, եկել է: Բոլորն էլ գիտեին, որ այդպես չէ, բայց լուռ հեռանում էին:

Մուշեղի այս զգուշությունն ավելի խորհրդավոր էր դարձնում Առաքելի պատմությունը:

Շիլ Գարեն, զալիֆե շալվար հագած, ընկերների հետ ամբողջ օրը կանգնած գյուղխորհրդի գրասենյակի առաջ, ասում, խոսում, ծիծաղում էր: Նրա քեֆին քեֆ չէր հասնի: Ինչե՛ր ասես, որ չէին պատմում Առաքելի մասին: Լուրջն ու կատակն իրարից ջոկել չէր լինում, Արազն անցել, ասում էին, բարձրացել է Մասիսի փեշերը, միացել Հայտնի քուրդ Ջազոյի խմբին, Սուրմալիի գյուղերն ու քաղաքներն է թալանում, Կողբի աղահանքերն է քանդում, նախիրներ է քշում Բայազետից Արզրում, Արզրումից Բասեն, Բասենից Ալաշկերտ: Չկամներն ասում, խոսում, ծիծաղում էին, բարեկամները չլսելու էին տալիս: Առասպելը հյուսվում, ծավալվում, մեծանում էր:

Քաղաքից եկան Արամն ու մայրը: Տխուր էին: Մուշեղի պես նրանք էլ ոչ մեկի հարցին չէին պատասխանում: Երեք օր Արամը գրասենյակ չեկավ, իսկ լեզվանի Սանամի լեզուն չորացել էր բերնի մեջ: Երևանից գյուղ վերադարձավ նաև Տիգրանը: Ասում էին հեռացրել են կուսակցական դպրոցից ու կոմերիտմիությունից: Հանա՞ք բան է: Հայրը խորհրդային Սոցիալիստական Հայաստանից փախել, գնացել է Տաճկաստան, տղային կթողնե՞ն կոմերիտմիության մե՞ջ, կթողնեն կուսակցական դպրոցո՞ւմ: Դեռ զարմանալի է, որ Արամին մինչև հիմա ձեռք չեն տվել, կուսակցական տոմսն ու գյուղխորհրդի կնիքը դեռ գրպանումն են:

Բայց ահա, Արամի փորձանքն էլ եկավ: Շրջկոմի քարտուղարը, շրջգործկոմի նախագահը, Էջմիածնի գավառային կոմիտեի ներկայացուցիչը, էլի մի քանի ուրիշ ղեկավարների մի ամբողջ հանձնաժողով հայտնվեց Արազի ափի գյուղում: Կուսակցականների գաղտնի ժողով հրավիրեցին: Իրիկնադեմից մինչև կես գիշեր ժողովը չէր վերջացել: Դռնփակ էր ժողովը, բայց բարձրաձայն խոսակցությունները լսվում էին փողոցում: Բարեկամ ու չարակամ, պատերի տակ կանգնած, ականջ էին դնում: Բոլորին էլ խիստ հետաքրքրում էր, թե ի՞նչ կորոշի այդ ժողովը: «Գյոռբագյոռ եղնիս Առաքել՝ թե մեռեր իս, քու մեջք կոտրի, թե կենդանի իս: Գոնե խելքով գաղափարով տղերքին վնաս չպատահի, հազար ափսոս Արամին ու Տիգրանին...»:

Ժողովն ավարտվեց լուսադեմին, և լույսը դեռ չբացված նրա որոշումները հայտնի էին բոլոր գյուղացիներին: Արամին հեռացրել են գյուղխորհրդի նախագահի պաշտոնից ու կուսակցության շարքերից: Շրջկոմի քարտուղարն ասել էր. «Դու կուսակցական էիր և թշնամուն պահում էիր քո տանը, քո հարազատ հայրն էր խորհրդային իշխանության թշնամին, հիմա ինչպե՞ս քեզ թողնենք բոլշևիկյան կուսակցության շարքերում»: Արամը, ասում են, խոսքի տակ չէր մնացել. «Իմ հերը թշնամի չէր,- ասել է,- իմ հերը չքավոր, հարազատ գյուղացի մարդ էր, միայն թե անգրագետ, անուսում մարդ էր: Իմ հերը չի փախել Տաճկաստան, Արազն է զցել իրեն»...:

Արազն է զցել իրեն: Ա՜յ քեզ բան: Գուցե Արա՞զն է զցել իրեն իսկապես, խեղդվե՞լ է: Խոր, անդունդ տեղեր ունի Արազը, չնայած աշնանը նրա ջուրը քչանում, զուլալվում է:

Մի խոսքով՝ հեռացրել էին Արամին: Գյուղխորհրդի նախագահ էին նշանակել Կոլոտ Ենոքի տղա Գարեին, մինչև ընտրություններ լինեն...

Լուսաբացի հետ շատերի տները ուրախություն մտավ և շատերի տներն էլ տխրություն ու սուգ:

- Վայ Առաքել, վա՜յ, ինչպե՞ս աշխարհի խառնեցիր իրար...

Այդպես ասողներն իրենց գյուղն էին «աշխարհ» համարում: Բայց ոչ նրանք, ոչ էլ Առաքելը, որ հայտնի չէր, թե ուր է հիմա, չգիտեին, որ Արազի ափի այդ գյուղից շատ հեռու քաղաքներում պետություններ կառավարող մեծ մարդիկ էին հիմա զբաղվում Ալաշկերտի Դիտակ գյուղացի դաշտապահ Առաքելի գործով, այն Առաքելի, որին խելքից թեթև էին համարում համագյուղացիները, որի դարավոր, բուրդը թափված փափախն ու տրեխներն էին ծաղրում:

Մոսկվայում հիմա ուղերձ էր գրվում թուրքական հանրապետության արտաքին գործոց նորին գերազանցություն պարոն նախարարին: Ուղերձի մեջ շարադրվում էին Առաքելի անհետացման հանգամանքները և խնդրվում էր բարեկամական Թուրքիայի կառավարությանը, համաձայն երկու պետությունների միջև կայացած այսինչ, այնինչ համաձայնագրերի և գրավոր պայմանավորվածության, վերոհիշյալ Առաքել Հակոբի Էլոյանին ձերբակալել և հանձնել Սովետական Սոցիալիստական Հանրապետությունների Միության կառավարությանը, օրենքի առաջ նրա կատարած հանցագործությունների համար նրան պատասխանատվության ենթարկելու: Հավատ հայտնելով, որ բարեկամական Թուրքիայի կառավարությունը կարելին ու հնարավորը կանի խորհրդային կառավարության պահանջը բավարարելու ուղղությամբ: Ուղերձն ստորագրող դիվանագետը Թուրքիայի արտաքին գործոց նախարարի նկատմամբ արտահայտում էր իր խորին հարգանաց հավաստիքն ու անձնվիրությունը և սպասում էր պատասխանի: 1930 թիվ, սեպտեմբեր, Մոսկվա:

Չանցած երկու շաբաթ, Թուրքիայի արտաքին գործոց նախարարությունն իր պատասխան ուղերձի մեջ հաստատում էր, թե ստացել է խորհրդային կառավարության ուղերձը և հայտնում էր, որ Թուրքիայի հանրապետության կառավարությունն անհապաղ միջոցներ ձեռք առավ ուղերձում նշված անձնավորությանը՝ Առաքել Հակոբի

Էլոյանին Թուրքիայի պետական տերիտորիայում գտնելու ու խորհրդային կառավարությանը վերադարձնելու ուղղությամբ, սակայն ոստիկանության և ներքին գործոց նախարարության օրգանների մանրակրկիտ որոնումները ոչ մի արդյունք չտվին: Թուրքիայի տերիտորիայում վերոհիշյալ Առաքել Էլոյանի գտնվելու փաստը չի արձանագրված: Որոնումները սահմանամերձ և այլ շրջաններում շարունակվում են, և եթե գտնվեն հետքերը, Առաքել որդի Հակոբի Էլոյանը անհապաղ կալանքի կառնվի և կհանձնվի բարեկամական Խորհրդային Սոցիալիստական Հանրապետությունների Միության կառավարությանը:

Թուրքական պատասխան ուղերձն ստորագրող դիվանագետը նույնպես հավաստիացնում էր իր խորին հարգանքներն ու անձնվիրությունը: 1930 թիվ, սեպտեմբեր, Անկարա:

Բավարար չհամարելով այդ պատասխանը, որի մեջ անուղղակի կասկած էր հայտնվում Առաքել Էլոյանի՝ թուրքական սահմանն անցնելու մասին, Մոսկվայից Անկարա էր հղվում նոր մի ուղերձ: Շարադրվում էին բոլոր փաստերը, որոնք աներկբայելիորեն ապացուցում էին, որ սույն 1930... թվի սեպտեմբերի 8-ի լույս գիշերը, Արաքս գետի, այսինչ ափից, ուր ջուրը ծանծաղ է, անցել է Առաքել որդի Հակոբի Էլոյանը, ափին թողնելով հետևյալ իրային ապացույցները... Մանրակրկիտ շարադրվում էին բոլոր փաստերը, և կրկնվում էր պահանջը՝ ետ տվեք Առաքել Էլոյանին:

Եվ դարձյալ ու կրկին՝ հարգանաց հավաստիքներ նորին գերազանցության նկատմամբ, և այլն, և այլն:

Թուրքիայի արտաքին գործոց նախարարության պատասխանն այս անգամ չուշացավ: Նա, հաստատելով խորհրդային երկրորդ ուղերձն ստանալու փաստը, հայտնում էր, որ Թուրքիայի ազգային մեծ ժողովի կառավարությունը ձեռք է առել միջոցներ՝ ուղերձում նշված Առաքել որդի Հակոբի Էլոյանին գտնելու: Եռանդուն որոնումները պսակվել են որոշ հաջողությամբ: Անհերքելի տվյալներով ապացուցված է, որ խորհրդային-թուրքական սահմանը չարամիտ կերպով խախտած վերոհիշյալ Առաքել Էլոյանը, մտնելով թուրքական տերիտորիան, խուսափել է ներկայանալ պետական մարմիններին, ապաստանել է լեռները քաշված քուրդ ապստամբների մոտ և մասնակցում է նրանց հակակառավարական գործողություններին, որոնք խրախուսվում են անգլիական իմպերիալիստների կողմից: Թուրքական կառավարությունը չի տարակուսում, որ Հիշյալ Էլոյանը կապված է անգլիական հետախուզության հետ և, հետևաբար, հանդիսանում է երկու բարեկամական երկրների թշնամին: Թուրքական հանրապետության կառավարությունը ձեռք կառնի իր տրամադրության տակ եղած բոլոր միջոցները ջախջախելու ու ոչնչացնելու քրդական հիշյալ ավազակախմբերը և կալանքի տակ առնելու նրանց միացած Առաքել Էլոյանին: Իր գործ դրած ջանքերի հետագա արդյունքների մասին թուրքական հանրապետության կառավարությունը տեղյակ կպահի բարեկամական Խորհրդային Միության կառավարությանը

Եվ դարձյալ ու կրկին, նորից ու վերստին խորին հարգանաց հավաստիքներ, բարեկամության ու անձնվիրության երդումներ և այլն և այլն և այլն:

Այդ ուղերձների մասին ոչ մի տեղեկություն չունեին Արազի ափի այն մեծ գյուղում, ուր ապրում էին Առաքել Էլոյանի որդիներն ու կինը, ազգականներն ու հարազատներըէ Ուղերձները չէին տպագրվում թերթերում, հաղորդվում էին ներքին կարգով:

Բայց, ինչպես հայտնի է, աշխարհում ոչ մի գաղտնիք չի մնում:

Ամեն օր նոր ու նոր լուրեր էին հասնում Արաքսի ափի գյուղը, կամ հենց այդ գյուղում էին լուրեր հորինվում Առաքելի մասին: Իսկապես, նա միացել է քուրդ ապստամբներին, նրանց հետ միասին կռվում է թուրքական կառավարության դեմ, որ հայկական ու քրդական հողերն ազատեն թուրքերից, և իրար կողքի Քրդստան ու Հայաստան ստեղծեն։

Դաշտապահ Առաքելը դառնում էր քաղաքական դեմք, մեծ պետություններին անհանգստացնող անձնավորություն։ Առասպելը մտնում էր տները, թավալվում օդաներում, գյուղից գյուղ էր անցնում, գյուղերից՝ գնում քաղաքները։

Սանամին դուր էին գալիս այդ լուրերը։ Նա կրկին հնատարազ շորերն էր հագել, տնից տուն էր անցնում հպարտ կեցվածքով, ինչպես նահատակության գնացած հայդուկի կին։ Առաքելի որդիները՝ Արամն ու Տիգրանը զարմանում էին այդ լուրերի վրա, չէին հավատում, այնքան անհավատալի էին դրանք։ Ու ամեն տեղ կրկնում էին, որ այդ բոլոր խոսակցությունները սուտ են, որ իրենց հայրը խեղդվել է Արաքսում։ Ու շարունակում էին դիմումներ գրել բարձր մարմիններին՝ իրենց կուսակցական իրավունքները վերականգնելու, չիմանալով, որ իրենց հայրը կա, ապրում է և պետական ուղերձների հերոս է։

Եռանդուն գործունեություն էր ծավալում գյուղում Շիլ Գարեի խումբը։ Տներին հիմա Գարեն էր ճառեր ասում խորհրդային իշխանության տված բարիքների մասին և բռունցքը թափահարելով, գոռում էր.

- Մենք կջախջախենք, կջնջենք սոցիալիզմի բոլոր թշնամիներին...

Ծերունիները, բեղերի տակ քմծիծաղ տալով, ասում էին.

- Ջախջախե, ջնջե, Շիլ Գարե, տեսնանք դո՞ւ ուր կհասնիս...

Խոսեցին Առաքելի մասին գիշեր, ցերեկ, խոսեցին տներում, օդաներում, ազատություն տվին իրենց երևակայությանը, պատմեցին մեկը զվարճանալով, մյուսը ցավելով և ի վերջո, ձանձրացան։ Արդեն սկսում էին մոռանալ Առաքելին, երբ նա կրկին ամենքին ու ամեն ինչ խառնեց իրար։ Առաջին ձյան հետ Առաքելը գյուղ մտավ՝ ավանդական մահակը ձեռքին, կարծես գալիս էր հանդերից՝ այնտեղ յոթը օր և յոթ գիշեր բաց երկնքի տակ քնելուց հետո։

Նույն Առաքելն էր, նույն հնամաշ փափախը գլխին, նույն հագուստով, նույն տրեխներով: Ինչպես կորել, այնպես էլ հայտնվել էր, միայն, թվում էր, թե ավելի է ամրացել, դեմքը թխացել հողմահարվել է:

Եկավ ու նստեց իր տան առջևի կոճղին, մահակը դրեց ոտքերի արանքն ու քսակը հանեց «ջղարա» փաթաթելու:

- Առաքելն եկեր է:

- Առաքելն եկավ:

- Առաքե՛լ...

Թնդաց, դղրդաց գյուղը: Մինչև Սանամը գյուղի մյուս ծայրից տուն կհասներ, մինչև տղաները շրջանի կենտրոնից կգային, սահմանապահ զինվորները Գարեի հետ հասան Առաքելի տունն ու, քառանիվ կառք նստեցնելով նրան, տարան: Երեխաներն ու ջահելները մինչև գյուղից հեռանալը վազում էին կառքի ետևից: Կանգ առան ու ետ դարձան այն ժամանակ, երբ սահմանապահ զինվորները ձիերով կանգնեցին նրանց առաջ ու հրամայեցին, որ ետ գնան գյուղ:

Գյուղը դարձյալ խառնվեց իրար: Շատերը չէին հավատում լսածներին:

- Դու տեսա՞ր քո աչքով,- հարցնում էին իրար:

- Տեսա, իմ աչքով, էս գերնի վրեն նստեր, թութուն կփաթաթեր...:

- Դո՞ւ լե տեսար:

- Ես լե տեսա:

- Դո՞ւ լե... դո՞ւ լե:

- Ես լե... ես լե... ես լե...

Ով չէր տեսել, կարծում էր, թե մի ամբողջ աշխարհ է կորցրել: Չէ՞ որ հիմա առասպելի հերոս էր դարձել իրենց գյուղացի դաշտապահ Առաքելը: Եվ ահա, էլի հայտնվեց նա անակնկալ ու կայծակի նման անհետացավ:

Ոմանք ասում էին, թե Առաքելին տարան սահմանապահ զորամասերի հրամանատարի մոտ, ուրիշները պնդում էին, թե տարան Երևան, շատերն էլ հավատացած էին, որ տարան ուղիղ Մոսկվա:

Մեկերկու ժամ հետո ծածկագրերով հեռագրեր էին հաղորդվում՝ Երևանից Թիֆլիս՝ Անդրկովկասյան պետքաղվարչությանը, Թիֆլիսից Մոսկվա՝ միութենական պետքաղվարչությանը, Երևանից Մոսկվա՝ արտաքին գործոց կոմիսարիատին, սահմանապահ զորամասերի հրամանատարությունից՝ և՛ միութենական պետքաղվարչությանը, և՛ արտաքին գործոց կոմիսարիատին։ Ու բոլոր հեռագրերը, միևնույն բանի մասին՝ Առաքել Էլոյանը վերադարձել է Թուրքիայից, Առաքել Էլոյանը հայտնվել է։ Բոլոր հեռագրալարերի մեջ սուլում, վզզում, զվվում էր դիտակցի դաշտապահի անունը «Առաքել Էլոյանը, Առաքելը»...

ԳԼՈՒԽ ԵՐՐՈՐԴ

Հայաստանի Պետքաղվարչության նախագահը իր առանձնասենյակում նստած՝ անհամբեր սպասում էր քննիչներին։ Նա պիտի հենց հիմա ծածկագրով հայտներ Անդրկովկասյան իր պետին Առաքել Էլոյանի հարցաքննության առաջին արդյունքները։ Նախագահին ու իր բոլոր տեղակալներին հույժ զարմացնում էր այն փաստը, թե պետական սահմանը խախտող, Թուրքիայում ապստամբ քրդերի գործողություններին միացած այդ մարդն ինչո՞ւ էր ինքնակամ վերադարձել Խորհրդային Հայաստան։ Ջանում էին կռահել, թե նրա այդ քայլի մեջ ի՞նչ խորամանկ նպատակ է թաքնված, ինչպե՞ս է նա մտադիր մոլորության մեջ գցելու պետական անվտանգության աշխատողներին։ Վերևից տեղեկացրել էին, որ Էլոյանը կապեր է հաստատել անգլիական հետախուզության գործակալների հետ։ Կհաջողվի՞ արդյոք պարզել այդ կապերի մանրամասնությունները, գտնել Էլոյանի մյուս գործակիցներին ևս: Չէ՞ որ այդպիսի գործունեությամբ զբաղված մարդը սովորաբար մենակ չի լինում:

Քննիչներն ուշանում էին, նախագահի անհամբերությունն ավելանում էր: Շուտ-շուտ նայում էր ժամացույցին, գլանակ գլանակի ետևից վառում, ու, մի կում միայն ծխելով ամեն մեկից, գցում էր մոխրամանի մեջ: Դա հուզմունք չէր: Ավելի մեծ գործեր էր վարել նա մինչև հանրապետության պետական քաղաքական վարչության նախագահի դիրքին հասնելը: Հուզմունք չէր դա, այլ մասնագետ արհեստավորի անհամբերություն, մասնագետ, որ սիրում է իր աշխատանքն ավարտել ժամ առաջ և գեղեցիկ, ու բարկանում է, որ պատվիրատուներն շտապեցնում են:

Պատվիրատուի կամայականություններն առհասարակ հաճելի չեն արհեստավորին: Այսպես արեք, այնպես կարեք, այսքան լայն, այնքան երկար... Այստեղ էլ նույն անախորժ բանն էր: Ենթադրություն կա, հաղորդում են վերևից, որ կապված է եղել անգլիական հետախուզության հետ և հրամայում են՝ պարզեցեք բոլոր մանրամասնությունները: Ամենամեծ հարցը վերևում լուծված է համարվում, իրենց գործը մնում է «մանրամասնությունները» պարզելը: Ինչքան պիտի փորձված ծպտյալ լիներ այդ Առաքելը, որ Արաքսի այս ափից կապ պահպաներ անգլիական հետախուզության հետ և, հետո էլ, ինքը գնար նրանց մոտ: Այդ անգրագետ, հանդապահ Առաքելը, որի մի տղան կուսակցական էր, մյուսը՝ կոմերիտմիության անդամ, կուսակցական դպրոցում սովորող:

Նախագահն իր այս տարակուսանքները ոչ ոքի չէր հայտնում և մեծ հետաքրքրությամբ սպասում էր այդ տարօրինակ գյուղացու առաջին ցուցմունքներին:

Ներս մտան երեք քննիչն էլ միասին՝ թղթապանակները թևերի տակ: Առջևից թեթևաքայլ գալիս էր կարճահասակ, նիհար, թուխ «վետերանը», քննչական գործի վետերանը, որ, ասում էին, այդպիսի պաշտոններ էր վարել դեռ քաղաքացիական կռիվների տարիներին, Հյուսիսային Կովկասում, ու սիրում էր իրեն «վետերան» կոչել: Եվ ամեն անգամ, դժվարությունների հանդիպելիս, այդ ժամանակներից պատմում էր որևէ դրվագ, որն ապացուցում էր նրա անսխալականությունը:

Նախագահը ձեռքով նշան արեց, որ նստեն: Նստեցին նախագահի գրասեղանից պատշաճ հեռավորության վրա: Առանց հարցնելու էլ երևում էր, որ առաջին հարցաքննության արդյունքները գոհացուցիչ չեն: Այնուամենայնիվ, նախագահը հրամայեց, որ խոսեն:

- Լսում եմ ձեզ...

Ատամի տակ ծամեց, տափակացրեց գլանակի կոթը, որն արդեն նշան էր, թե ջանում է հանգիստ երևալ:

Խոսեց «վետերանը».

- Ոչինչ չի խոստովանում... Կամ հիմար է, կամ շատ խորամանկ ու նենգ...

- Քո կարծիքով ո՞րն է դրանցից...

- Ժամանակ տվեք դրա համար: Մի անգամ 1919 թվին, Կիսլովոդսկում մոտս բերին մի յոթանասուն տարեկան մուժիկի...

Նախագահը նրան ընդհատեց.

- Այդ պատմություններն ուրիշ անգամ կպատմ եք: Հիմա պատասխանեք իմ հարցին՝ Էլոյանը հիմա՞ր է, թե նենգ:

- Հիմա պատասխանել չեմ կարող, չնայած կասկածում եմ, որ նենգ լինի,- պատասխանեց «վետերանը»:- Այդ մուժիկն էլ սրա նման խաղեր էր ուզում սարքել, բայց հենց որ...

- Թողեք, ասացի,- ընդհատեց, նախագահը նկատելիորեն կոպիտ. փոքրամարմին «վետերանը» կծկվեց, ավելի փոքրացան նրա առանց այդ էլ փոքր, հիմա արդեն զարմանքից կկոցած աչքերը:

- Դո՞ւք ինչ կասեք: Հիմա՞ր է այդ գյուղացին, թե նենգ,- հարցրեց նախագահը երկրորդին, որ առողջ,

հաստամարմին, լիքը դեմքով, բարեսիրտ մարդու հայացքով չեկիստ էր:
- Եմ կարծիքով նա ոչ հիմար է, ոչ էլ նենգ:
- Ապա ի՞նչ է:
- Գյուղացի մարդ է:
- Իսկ քո՞ կարծիքով,- հարցրեց նախագահը երրորդին, ակնոցավոր, մտավորականի դեմքով, զգույշ կեցվածքով տեղում նստած, միջին տարիքի քննիչին:
- Ես, ճիշտն ասած, խոստովանեմ, որ մի քիչ շփոթված եմ: Այդ անգրագետ մարդը հանելուկ է, գոնե ինձ համար...:
- Այնուամենայնիվ, ի՞նչ է ասում, ինչու էր գնացել Թուրքիա, սահմանը խախտելով, գիշերով...:
Վետերանը դարձյալ աշխուժացավ.
- Էնպես բան է ասում, որ եփած հավերի ծիծաղն է գալիս...
Նախագահը զսպեց բարկությունը, ժպտաց, փորձեց սրամտություն անել.
- Իսկ քեզ նման աքլորների ծիծաղը չի՞ գալիս...
- Բա չի գալի՞ս:- Նախագահին հաճոյանալու համար «վետերանն» ինքն էլ ծիծաղեց:
- Ի՞նչ է ասում, ինչո՞ւ էր փախել:
- Կարոտացել էի, ասում է, իմ հայրենիքին կարոտացել էի, գնացի, տեսա, եկա...
Նախագահը դառը ժպտաց.
- Այդքան սրամիտ մարդ է, թե՞ ձեռ է առնում մեզ:
- Իրեն է ձեռ առնում: Ես դեռ խոսեցնել կտամ նրան, մի անգամ Վլադիկովկազում մի սպիտակ գվարդիական օֆիցերի դենշչիկ էին բերել մոտս...
Նախախագահն այս անգամ էլ չթողեց, որ նա իր պատմությունը շարունակի.
- Բերեք Էլոյանին այստեղ,- հրամայեց նա՝ ոտքի կանգնելով և ուղղելով համազգեստը: Երկու մյուս քննիչները դուրս թռան, «վետերանը» մնաց տեղում նստած: Նախագահը քայլում էր սենյակում ու չէր նայում նրա վրա,

չէր լսում նրան: Իսկ նա պատմում էր, թե ինչպես է հարցաքննել սպիտակգվարդիական սպայի սպասյակին, ինչպիսի մեծ, սարսափելի դավադրություն է բացել, փրկել է Սերգո Օրջոնիկիձեի ու Սերգեյ Կիրովի կյանքը...

Հանրապետության Պետքաղվարչության նախագահը կանգ առավ և ցրված, պաղ հայացքով սկսեց նայել վետերանին, երկար նայեց ու մտերմիկ խաղաղություն տալով դեմքին, ցածրաձայն շշնջաց.

- Իսկապե՛ս: Ի՞նչ կլիներ հեղափոխության բախտը, եթե դու՝ Արշո Ծամերյանց և ես՝ Հայկազ Շավարշյանը չլինեինք...

- Հանաք ես անո՞ւմ,- արձագանքեց Արշո Ծամերյանը, որ հիմա, երբ մենակ էին, իրեն ավելի ազատ կարող էր զգալ՝ հին ծանոթ ու հասակակից լինելով նախագահի հետ: Միայն թե վերջերս նա մի քիչ չոր ու գոռոզ է դարձել, ժողկոմի աստիճանի հասնելով՝ բյուրոկրատացել է:

- Հանա՞ք ես անում,- կրկնեց նա իր հարցը:

Նախագահը կրկին ժպտաց.

- Լուրջ եմ ասում:

- Վերջերս քո լուրջն ու հանաքը ես իրարից չեմ ջոկում...

- Ո՞վ է մեղավոր, ջոկիր,- պատասխանեց նախագահը,- ես էլ եմ տեսնում, որ դու որոշ բաներ իրարից չես շոկում...

- Վա՜հ...,- բացականչեց Ծամերյանը,- ինչ բաներ ես ասում...

- Լուրջ եմ ասում:

Այդ խոսքի վրա քննիչները ներս բերին Առաքել Էլոյանին: Ծանրամարմին, հաղթանդամ, ոտքերին տրեխներ ու գլխին հին փափախը: Նա շփոթված շուրջն էր նայում: Խորամանկություն չկար նրա դեմքի վրա: Պետական հանցագործը շփոթված էր: Շեմից դեպի առանձնասենյակի խորքը գալով, գլխարկը հանեց ու իր ամբողջ արջանման կերպարանքով խոնարհվեց նախագահի առաջ: Ապա կրկին շուրջը նայելով, տեսավ, որ այնտեղ նստած մյուս մարդը ծանոթ է, ժպտաց նրան: Հրամայեցին, որ ինքն էլ նստի: Փլվեց աթոռին՝ փափախը դնելով ծնկան վրա:

- Ամենամեծ պետն է,- նրա ականջին շշնջաց

երիտասարդ, հաղթանդամ քննիչը, գլխով ցույց տալով նախագահին, որ լուռ զննում էր Առաքելին:

- Ուրեմն դո՞ւ ես Առաքել Էլոյանը,- հարցրեց նախագահը, ուրախ դեմք ընդունելով:

Առաքելն էլ, չգիտես ինչու, ուրախացած, ժպտաց.

- Հրամանք իս, ուրեմն՝ ես իմ Առաքել Էլոյան:

- Ի՞նչ մարդ ես դու:

- Ռանչպար գյուղացի մարդ իմ, ինչ մարդ իմ...

- Դաշնակցական եղե՞լ ես, կամ հնչակյան:

- Չէ, մատաղ, չեմ եղեր: Հնչակյան իմ հորոխպոր տղա Մանուկն էր:

- Ո՞րտեղ է ապրում այդ Մանուկը: Ե՞րբ ես տեսել նրան վերջին անգամ:

- Մանուկ չապրի: Մանուկին նպատ լեռան դեպքին բռնեցին, Սուլթան տարավ Արզրում, կախեց:

- Ե՞րբ էր դա:

- Քսանհինգ-երեսուն տարի առաջ էր: Երգ լե կա:

- Ի՞նչ երգ:

- Էդ դեպքի մասին:

- Երգի խոսքերը գիտե՞ս: Մի ասա լսենք:

- Գիտեմ, հո՞րի չգիտնամ:

Ու նա հազալով, աջ ձեռքն ականջին դրեց ու խռպոտ ձայնով սկսեց երգել.

Հազար ինն հարյուր չորս թիվ լրացավ,
Հնչական մի խումբ սահմանից անցավ,
Ջալալ աշիրաթ դեմ գում արվեցավ...

Նախագահն ու քննիչները զարմացած նայեցին իրար ու ծիծաղեցին:

- Խոսքերն ասա միայն, միայն խոսքերը,- կանգնեցրեց նախագահը:

- Մենակ խոսքերը չըսվին, երգ է...

«Վետերանը» միջամտեց.

- Լսիր, է՛յ, ի՞նչ ես քեզ դուռակի տեղ դնում...

Նախագահը հանդիմանությամբ նայեց նրան ու ռուսերեն ասաց.

- Надо вести себя прилично!

Առաքելը գլխի ընկավ, որ իր պատճառով այդ պաշտոնյաներն իրար չոր խոսքեր են ասում:

- Դերասանություն է անում, ընկեր Հայկազ Շավարշյան: Խորամանկություն է անում: Ես Արշո Ծամերյանը չլինեմ, թե սխալվեմ:

- Ինչ էլ լինի, դու Արշո Ծամերյանը կմնաս,- ասաց նախագահն ու դարձավ Առաքելին,- ուրեմն դա 1904 թվի՞ն էր:

Առաքելն իր բոհի կերպարանքով՝ թութունի ծխից դեղնած իր թավ բեղերով ու հոնքերով, իր մեծ թաթերով ու հաստ մատներով, իր վախվորած գեղջուկի հայացքով՝ բնավ նման չէր խորամանկ ու նենգ այն գյուղացուն, որ նկարվել էր նրա երևակայության մեջ Ծամերյանի տված բնութագրությունից, և ոչ էլ այն «հանելուկ մարդուն», որը մոլորության մեջ էր գցել ակնոցավոր, մտավորականի դեմքով քննիչին: «Սա՞ է, ուրեմն, հայկական գնդապետ Լաուրենսը»,- մտածեց նախագահը և ժպտաց այդ համեմատության վրա:- Լաուրենսը կերպարանափոխվում էր ամեն անգամ, մեկ դառնում էր արաբ շեյխ, մեկ պարսիկ դերվիշ, մեկ եվրոպացի իշխանազարմ երիտասարդ: Մի՞թե Առաքել Էլոյանը միամիտ ու խեղճ հայ գյուղացու կերպարանքի մեջ է մտել հիմա մարդկանց խաբելու նպատակով, մի՞թե նա ունի նաև ուրիշ դեմք, ուրիշ կերպարանք, ուրիշ էություն, ուրիշ տարազ կարող է հագնել՝ դնել շլյապա այս քրքրված փափախի փոխարեն, շողուն կոշիկներ հագնել այս չարուխների տեղակ»:

Զգալի դադարից հետո, մեծավորը հին ծանոթի պես ժպտաց Առաքելին ու հարցրեց.

- Առաքել Էլոյան, քանի՞ տարեկան ես:

- Քանի տարեկան ի՞մ:

- Այո:

- Տեր Ղուկասովի կովին, որ սուտ չըսիմ, հորիք կքշենք, տասերկու, տասչորս տարեկան ենք:

Մեծավորը մտքում ինչոր հաշիվներ արեց.

- Ուրեմն հիմա 65-66 տարեկա՞ն ես:

- Հրամանք իս:

- Ի՞նչ գործով էիր զբաղվում այնտեղ, քո հայրենիքում:

- Հանդապահ ենք:

- Գաղթից հետո՞, այս գյուղո՞ւմ:

- Էլի հանդապահ:

- Հիմի՞:

- Հիմի լե հուղա իմ, նստիր իմ ձեր մոտ, էստեղ իմ: Հիմի լե ձեր հեսիրն իմ...

Կրկին զգալի դադար եղավ:

Առաքելի ծնկների վրայից փափախն ընկավ հատակին: Կռացավ, վերցրեց, շփոթված նայեց նախագահին, անիմաստ ժպտաց:

- Առաքել Էլոյան,- դարձյալ սկսեց նախագահը:

- Հրամանք իս,- արձագանքեց Առաքելը:

- Ես քեզ խնդրում եմ, որ մեր բոլոր հարցերին ճիշտ պատասխանես, եթե ուզում ես ազատվել, եթե տղաներիդ մասին մտածում ես: Վա՛յ քեզ, Առաքել Էլոյան, եթե փորձես խաբել:

- Թե սուտ ըսիմ, ընկեր ջան, հավուր դատաստանին հոգով, մարմնով պարտական եղնիմ, սուրբ հողին չարժանանամ, գել ու գազանի բաժին եղնիմ...

- Այ, էդպես էլ պայման անենք: Համաձա՞յն ես:

- Համաձայն իմ:

- Դե հիմա ասա՝ ո՞վ քեզ ուղարկեց Թուրքիա... Այս հարցի պատասխանիցդ կերևա՝ ճշմարտախոս ես, թե չէ: Ովքե՞ր քեզ ուղարկեցին Թուրքիա:

Առաքելը նայեց պետին, մտածեց, խորը հառաչեց.

- Ո՞վ ուղարկեց....

- Այո:

- Իմ սիրտ... իմ սիրտ ընձի ըսեց՝ գնա, Առաքել, քո երկիր տես, արի: Մեղավոր իմ սիրտն է...

- Առաքել բիձա:

- Հա, մատաղ:

- Ինձ մի խաբիր, Առաքել բիձա...

- Հազար ամոթ ընձի ու իմ գերդաստանին, թե կխաբիմ

- Ինչի՞ համար գնացիր Թուրքիա:

- Երկրին կարոտցեր ենք...

- Կարոտի համար կերթա՞ն:

- Կերթան:

- Բա ուրիշներն ինչո՞ւ չգնացին, դու գնացիր:

- Իմ սիրտ թույլ է... ուրիշների սրտեր ուժեղ ին...

- Բա ինչո՞ւ վերադարձար:

- Իմ ազգ էստեղ է, իմ գերդաստան էստեղ է: Հայաստան հիմի էստեղ է...

- Որ Հայաստանն էստեղ է, ի՞նչ գործ ունեիր էնտեղի հետ,- հարցրեց նախագահը:

- Իմ սրտին ըսե, մատաղ...

- Մարդիկ խելքո՞վ պիտի շարժվեն, թե սրտով...

- Ես ուսում ու գաղափար չունեմ, ես սիրտ ունեմ, որ խոսք ու խրատ չիասկնա... Որ կարոտցավ՝ կծռի, որ ծռավ՝ օրենք ու սահման կմոռնա...

Նախագահը լսում էր նրա ամեն մի խոսքը, զննում էր ամեն մի փոփոխություն նրա դեմքի վրա, հայացքում, շարժումների մեջ:

- Այդ կարոտը պիտի մոռանալ,- խրատական եղանակով, կարծես փորձելու համար, հանգիստ ասաց նա:

- Չմոռցվի՛,- համոզված ու անմիջական պատասխանեց Առաքելը:

- Դու գուցե չմոռանաս, բայց քո տղաները, նոր եկող սերունդը կմոռանան:

Առաքելը ծանր հառաչեց.

- Չեմ հավատա: Սարոտ թոնդրի մոխրի տակ մնացած անթեղ կրակ է: Կարծես հանգեր է, չի երևա: Թոնդիր պաղեր է: Բայց որ մոխիր բացես, անթեղ կրակ կերնա, կկայծկլտա... Անթեղ կրակ չմարի, կապրի: Կրակ արդարություն է, անմահ է... Կարոտն լէ չմարի կրակի պես: Նոր սերունդ կանաչ է, խակ է, քանի կանաչ է, արմատ լէ թաց է, որ հասնի, կարմրի, կծարվնա... Կարոտ կրակ է, ծարավ է:

Նախագահը չէր միջամտում: Եվ Առաքելը խոսում էր: Երբեք այդքան ասող խոսող չէր եղել նա:

Հիմա նա տասնամյակներով լցված իր սիրտն էր դատարկում:

Օգտվելով կարճատև լռությունից, Առաքելը նախագահին հարցրեց.

- Ներողություն կենիս, ընկեր: Դո՞ւ որտեղացի իս...

Նախագահը ներողամտաբար ժպտաց.

- Հիմա էլ նա է ինձ հարցաքննո՞ւմ... Ծնողներս արզրումցի են:

- Իյա՜,- զարմացավ Առաքելը,- մեր Ալաշկերտ լէ Արզրումի վիլայեթի մեջ կմտներ... Արզրումցի՞ իս: Մատաղ եղնիմ Արզրումու Բինգյոլի ջրերուն: Բա դու չկարոտնա՞ս Բինգյոլի աղբյուրներուն, մատա՜ղ...

Նախագահը հիմա, լուռ ծխելով, մտածում էր: Երևում էր, Առաքելը տպավորություն է գործել նրա վրա:

- Կհարցուս, ինչի՞ ետ դարձա եկա,- շարունակեց Առաքելն՝ այս անգամ առանց հարցի սպասելու,- իմ ծանոթ քրդեր հայտնեցինք թե Քեմալի կառավարության մարդիկ ման կուգան, որ բռնեն ընձի: Պատմեցին, որ Ստալին Քեմալին ասեր է՝ Առաքելին կտաս՝ տուր, չե՞ս տա՝ իմ կռիվ քու հետ կռիվ է... Ես որ լսեցի էդ լուր, ասի հորի՞ իմ պատճառով կռիվ արունհիղություն էղնի, ու շուտ հելա եկա...: Պիտի վերադառնենք, բայց էդ լուր լսեցի, մի օր շուտ եկա...

Առաքելը լռեց, ծնկներն ամուր հպելով իրար:

Նախագահն ու քննիչները երկար ժամանակ իրար հետ ռուսերեն էին խոսում: Առաքելը լսում էր այնպես հետաքրքիր, կարծես հասկանում էր: Երկար խոսեցին, հետո նախագահն ասաց.

- Առաքել ապի, ես հրամայում եմ քեզ, որ ինչ որ այնտեղ տեսել ես, լսել, ում հետ որ հանդիպել ես, ինչի մասին որ խոսել եք, որ տեղերը որ գնացել ես, բոլորի, բոլորի մասին պատմես, որ այս ընկերները գրեն: Համաձա՞յն ես...:

Առաքելը վեր կացավ, անճկուն մարմնով մի անգամ էլ խոնարհվեց նախագահի առաջ: Կարծես թե նրա աչքերը լցվել էին, գորշ շրթունքները դողում էին:

- Նստիր, նստիր: Համաձա՞յն ես, ուրեմն: Ոչինչ չմոռանաս, ոչինչ բաց չթողնես: Խոսք տալի՞ս ես...

- Խոսք լե կիտամք երթում լե կուտիմ, մատաղ...:

- Դե, հիմա գնացեք...

Քննիչների հետ միաժամանակ ոտքի կանգնեց Առաքելն էլ, կարծես նախապես սովորեցրել էին: Նախագահը մոտեցավ ձեռքը պարզեց Առաքելին, սեղմեց նրա ձեռքը, ու նրան թվաց, թե քարե մարդու քարե ձեռք է բռնել իր ափով:

ԳԼՈՒԽ ՉՈՐՐՈՐԴ

Նրան ասել էին, որ պիտի պատմի իր ամեն մի քայլը, նույնիսկ, թե ինչ քար ու թուփի կողքով է անցել, ո՞ր ժայռի տակ է քնել, ո՞ր ջրով է լվացվել, ինչ ասունի ու անասունի է հանդիպել, ինչ է մտածել, ինչ է լսել: Ե՞րբ որոշեց գնալ, ե՞րբ որոշեց վերադառնալ, ի՞նչ էր ուտում, ի՞նչ էր խմում:

Այդքան շատ հարցերը ոչ թե հեշտացրել, այլ ավելի էին դժվարացրել Առաքելի գործը, ամեն ինչ խճողել էին նրա մտքում, դեպքերը խառնել իրար, ցերեկը մթնեցրել, գիշերվա երկինքն ամպերով ծածկել:

Շվարած նայում էր իր քննիչներին ու ամբողջովին համրացել էր: Իսկ նրանք, թուղթ ու մատիտ առաջները դրած, նայում էին նրա բերնին: Քանի անգամ փորձեց պատմել «Գիշեր Արազ անցա էն կողմ, Սուրմալուի դաշտով գիշերով գնացի՝ մարդ չտեսավ, լուս չէր բացվե, որ հասա Ալադաղի սարեր, թաքնվա քարերու մեջ, մյուս գիշեր հասա մեր երկիր, Նպատ լեռան մոտ»...

- Չեղա՛վ, չեղա՛վ,- ընդհատում էր Արշո Ծամերյանը,- շուռ տուր քշի մի արա, այ մարդ, մանրամասն, մանրամասն պատմիր, չես հասկանո՞ւմ: Ե՞րբ մտքովդ անցավ էն կողմը գնաս, ո՞ւմ հետ խոսեցիր, ո՞վ խորհուրդ տվեց...

- Ես իմ ընձի խորհուրդ տվող, ուրիշ մարդուց բան չըմ հարցուցեր...:

- Չեղա՛վ,- դարձյալ ընդհատում էր Ծամերյանը:

Մյուս երկու քննիչները խնդրեցին Արշո Արտեմովիչին՝ թույլ տա, որ ծերուկը պատմի ինչպես կարող է, գրի կառնեն, ապա նոր հարցեր կտան ու դարձյալ, կրկին այդպես:

- Դե լավ, պատմիր Էլոյան, ինչպես քո եղբորը, քո տղաներին, քո հարազատներին կպատմեիր:

Ի՜նչ չարչարանք եղավ այդ ամենը դաշտապահ Առաքել Էլոյանի համար, ի՜նչ չարչարանք եղավ: Ոչ տեսել էր, ոչ լսել:

... Երդում կուտի Առաքելը, հոգի ունի տալու, որ իր մտքով չէր անցել էն կողմ գնա: Կարոտում էր, վառվում, եփվում: Ամեն օր երազին երկիրն էր տեսնում, Արածանու խշշոցն էր լսում, բայց մտքով չէր անցել, որ գնա: Հակառակի պես ամեն օր արևածագից առաջ երբ աչքերը բաց էր անում, արթնանում էր՝ երկրի սարերն էին կանգնում աչքերի առաջ, Գեղուկն էր երևում, էն ճանապարհը, որ Ալադաղի սարերի վրայով տանում է երկիր: Քուն ու դադար չուներ: Էնտեղ է ծնվել, էն տեղի սար ու ձոր, դաշտ ու չոլն է չափել չափչփել հիսուն տարի ու էս տասնհինգ տարի է, որ զրկվել է երկրից: Տասնհինգ տարի է՝ հոր ու մոր գերեզմանը չի տեսնում, որ հիմա մամռոտել են, մողեսներն են խաղում սուրբ քարերի վրա, Նպատ սարի տակ Հովանու մեծ վանքը չի տեսնում, որ ժողովուրդին կոտորածից փրկել էր քանի, քանի անգամ, իրենց պաղ-պաղ աղբյուրների ջուրը չի խմում, ծաղկած լանջերում չի քնում, Արածանու զուլալ ալիքների մեջ չի լողանում ամառները: Պարտական մնա Առաքելը, թե սուտ է ասում՝ կարոտում էր, բայց ոչ մի անգամ մտքով չէր անցել, որ տուն ու տեղ, կին ու որդի թողնի՝ գնա էն կողմերը։ Ինչ անենք, որ մերն է, մերն է, բայց գազանի թաթն է դրված վրան։ Ավերվել են, քանդվել են գյուղերը, պղծվել են վանքերը, դաշտերը եբանի են դարձել, ճամբեք խոտերով ու փշերով են ծածկվել, արևի տակ հայերու ոսկորներն են անթաղ մնացել մինչև հիմի։ Առաքել գնա՝ ի՞նչ տեսնի, ի՞նչ անի։ Ոչ գնալու միտք է եղել, ոչ խոսք ու զրույց, ոչ խորհուրդ ու խրատ տվող։ Մի իրիկուն կոպալն առավ ու դաշտ գնաց։ Լուսնյակ գիշեր էր, Մասիսը կշողար Առաքելի աչքերի առաջ, Գեղուկի ձորը բացվել էր։ Լեռները մոտեցել էին, մոտեցել, կանգնել էին Առաքելի դեմ-դիմաց։ Լսում էր Արազի ալիքների ձայնը։ Նստեց մի թմբի, նայեց, նայեց, մտածեց։ Լուսնյակը նայում, ծիծաղում էր, ծղրիդները երգում էին։ Արազը թեթև խշշում էր։ Աշխարհն Առաքելի աչքերի միջից ներս էր մտնում, լցվում էր նրա հոգին, բոլոր ձայները հասնում էին նրա ականջին։ Ու մեկ էլ... Որ Առաքելը պատմի, չէք հավատա, դուք անհավատ եք։ Վկա երկինք ու գետին, հացն ու գինին, տեր կենդանին, վկա երեկվա ու էսօրվա օր, նահատակների արյուն ու մանուկների ծնունդ, որ ճշմարիտ է ասում Առաքելը։ Մեկ էլ երկնքից մի ձեն լսեց.

- Վեր կաց, Առաքել, վեր կաց ու քո երկիր գնա...

Առաքելի մարմինը սրսփաց, ձեռքերն ու ոտքերը դողացին, սիրտը ահ ու սարսափ մտավ։ Հազար ու մի գիշերներ էր դրսում լուսացրել, այդպես ահ ու սարսափ ոչ մի անգամ չէր պատել նրան։

Ականջ դրեց։ Ձայնը կրկնվեց.

- Մի վախեցիր, Առաքել... Վեր կաց, չուշանաս։ Գիշեր կարճ է, ճամբեն երկար է...

Ու էլի.

- Առաքե՛լ, Առաքե՛լ...

Արշո Ծամերյանը այլևս չհամբերեց.

- Լսիր, երազահա՞ն ես դու, թե Հոպ Երանելի։ Ձեռ ես առնում մե՞զ։ Հիմարություններիդ վերջ տուր, էլ բավական է...

Առաքելի դեմքից ջերմեռանդությունը չքացավ, ոգեշնչումը վայրկյանապես անհետացավ: Խեղճացած նայեց Ծամերյանի փոքրիկ կերպարանքին:

- Ես քու հոր յաշին մարդ իմ, հո՞րի հիմար կըսիս...

Արշո Արտեմովիչ Ծամերյանն ավելի բորբոքվեց.

- Որովհետև ծռտի-մռտի բաներ ես ասում: Հետդ խաթրով խոսեցինք: Էլ ժամանակ չկա երկարացնելու, ինչ որ եղել է, ասա, թե չէ: Թե չէ գիտա՛ս հա...

Եվ նա մոտեցավ ոտքի կանգնած Առաքելին, աջ ձեռքի բռունցքը թափահարեց նրա դեմքի առաջ: Վիթխարահասակ դաշտապահը նայում էր այդ փոքրամարմին, մանր աչքերով մարդուն ու վախենում էր: Ոչ թե նրանից էր վախենում, այլ իրենից: Մեղքը զոռով գալիս, փաթաթվում է մարդու վզին, պիտի զգույշ լինես, հեռու փախչես փորձանքից:

- Նստի՛ր...

Ծամերյանը վերադարձել էր իր աթոռին: Առաքելը դանդաղ նստեց:

- Դե պատմիր,- հրամայեց Ծամերյանը, էդ ֆոկուսներդ մի կողմ թող, բավական է: Կաշիդ կքերթեմ, որ օյիններդ շարունակես...

Առաքելը ժպտաց՝ հուսահատ, արդեն հավատը կորցրած, կյանքից ինքնակամ հեռանալու պատրաստ մարդու սառն ու դառն ժպիտով:

- Ես գնացի, երկիր տեսա, իմ հոր գերեզման պագեցի, իմ աչքերուն քսեցի Մուրադ գետի ջուր, իմ խարաբա տան շեմին նստա ու կուշտ լացի, իմ կարոտ առա, եկա: Հիմի կուզիք՝ սպանեք, կուզիք՝ սաղ-սաղ հորեք, ես չվախենամ... Ու ոչ մի բան լե չպատմիմ ձըզի: Իմ կաշին քերթիք, ի՞նչ պիտի էնիք: Իմ կաշին հիներ է, փտեր է, բանի պետք չի գա: Ոչ մի բան լե չպատմիմ ձըզի...

Այդ խոսքի վրա Արշո Ծամերյանն արագ վեր թռավ տեղից, վայրկյանական մի ոստյունով հասավ Առաքելին.

- Էդպե՞ս ուրեմն, հրաժարվո՞ւմ ես ցուցմունք տալ, հա՞, ավազակի մեկը,- ծղրտաց նա՝ Առաքելի դեմքի առաջ բռունցքը թափահարելով:

- Այո, կհրաժարվիմ...

- Հրաժարվո՞ւմ ես,- էլի ճչաց Արշո Ծամերյանն ու ինչքան որ ուժ ուներ՝ բռունցքը խփեց Առաքելի դեմքին:

Մյուս քննիչները բռնեցին նրան, ետ քաշեցին, բարկացած ինչոր բաներ ասացին իրար ռուսերեն: Առաքելը հանգիստ, անդրդվելի նստած էր մնում իր տեղում: Հարվածի ժամանակ էլ իր ծանր գլուխը նա ետ չտարավ: Միայն դեմքը գունատված էր հիմա, և աչքերի խորքում նստել էր նույն սառն ու դառն ժպիտը:

Զարմանքով նայում էր ավագ քննիչին: Լուռ, քարացած: Հետո շուրթերը շարժվեցին, հազիվ լսելի, ցածրաձայն խոսեց՝ ուղիղ նայելով Ծամերյանի մանրիկ աչքերի մեջ:

- Ապրի՛ս: Զորանա՛ս: Ուրիշ շնորք ու մարիֆաթ լե ունի՞ս: Ցույց տուր, խարջէ տեսնինք...

Խոր հառաչեց ու լուրջ հարցրեց.

- Դու հա՞յ իս, թե թուրքի զաքթիյա իս...

- Շատ մի խոսիր, թե չէ,- իր բարակ ձայնով ճչաց Արշո Ծամերյանը:

- Թե չէ՝ ի՞նչ: Կզարկի՞ս: Է՛, զարկ: Երեխեն լե էստեղ կրնա ընձի ծեծե: Քո ուժն ի՞նչ է, որ ինձ ինչ էնե: Ճնջուղի չափ իս: Որ ձեռքիս մեջ առնիմ՝ կճխլիս...

Արևը ներս հորդեց սենյակի լուսամուտից: Մինչև այդ րոպեն երևի դրսում ամպ էր: Հիմա պարզել էր երկինքը: Առաքելը նայեց արևի ճառագայթներին ու թեթևացած շունչ քաշեց: Լուսամուտից երևում էր երկնքի փոքրիկ մի կտոր, բոսորագույն, արևաշաղ: Երկնքի փոքրիկ մի կտոր էր երևում, իսկ ամբողջ երկինքն Առաքելը տեսնում էր մտքով: Մտքով տեսնում էր նաև ընդարձակ դաշտեր՝ արևով ողողված: Նախիրներ էին արածում մարգագետիններում, ձիեր էին վրնջում, հողմն էր սուլում ձորերով, ոչխարներ էին փռվել սարալանջերին, հովիվը սրինգ էր նվագում:

Իսկ ինքը ո՞րտեղ է ընկել հիմա. Երազի՞ մեջ է, թե իրականի:

Քննիչները բորբոքված խոսում էին իրար հետ ռուսերեն:

Նա ոչինչ չէր հասկանում: Լարված, տարված, նայում էր հատակին խաղացող շողքերին, պատկերացնում էր կյանքը դրսում՝ դաշտերում, լեռներում, Արազի այս ու այն կողմերում, իրարից բաժանված աշխարհի հյուսիսում ու հարավում: Ինչ եղել, եղել անցել էր ու չէր վերադառնա, ուրեմն ինչո՞ւ այսքան վառվես, խորովվես: Իսկ ինչ որ պիտի լինի հիմա՝ թող լինի: Մահվանից էն կողմ էլ ոչ չարչարանք կա, ոչ էլ ահ ու սարսափ, ուրեմն ինչու հոգուդ մեղք անես, ծուռը շիտակ ասես, շիտակը ծուռ: Միայն թե ցավն էն է, որ Արամին ու Տիգրանին անհարազատ չհամարեն...

Առաջին անգամը չէր այս երեք ամիսների ընթացքում, որ նա Արամին ու Տիգրանին էր հիշում: Հիշում էր, ինչպես տնից հեռացած հայրն է հիշում զավակներին, և մտքով չէր անցկացնում, թե իր վարքը կարող է նրանց վնասել: Պետությանն ի՞նչ վատ բան է անում ինքը, որ կարոտում է իր երկրին, որ գնում է, տեսնելու... Հիմա միայն մտածեց, որ զավակների համար այդ ամենը վատ կլինի, շատ վատ: Հիմա, այդ Արշո Ծամերյանի բռունցքի հարվածից հետո: Է՜, ինչ լինում է լինի, որտեղ կտրավ կապ, անիծվի տիրու պապ...

Քննիչները ոտքի ելան: Երիտասարդն ասաց, որ այսօր քննությունը հետաձգում են, վաղը կշարունակեն: Ներս մտան այն երկու զինվորները, որոնք Առաքելին բերել էին այստեղ: Հիմա եկել են ետ տանելու...

Ամբողջ գիշեր Առաքելը երազներ էր տեսնում: Գնացել են երկիր այս անգամ բոլորը միասին, ժողովուրդ, կառավարություն, ոտքով, սայլերով, ձիերով, ավտոմոբիլներով: Տրակտորներ են եկել: Ետևներից կապտավուն ծուխ թողնելով, վարում են Ալաշկերտի դաշտը, սև ակոսներ են փռում Արածանու ափերի երկարությամբ, չիչխանների մոտով, որոնց մանրիկ պտուղներն արդեն կարմրել են: Գնացքներ են գնում-գալիս կանաչավուն հովիտով, սուլում են ու ճամփա տալիս իրարու... Ինքն էլ մահակն ուսին հարթավայրն է իջնում իրենց Դիտակի բարձունքներից: Ամբողջ լանջով մեկ փռվել է սպիտակ ոչխարների հոտը: Բոլոր խոյերը զարդարված են՝ կոտոշներից կախած են պուլներ ու փյունկուլներ, մեջքներն ու ճակատները ներկված են կարմիր, կապույտ, դեղին, գույներով: Վերևից, կժերն ուսերին, երգելով իջնում են աղջիկները: Քայլում է Առաքելը բարձունքից ներքև, ոտքերի տակ՝ ծաղիկ ծաղկունք, գլխի վերև՝ կապույտ, անամպ երկինքը: Օդի մեջ երգում են թռչուններն ու իջնում, թառում են նրա ուսերին, գլխի վրա, թռվռում, պարում են նրա դեմքի առաջ: Ու ահա, դիմացից դալիս են զինված ասկյարներ: Աղավնիները թռչում, փախչում են հեռու: Առաքելն ուզում է թաքնվել ժայռերի ետևում, բայց ուշ է արդեն: Հիմա, հիմա կկրակեն իր վրա, կսպանեն: Չէ, ասկյարներ չեն: Կոմերիտականներ են, առջևից գալիս են Արամն ու Տիգրանը: Ուրախացած գրկում են հորը: Երգում են, բարձրանում դեպի Դիտակը, աջ ու ձախ կողմերից բռնած հոր թևերը: Չէ՛, որդիներն էլ չեն, երկու զինվոր են հրացանները բռնած նրա վրա, բանտարկել են իրեն, տանում են Դիտակ: Ահա ռեսի տունը, այնտեղից դուրս է գալիս փոքրամարմին մի մարդ, բռունցքները թափահարում է Առաքելի դեմքի առաջ, «Ես քու կաշին կքերթեմ, ավազակ, ո՞ւր էիր փախչում»... Արշո Ծամերյանն է եկել Դիտակ, այստեղ էլ պիտի նա հարցաքննի Առաքելին. «Իմ կաշին հնացեր է, փտեր է, ի՞նչ պետք է ձըզի իմ կաշին»,- ասում է Առաքելը: Ծամերյանն ուզում է խփել նրան, այն երիտասարդը բռնում է նրա ձեռքը, չի թողնում: Ու Առաքելին ասում է. «Հարցաքննությունն այսօր վերջացավ...»:

Երբ Առաքելն աչքերը բացեց, կալանավորների խցում արդեն լույս էր: Ինչքան էլ բանտարկյալները հետաքրքրվեցին երեկվա հարցաքննությամբ, նա ոչ մեկին չգոհացրեց իր պատասխաններով. «Կհարցնեն՝ ինչպե՞ս գնացիր, ինչպե՞ս եկար: Ես լէ պատմեցի՝ էսպես գնացի, էսպես եկա: Ընչի՞ գնացիր: Կարոտցեր էի երկրին, գնացի տեսա, եկա»:

- Հավատացի՞ն,- հարցնում են:

- Իրենց մեղք իրենց վիզ, չհավատան՝ թող չհավատան...

Գաղտնապահություն չէր անում Առաքելը: Ոչ մի գաղտնիք չուներ նա աշխարհից, միայն քեֆ չուներ պատմելու, սիրտ չուներ հեքիաթ ասելու:

Խցի դուռը ճռնչաց.

- Առաքել Էլոյան, դուրս արի:

Նույն զինվորներն էին: Տարան էլի նույն ճանապարհով: Առաքելը հաշվում է աստիճանները: Հիսուն չորս աստիճան: Նույն սենյակն է: Ցույց են տալիս Առաքելի նստելու տեղը: Նստում է, դարձյալ փափախը դնելով կարկատած ծնկներին: Հանկարծ ներս է մտնում մեծավորը: Քննիչների հետ Առաքելն էլ ոտի է կանգնում:

Մեծավորը բարևեց երեքին էլ:

- Նստեցեք, նստեցեք...

Երեկվա պես ուրախ չէ: Նա այսօր այնպես է նայում Առաքելին, կարծես առաջին անգամ է տեսնում:

- Առաքել Էլոյան:

- Հրամանք իս:

- Երեկ քեզ խփե՞լ են, Էլոյան:

- Հրամանք իս:

- Եվ դու հիմա ի՞նչ ես մտածում մեր մասին:

- Ինչ մտածիմ, մատաղ,- ասաց Առաքելը և հանկարծ արտասուքները գլորվեցին դեմքի մազերի վրա,- ես ինչ իրավունք ունիմ բան մտածիմ: Ես մի անխելք, անուսում մարդ իմ: Ընձի հա ծեծեր ին ու հավիտյան լե պիտի ծեծին, որովհետև իմ շարժմունք չհասկնամ: Բայց ծեծ ու քուֆր մարդկութեն չէ, շնորհք չէ...

Մեծավորը լուռ մտածում էր:

- Ես եկել եմ քեզնից ներողություն խնդրելու, Էլոյան, շատ ներողություն...

- Դու ի՞նչ մեղք ունիս, մատաղ, դու մեծ մարդ իս, դու աղա մարդ իս, քըզնե խռովողն անխելք է...

- Ես աղա չեմ, ես էլ քեզ նման մարդու տղա եմ,- ասաց մեծավորը:

- Դու քո բնությունով աղա իս, մատաղ քըզի...

Քննիչներն ու մեծավորը ծիծաղեցին:

- Քեզ վիրավորողին այլևս դու չես տեսնի: Ինչ որ ես խնդրել էի քեզ, պատմիր այս ընկերներին: Լա՞վ:

- Իմ աչքի վրեն...

Մեծավորը գնաց: Քննիչները թույլ տվին, որ Առաքելը ծխի: Մի քանի կում ծծելով, նա սկսեց կիսատ թողած իր պատմությունը երեկվա առաջին պահերի ոգեշնչումով, ինչպես մոկացի գզրարներն էին պատմում Սասնա ծռերի ու Թլոլ Դավթի պատմությունը:

«... Գիշեր կարճ է, ճամփեն երկեն, վեր կաց, Առաքել.- ըսեց էղ ձեն երկնքեն, թե իմ հոգու մեջեն, ու ես ոտի ելա...

Ու պատմությունը երեկվա ընթացքն ստացավ, հոսեց մարգագետիններով թավալվող գետի նման:

... Առաքելը ոտքի ելավ և նայեց շուրջը: Դեռ կես գիշեր չկար: Աշխարհը խաղաղ էր, լուռ, ոչ մի ձեն ու ծպտուն: Կարծես մի աներևույթ ուժ նրան հրում էր առաջ, դեպի Արաքսի ալիքները: Ձայնը հրամայում էր՝ «Գնա, Առաքել, գնա»: Մոտեցավ Արաքսին: Ոչ ոք չէր նկատել իրեն: Գիշերը խաղաղ էր: Նստած սառ ավազի վրա՝ նայում էր կաթնագույն լույսի մեջ սուզված լեռներին: Արազը երգում էր, շողշողում լուսնի տակ: «Հիմա այս լույսեր թափեր ին մեր Արածանու, մեր Մուրադ գետի մեջ լե»,-մտածեց Առաքելը ու հոգով տեսավ լեռների այն կողմի աշխարհը: Իր հոգու խորքից, թե երկնքից եկող ձայնը դարձյալ հնչեց նրա ականջին, հրամայեց վեր կենա ու Արազն անցնի: Նրան թվում էր, թե հազա՜ր, հազա՜ր աչքեր աստղերի նման նայում են նրան բարձրերից: Ոտքի ելավ ու առանց շորերը հանելու մտավ գետը: նա գիտեր, թե տարվա այս օրերին որտեղ է ծանծաղ: Սառը ջուրը հասավ մինչև գոտին, սառը դողի պես մտավ նրա սիրտը: Արդեն ետ դառնալ չէր լինի: Նա ճեղքեց ջուրն ու հասավ գետի մեջտեղը: Կանգնեց մի րոպե, նայեց շուրջը: Կարծես արծաթի ծով էր ընկել: Պսպղում, փայլփլում էր շուրջը: Մարդ կես ճանապարհից չպիտի ետ դառնա: Քայլեց ջուրը ճեղքելով ու հասավ այն ափին, մացառներից բռնեց ու դուրս եկավ գետնի վրա: Համբուրեց կանաչները: Նրանից քիչ հեռու, սահմանապահ ասկյարները կրակ էին արել ու նրա շուրջը հավաքված, խոսում էին՝ մարմինները քորելով: Առաքելը տեսնում էր նրանց ու չէր վախենում, նայում էր ու մտածում. «Ուրեմն էս բորոտ, գոթոտ ասկերներն ին հիմա մեր երկրի տեր...» Հանեց շալվարը, ամուր քամեց ու հագավ, վեր կացավ: Մահակը ձեռքին, սարերի լուսե կատարներն աչքի առջև, քայլեց նրանց կողմը: Ո՞րտեղ եք, Դիտակ ու Վանք, Ալաշկերտի դուրան ու Նպատ սար, Առաքել կուգա ձեր մոտ ուխտ...

Սուրմարիի հովիտն էլ նրան ծանոթ էր, հիշում էր ամեն գյուղ ու հյուղ, ամեն արտ ու այգի, թուփ ու առու: Քնած էր աշխարհը, քնած էին մարդիկ, արթուն կլինեին միայն գել ու գազան: Իսկ Առաքելը նրանցից չէր վախենում, միայն մարդկանց չհանդիպի մինչև սարերին հասնելը: Չէր քայլում ճանապարհներով, գյուղերի մոտով էր անցնում, բայց այնքան հեռու նրանցից, որ շները մարդահաչ չտան, չգազազեն: Խոտն այս տարի առատ էր, դաշտերի կեսն ամայի: Առաքելը կորչում էր նրանց մեջ: Հաճախ կանգ էր առնում, ականջ դնում ձայների: Լուռ էր աշխարհը, քամին էլ լռել էր: Իգդիրը ձախ կողմում մնաց, Բլուր գյուղը՝ աջ: Ոչ մի կրակ ու կայծ չէր երևում գյուղերում: Յարաբ Բլուր գյուղում ո՞վ է ապրում հիմի, ո՞վ է ապրում Թորգոմենց տանը, Աղաջանենց տանը... Մեծ գյուղ էր Բլուրը, լավ մարդիկ էին ապրում այնտեղ: Երբ իրենք Ալաշկերտից գաղթեցին, էս կողմն եկան, Բլուրի հայերը խլեցինխլլեցին իրարից գաղթականների ընտանիքները, իրենց տները դատարկեցին նրանց պահելու, իրենց բաղ ու բախչի բերք ու բար լցնում էին գաղթականների առաջ առեք, կերեք: Հացն ու թացը անպակաս արին, պահեցին, շահեցին տնավեր-բնավեր հայերուն: Ու հետո էլ իրենք գաղթական եղան, գաղթականների հետ փախան, Արազն անցան էս կողմ... Հե՜յ գիտի աշխարհ, հա՜... Ու հիմա Առաքելը, խոտերի մեջ նստածք նայում էր լույսերը հանգցրած, քուն մտած Բլուր գյուղին: Գորշ պատերով, երկհարկանի տները երևում էին հեռվից, լուսնի լույսի տակ սպիտակին էին տալիս նրանց պատշգամի գրղնակաձև ճաղերը: Նայեց, ախ քաշեց, հիշեց բոլոր բարի մարդկանց, որ ապրում էին այս գյուղում, մեռածներին ողորմի ասաց, ողջերին բանիաջողություն ցանկացավ ու ճանապարհը շարունակեց: Մեկ էլ կանգ առավ Ալի Ղամար գյուղի մոտ: Հիշեց, թե ինչպես էդ գյուղում Խաչատուր անունով մի ուսումնական մարդ, բարձր բոյով, մեծմեծ, սև աչքերով, եկավ գաղթականների քարավանի առաջ ու սայլերով հաց բաժանեց բոլորին: Հիշեց, որ էդ ժամանակ Դիտակցի Հոխանի փոքր եղբայր Տիգրանը, սայլի վրա հիվանդ պառկած, մեռել էր: Սուգ ու շիվան ընկավ: Ու թագավորի տեսքովկերպարանքով էդ մարդն էլ լաց լացեց ու մխիթարեց Հոխանին: Ո՞ւր է հիմի տեսնես, էդ պատվական մարդը: Ալի Ղամարն էլ լուռ էր Բլուրի պես: Կարծես սարերի փեշերի տակ ընկած բոլոր գյուղերն էլ դատարկ էին: Մեկ-մեկ հեռվից միայն, շների ծույլ ու թույլ հաչոցներ էին գալիս: «Առաքել, գիշերը կարճ է ճամփեդ երկեն»,- կանչեց էլի ծանոթ ձայնը և Առաքելը նայեց սարերին: Արևելքում լեռների ետևից դուրս թռավ լուսաստղն ու ցոլցլաց Առաքելի աչքերի մեջ:

Քայլեց, քայլեց այս անգամ առանց կանգ առնելու: Արդեն բարձրանում էր լանջերն ի վեր: Երկիրն արթնանում էր: Ճկացին ճնճղուկները մարգերում, աստղերը խունացան երկնքում: Առաքելը քայլում էր՝ հայացքը լեռների կատարներին, Գեղուկի ճանապարհից հեռու: Լուսանում էր, երևում էին Իգդիրն ու Բլուրը: Շուռ եկավ, նայեց դեպի հովիտը: Արարատի ստվերը փռվել էր գյուղերի վրա, տներից կապույտ ծուխ էր բարձրանում դեպի երկինք՝ հարիա՛նդ-մարմա՛նդ, ոլոր-մոլոր: Չպետք է կանգներ ու նայեր, շարունակեց քայլել, որ մարդաբնակ տեղերից հեռանա, կատարների ծերպերին հասնի: Արարատն իր մեջքին պահում էր արևի գունդը, չէր թողնում, որ շուտ երկինք բարձրանա: Հիմա էլ դաշտն էր արևով ողողված, իսկ մեծ լեռան ստվերը արևելքից արևմուտք ձգվող սարերի վրա էր ընկել:

Առաքելը բարձրանում ու բարձրանում էր: Եվ զարմանում էր, որ այս փարթամ սարերի վրա օբաներ չկան, ոչխարների հոտեր չեն արածում այս դալար լանջերում: Ավելի լավ, փորձանք չի պատահի: Հասավ սարերի գագաթը: Այդտեղ նոր կանգ առավ, շունչ քաշեց, դեմքը խաչակնքեց: Մահակին հենվեց կրծքով ու նայեց երկրի կողմը: Հիմա որ հիշում, ինքն իրեն, ինքն իր աչքերին երանի է տալիս: Երևում էր լանջին նստած Արծափ գյուղը, Քորունի ու Մուսունի կանաչ դաշտը պսպղում էր արևի տակ, շողում էր նրա միջով անցնող փոքրիկ գետը: Սարեր ու ձորեր կանաչ, երկինքը կապույտ, օդը՝ մաքուր: Էս կողմն էիր նայում՝ Արազն էր երևում, որ դանակի պես դաշտն երկու մասի էր բաժանել: Երկու կողմն էլ երկիրն էր, էն կողմն՝ իր պապի ու հոր գերեզմաններն էին, էս կողմը՝ իր որդիները՝ Արամն ու Տիգրանը, իր կինը, իր ազգն ու Հայաստանը: Ինքը հիմա մնացել է երկուսի մեջտեղը: Էս ինչ արեց ինքը, ո՞ւր եկավ: Էդ մտքի վրա Առաքելի սիրտը լցվեց: Նստեց մի քարի, մահակն առավ ծնկների մեջ, երկու ձեռքով բռնեց գլուխն ու կուշտ-կուշտ լաց եղավ: «Մութն ընկնի, ետ կդառնամ»,- մտածեց նա, ու այդպես, ժայռին նստած, քնեց: Որ արթնացավ, կեսօրն անցել էր: Անոթի էր: նայեց շուրջը, սնձի դախացած թփեր կային: Քաղեց, կերավ: Խավրծիլի դալի ցողուններ գտավ, դրեց բերանը, ծամեց, լանջով իջավ այն կողմը, պառկեց խոտերի մեջ: Հեռվից, Մասիսի կողմից լսվեցին խուլ կրակոցներ, որ շարունակվեցին բավական երկար: Առաքելի սիրտը երկյուղ ընկավ: Ի՞նչ կրակոցներ էին: Սկզբում մտածեց, թե քրդերի էլերն իրար հոտերն են քշում: Թալան են տարել երևի, տերերը կռվով ուզում են ետ առնել: Բայց այսքան երկար չէին կռվի: Կրակոցները շարունակվեցին մինչև իրիկնադեմ: Հիմա Առաքելը նայում էր Հարավ, սիրտը վառվում էր, նայում էր հյուսիս՝ հոգին էր դաղվում: Երկու կողմն էլ հիմա ճամփեք փակ էին: Մենակ էր, մի խաղ ասեց ու էլի սիրտը փլվեց: Հանգստացավ ու որոշեց. «Չէ, որ եկեր եմ, պիտի մինչև վերջ գնամ»: Հենց որ մութն իջավ, Առաքելը ճամփա ընկավ սարերից դեպի հովիտներն ու ձորերը... Ամբողջ գիշերը քայլեց ծանոթ սարերով ու ձորերով, ծանոթ գյուղերին լուսնյակի լույսի տակ հեռվից նայելով, համբուրելով լուռ, մենակ կանգնած խաչքարերն ու մատուռների պատերը: Լույսը նոր էր բացվում, որ հանկարծ փոքրիկ մի ձորակի աջ ու ձախ ափերից, նրա վրա վազեցին կատաղած գամփռներ: Ու նույն րոպեին Առաքելը լսեց մարդկային կանչեր: Գամփռներից Առաքելը պաշտպանվեց իր մահակով, մինչև մոտեցան նրանց տերերը, ոտից գլուխ զինված մարդիկ: Սկզբում ձորի ամեն կողմից եկան երկուական հոգի, հետո՝ ամեն կողմից մի խումբ՝ քսան-քսանհինգ մարդ զինված, փուշիները կապած քոլոզներին, մազե աբաներով, թուխ-թուխ, ջահել ու հաղթանդամ, թռռուն քրդեր: Առաքելը տեղում անշարժ կանգնեց, ձեռքերը բարձրացրեց վեր: Եկան մոտեցան, ամեն մեկը մի աժդահա:

- Ո՞վ ես դու, ո՞ւր ես գնում.,.

Առաքելը շփոթվեց.

- Ո՞վ ես դու,- կրկնեց բոյով, բուսաթով, խոշոր աչք ու ունքով, պատրոնդաշներով, հաստ ու երկար, սև բեղերով մի քուրդ,- ո՞վ ես, ինչպես ես էս սարերն ընկել և ո՞ւր ես գնում:

- Խեղճ մարդ իմ,- ասաց Առաքելը,- մեր գյուղ կերթամ, դութաղցի իմ...:

Նրանց Դիտակ գյուղին քրդերը Դութաղ էին ասում:

- Ո՞ր գյուղացի ես,- զարմացած հարցրեց քուրդը:

- Դութաղ գյուղացի, Ղասմե Ջիլանիի մշակն իմ...

Առաքելի էդ խոսքը կիսատ մնաց: Հարց տվող քուրդն ու մյուսներն էնպես ծիծաղեցին փորները բռնելով, որ սար ու ձոր դմդմբացին նրանց ծիծաղից:

- Ա՛յ, սուտասան մարդ, այ բեաբուռ մարդ...

Առաքելի թուքը բերանում չորացավ:

- Ասում ես, թե Դութաղի Ղասմե Ջիլանիի մշա՞կն ես...

Ու էլի ծիծաղում են:

- Տարեք դրան, սատկացրեք,- հրամայեց այդ քուրդը մյուսներին,- սատկացրեք ու ջանդակը զցեք գազաններին...

Թափվեցին Առաքելի վրա, թևերը բռնոտեցին ու քաշ տվին ձորի խորքը: Գլխավորն իր օգնականներով շրջապատված, նայում էր, թե ինչպես պիտի սպանեն այդ ծպտյալ անծանոթին: Մեկ էլ սուլեց նա: Կանգ առան: Գլխավորը նստեց մի քարի, օգնականները կողքերին:

- Բերեք այդ շանը,- հրամայեց նա:

Առաքելին ետ բերին:

- Ասա, ո՞վ ես դու, ի՞նչ ես անում այս սարերում... Դու չգիտե՞ս, որ հավքն իր թևով, օձն իր պորտով էս տեղերում չեն երևում... Ինչքա՞ն փող են տվել քեզ թուրքերը, որ գաս այս կողմերն ու տեղեկություն տանես նրանց... Քանի մեծ թիքեդ բերանդ չեմ դրել, ասա՝ ո՞վ ես, ո՞րտեղացի ես...

- Վալլա, բիլլա, թիլլա, որ իրեք լե աստծու անունն ին, ես դութաղցի իմ,- պատասխանեց Առաքելը:

Ու էդ խոսքի վրա գլխավորի մտրակը շրխկոցով իջավ նրա գլխին: Կարծես երկնքից կրակներ թափեցին Առաքելի վրա:

- Ստոր մարդ, ալչախ, ստոր, դու աստծու անունով սուտ երդում ես ուտում, հա՞... Ղասմե Ջիլանի տան մշակն է,- բարկացած ասաց գլխավորը հարվածից հետո,- Ղասմե Ջիլանիի դռանը քեզ նման շուն էլ չի եղել...

Ու էլի ամբողջ խումբը հռհռում է: Ամեն մեկը մի աhռելի հսկա:

- Ո՞վ ես դու, շո՛ւն...

Առաքելը որոշեց, ինչ էլ լինի, պատմի իսկությունը: Գլխի ընկավ, որ սրանք Ղասմե Ջիլանիի տանը ծանոթ են ու առաջին խոսքից նրա սուտը բռնել են:

- Թողեք պատմիմ, հետո կուզիք սպանեք, կուզիք կտորկտոր էրեք,- խնդրեց Առաքելը:- Ես հայ իմ, եկեր իմ Հայաստանից, որ իմ երկիր տեսնիմ ու մեռնիմ, իսկապես որ դութաղցի իմ: Ղասմե Ջիլանու տուն շատ իմ հաց կերե, ու էդ արդար երկինքն լե վկա եղնի, հիմի Դութաղ կերթամ...

Քրդերը զարմացած նայում էին Առաքելին: Գլխավորը վեր կացավ, սուլեց: Ձորի երկու կողմերից երևացին ձիավոր խմբեր, սուրացին գլխավորի մոտ: Առաջինը ձիուց իջավ սպիտակած մազերով, ոչ տարիքով, ոչ էլ ջահել մի քուրդ:

- Ապո, ճանաչո՞ւմ ես այս մարդուն,- հարցրեց գլխավորը՝ ցույց տալով Առաքելին,- լավ նայիր, ապո, գուցե հիշե՞ս...

Ալեհեր բեղերով, նույն պես բարձրահասակ ու թուխ, հպարտ կեցվածքով քուրդը զննող հայացքով նայեց Առաքելին: Նայեց ու ձեռքով փակեց աչքերը, հիշողությունը հավաքելու համար:

- Մա՛րիֆ,- ձայն տվեց Առաքելը լացախառն ձայնով,- վայ դուրբան քըզի, Մարիֆ ջան...

Մարիֆը բացեց ալքերը:

- Առքե՞լ... իմ աչքերն ինձ չե՞ն խաբում, Առքե՞լն ես... ես...

- Առաքելն իմ, Մարիֆ ջան...

Իրենց Բերդակ գյուղացի Ղասմի միջնակ տղան էր Մարիֆը, իսկ խմբի գլխավորը, նրա մեծ եղբոր որդին էր, Ղասմի թոռը, անունը՝ Նադո:

Մարիֆը գրկեց Առաքելին, նստեցրեց իր կողքին, ժայռի վրա:

- Դե պատմիր Առքել, էս ի՞նչ հրաշք է քեզ էս կողմերը բերել: Ի՞նչ հրաշք է...

- Կարոտ ընձի բերեց, Մարիֆ ջան,- ասաց Առաքելը,- կարոտ կրակի պես կվառե մարդու հոգին...

Մարիֆը պատմեց խմբին, թե ով է Առաքելը: Նադոն թողություն խնդրեց, որ մտրակով խփել է նրան: Անմիջապես մլհամ դրին Առաքելի դեմքին, որի վրայով ճակատից մինչև ծնոտը՝ մտրակի հետքն ուռել ու կապտել էր: Կարծես գետնի տակից բուսնելով, ամեն կողմից հայտնվում էին նորանոր զինված մարդիկ ու գալիս, լուռ նստում էին Առաքելի շուրջը բոլորած խմբի մեջ: Գլխի ընկնելով, որ հեռու ճամբա եկած Առաքելն անոթի կլինի, Նադոյի հրամանով գետնին կաշվե սուփրա փռեցին ու մաղախներից նրա վրա լցրին պանիր ու լոռ, ղավուրմայի մեծ-մեծ կտորներ, զառան բուղեր:

Մարիֆը հարց ու փորձ էր անում Առաքելին ծանոթ հայ գերդաստաններից՝ ով կա, ով չկա: Առաքելը պատմում էր իրենց կյանքը, թափառումները հայրենիքից զրկվելուց հետո, պատմում էր մահերի ու ծնունդների մասին, և նրան լուռ լսում էին հարյուրից ավելի զինված քրդեր: Լսում էին նաև խմբի շուրջը, սանձերը բերաններին գլխահակ կանգնած ձիերն ու իրենց զինված տերերի կողքին բազմած վիթխարի գամփռները: Նրանք նույնպես հիմա հաշտ հայացքով էին նայում Առաքելին, զգալով, որ հանդիպման առաջին րոպեներին ուզում էին հոշոտել նրան:

ԳԼՈՒԽ ՀԻՆԳԵՐՈՐԴ

Հարցաքննության երրորդ օրը երիտասարդ, հաղթանդամ քննիչը, դիմելով Առաքելին, ասաց.

- Քաղաքացի Էլոյան, մի բան ինձ համար անձամբ հասկանալի չէ: Ուզում եմ հարցնել ձեզ...

- Հարցրու, մատաղ,- վրա տվեց Առաքելը:

- Չե՞ք կարող պատմել, թե ինչ մարդիկ էին դրանք, այդ Նադոն, Մարիֆը, այդ Ղասմե Ջիլանին: Եվ ինչո՞ւ եք դուք նրանց մասին այդպես գովասանքով խոսում... Դուք տաձկահայ եք, Էլոյան, և ձեզ քրդերը շատ են, նու, ասենք, անհանգստացրել, ինչպե՞ս էիք նրանց մոտ զնում: Կարո՞ղ եք այս հարցերին պատասխանել:

- Կարող իմ: Իմ աչքի վրեն, պատասխանիմ քըզի պատմիմ Ղասմե Ջիլանու տան պատմություն: Ղասմե Ջիլանին մեր գեղ կապրեր...

Մի ծզարա էլ փաթաթեց Առաքելն ու նույն ներշնչումով, որ համակել էր նրան այսօրվա հանդիպման հենց սկզբից, շարունակեց.

...Ղասմե Ջիլանին իր գերդաստանով ապրում էր Դիտակ

գյուղում հայերի հետ միասին: Լավ մարդ էր, բարի մարդ էր, հայասեր էր: Ոչ մեկը նրա բերանից հայհոյանք չէր լսել, ոչ մեկի վրա ձեռք չէր բարձրացնում, ոչ իր մշակների, ոչ էլ մյուսների, նույնիսկ իր հեշինբոզ սպիտակ ու կապույտ խալերով ձիուն էլ մտրակով չէր խփում: Իր բնությունն էր էդպես: Վայն եկել էր էն քրդին, որ գողություն էր արել, կամ ուրիշ վատություն: Ղասմե Ջիլանին պատիվ ուներ քրդերի մեջ մինչև Ջիլանի ձորի զոզանները: Հիմա Առաքելը կպատմի, թե ինչպես Ղասմե Ջիլանին փրկեց Դիտակի հայերին:

Մի անգամ գիշերով Դիտակ լցվեցին թուրք ասկյարների մի բոլուք ու համիդիեի մի խումբ: Իրարանցում ընկավ գյուղը, ճիչ, լաց, վայնասունք շների կաղկանձ, ձիերի խրխինջ: Հաչող շների վրա կրակում էին, դռները ջարդում, ներս էին մտնում տները: Հիմա էլ, որ Առաքելը պատմում է, սարսռում է մարմինը, սիրտը ցավում է: Նրանց դուռն էլ ջարդեցին: Սանամն Արամին գրկած կանգնել էր դռան ետևը, երեխին վերցրին ու զցեցին գետին, Սանամն իրեն զցեց երեխի վրա, նրա մազերից էլ բռնեցին ու գետնով քաշ տվին: Հրացանների կոթերով սկսեցին խփել Առաքելին, որ դուրս գա տնից: Առաքելի դուշմանն այդպիսի օր չտեսնի: Մինչև լույս ոչ մի հայ ողջ չէր մնա Դիտակում, ոչ մի քոռ կատու... Ու մեկ էլ գոռգոռոց ընկավ գյուղի մեջ, բարձրաձայն կանչում են իրար՝ քրդերեն, թուրքերեն: Առաքելի սիրտը տեղն ընկավ: Ղասմե Ջիլանու ու իր տղաների ձենն էր: Հրացաններ շխշխկացին, քուֆըր, աղաղակ: Համիդիեի զինվորները տներից դուրս եկան, սուզ ու շիվան մի քիչ դադրան: Ղասմե Ջիլանին ու իր յոթ տղաներ զենքերով կանգնեցին համիդիեների գլխավորի առաջ, որ Քոռ Հուսեյն փաշի՝ էդ հայակեր գազանի, խուլամներից էր: Ասին՝ որ մի հայ սպանեք, էստեղից ձեր ջանդակներ կտանեն ձեր տները, էն էլ չենք տա, կզցենք շներին: Խաբար ենք ուղարկեք գյուղերը, ասին, որ հենց հիմի ձեր ճամփան կտրեն: Էս հայեր, ասին, մեր եղբայրներն են եղել, մի արտի հաց ենք կերե, պապից պապ, մի աղբյուրի ջուր ենք խմել, իրար պահելու պաշտպանելու երդում ենք տվել, նրանք՝ իրենց Նպատ լեռան Սուրբ Հովհաննու վանքով, մենք՝ շեյխ Օզմանի օջախով: Անոթի՞ եք, ձեզ համար գառներ մորթեմ,- ասաց Ղասմե Զիլանին,- զխկտվեք, կշտացեք ու հայդա էս գյուղից: Համիդիեք հավաքվեցին իրար վրա, լցվեցին Ղասմե Զիլանու մարագը, իսկ նրա տղաներն ու խուլամները հայերին տարան լցրին Ղասմե Զիլանու հացատուն: Տարան, տարան, ծեր ու մանուկ, տղա, աղջիկ, տարան լիք լցրին էդ դուբեն: Մեծ թոնրատուն էր, հինգ հարյուր մարդ կտաներ: Հայու ու քրդի բոլոր հարսանիքներ Ղասմե Զիլանու էդ թոնրատանն էին անում: Հարյուր մարդ ու երկար յազմեքով կնիկ գովընդ՝ կլոր պար կբռնեին, մի երկու հարյուր մարդ էլ շուրջպարի ներսը նստած, նրանց կնայեին: Էդ մեծ տունը Դիտակի բոլոր հայերին ներս առավ իրենց զերդաստանների հետ ու Զիլանին, իր հինգ եղբայրն ու յոթ տղերքը, զենքերն առած, տան դռան առաջ պաշտպան կանգնեցին: Աջառներ մորթեցին, մինչև լույս կերցրին համիդիեի էդ զինվորներին ու հայերին էլ պահեցին: Լուսադեմին համիդաները քաշվեցին գնացին: Դրանք քաշվեցին, ուրիշներն եկան, նրանք էլ գնացին, ուրիշներն եկան: Եկան գնացին, եկան գնացին: Ով որ մոտեցավ Ղասմե Զիլանու մեծ տան, նրա հինգ եղբայրներն ու յոթ տղերքը, յոթ էլ զինված հայ, քրդի շորով, որ գիշեր տնից ելան ու զենք առան, բոլորով կանգնեցին համիդիեների առաջն ու ասեցին՝ կամ էս տան մոտեցողի դիակ կփռվի շեմի վրա, կամ մեր դիակների վրայով կանցնեք, ներս կգնաք: Ու էլի եկան, գնացին: Քաշվեցին, քաշվեցին, քաշվեցին ու մինչև լույսը լրիվ բացվեց, արևը դուրս եկավ սարի ետևից, ոչ մի համիդեի զինվոր չէր մնացել Դիտակում...

Հացատան դուռը բացեցին, գյուղը դուրս թափվեց Ղասմե Զիլանու տնից: Լաց, արտասուք, ուրախություն: Դիտակ կոտորածից փրկվել էր: Ու մեկ էլ ի՞նչ տեսնենն դիտակցիք: Վանքի կողմից ռուս զորք՝ երևաց, ձիավոր կազակներ:

Եկան, եկան մոտեցան։ Էնպես խոշոր, մեծմեծ կազակներ էին, ամեն մեկը մի-մի շեկ դև։ Մինչև հիմա Առաքելն էդպես մեծ-մեծ ռուսներ չի տեսել։ Դիտակի փրկված հայեր ուրախացած վազեցին նրանց առաջ։ Ու ի՞նչ տեսնեն։ Կազակների հետ հայ կամավորներ ու նրանց մեջ՝ դիտակցի Սմբատն ու Քոչոն, սպիտակ ձիեր հեծած, մոսենի հրացաններն ուսերին գցած։ Լաց ու կծծով վազեցին, գրկեցին նրանց ձիերի գլուխները։

Կամավորները ձիերուց իջան ու ժողովրդի հետ միասին լաց են լինում։ Հետո ծերերն առաջ եկան ու ասացին.

- Սմբատ ջան, Քոչո ջան, Ղասմե Ջիլանին մըզի բոլորին կոտորածից փրկեց։ Էնի որ չեղներ, հիմա մեր բոլորի դիակներ կտեսնեք դուք... Ինչպես որ էնի մեր հեսիրն ազատեց, դուք լե պիտի նրա հեսիրն ազատիք, բեբախտություն չենիք...

Սմբատ կազակներուն բացատրեց մեր խնդիրք, կազակներ ըսին՝ դա, դա, իրավունք ունիք։ Եվ մեծ ու փոքր վազեցին, Ղասմե Ջիլանոլ տան կայք ու կարողություն բերին լըցին Սմբատի ու Քոչոյի տուն. էլ խալի խալիչա, աբրշումի յորղան դոշակ, էլ պղնձե ղազան ու արծաթե գյուգյում։ Մի մեծ տաշտ ուներ Ղասըմ, որ իր «յոթ հարս իրար հետ կմտնեն մեջ, կլոխկնեն ու կելնեն»։

Քննիչները ժպտացին.

- Այդքան մեծ տաշտ կլինի՞...

- Թե սուտ կըսիմ, ամոթ ընձի... Յոթ հարսն լե էդ տաշտի մեջ միասին կլոխկնեն։ Ես պատմելով կըսիմ, հո իմ աչքով լոխկցող հարսներուն չտեսեր իմ...

Առաքելն ախորժակով ծծեց չիբուխը և ծխի մի ամբողջ քուլա դուրս թողեց բերնից ու ռունգներից։

... Յոթ օր դիտակցիները պահեցին Ղասմե Ջիլանի մեծ գերդաստանը, պատիվներ տվին, շնորհակալություններ կրկնեցին ու յոթերորդ օրը, Սմբատն ու Քոչոն, իրենց հետ առնելով հինգ ուրիշ կամավոր, գիշերը Ղասմե Ջիլանիի գերդաստան տարան մինչե Գյալիե Ջիլան, հասցրին քրդերի մոտ ու ետ դարձան։

- Էս լե ձրզի Ղասմե Ջիլանու տան պատմություն,- ավարտեց Առաքելն իր խոսքը: Ու մի քիչ դադարից հետո շարունակեց:- Կըսին քրդեր հայերին կոտորեր ին: Ճշմարիտ, կոտորեր ին: Բայց ամեն քուրդ Քոռ Հուսեյն փաշի նման անխիղճ, անաստված գել ու գազան չէր: Մշո Մուսա-Բեկի նման լիրբ ավազակ չէր, Մահմուդ-Բեկի նման գող ու թալնչի չէր: Ղասմե Ջիլանու ու նրա տղերքի պես ազնիվ, պատվական քրդեր լե տեսեր ինք մեր աչքով: Մոկաց Մուրթալա-Բեկի պես հայերի պահապան հրեշտակ քուրդ լե կապրեր աշխրքի վրեն:

Թե կապրի, առողջություն ու բանիհաջողություն իրեն, թե մեռեր է, հազար ողորմի, թող լույս իջնի իր գերեզմանին...

- Քաղաքացի Էլոյան, ասացեք խնդրեմ,- դիմեց Առաքելին այս անգամ ակնոցավոր քննիչը,- այս ամենը, որ դուք պատմում եք, շատ հետաքրքրական բաներ են: Բայց չէ՞ որ դուք անգրագետ մարդ եք, միշտ դաշտերում եք եղել, ինչպե՞ս է, որ գիտեք այդ բոլոր պատմությունները:

- Ինչպես գիտե՞մ...

- Այո:

Առաքելը հպարտ ժպտաց.

- Ինչպե՞ս գիտեմ... Հորի անգրագետ ու անուսում մարդ անգաձ չունի՞, միտք չո՞ւնի: Մեր երկիր որտեղ մի դեպք կըպատահեր՝ Մուշ թե Սասուն, Մոկս թե Շատախ, բերնե բերան կտարաձայնվեր գեղե գեղ, քաղքե քաղաք ու բոլորին լե կիասներ, ինչպես Սասնա Դավթի պատմություն... Ձեն ի ձեն կընկներ, ձեն կերթար կիասներ աշխրքի ծեր: Աղբյուր Սերոբ, Գևորգ Չաուշ ու Անդրանիկ Սիփանա սարի վրեն կիազեն, մենք Ալաշկերտ, Մանազկերտ ու Բասեն կլսենք: Մոկացի զզրարներ Ալաշկերտի դեպք կերթային Խնուս կպատմեին, Խնուսի դեպք՝ Վան, Վանի դեպք՝ Ալջավազ... Ես լե լսեր իմ ու միտս իմ պահե, գրյանք չիասկնամ, բայց խոսք ու զրույց կիասկնամ...

- Շարունակեք, Էլոյան, շարունակեք:

- Շարունակի՛մ...

Մտածեց Առաքելը հիշելու, թե որտեղ էր կանգ առել: Հիշեց Ալադաղի սարերու վրա, Մարիֆի ու Նազոյի մոտ... էսպես, ամբողջ օրը Մարիֆն Առաքելին պատմել տվեց հայ գերդաստանների պատմությունը: Երեխայի պես լաց եղավ, իմանալով, որ Միրիբի Սմբատ սպանվել է կռիվների մեջ, Քոչոյին էլ թույն են տվել ստոր մարդիկ ու նա էլ էդպես է մեռել:

Մարիֆը խփում էր ծնկներին, ախ ու վախ էր անում: Բոլոր մյուս քրդերը լսում էին՝ շունչներն իրենց պահած: Հետո Առաքելն իմացավ, որ Ղասմե Ջիլանու գերդաստանին էլ մեծ դժբախտություններ են պատահել: Ութը տարի է արդեն, որ թուրքերը քրդերին էլ են խփում, կոտորում: Ութը տարի է, որ քրդերն ու թուրքերը կռիվների մեջ են: Այս կողմի քրդերի գլխավորը Ղասմի մեծ տղան էր եղել Շամիլը: Սպանվել էր կռիվների մեջ, նրա մյուս հինգ եղբայրներն էլ էին սպանվէի մնացել էր Մարիֆը: Ղասմե Ջիլանին դարդից մեռել էր: Հիմա Շամիլի փոխարեն գլխավորը նրա տղան է՝ Նադոն, որ այն ժամանակ տաս-տասներկու տարեկան տղա էր: Դրա համար Առաքելը նրան չճանաչեց, նա էլ՝ Առաքելին: Հիմա հիշում են իրար: Առաքելը շատ անգամ նրան իր հետ դաշտ էր տարել, որսի տեղեր էր ցույց տվել: Նադոն երեխա էր, բայց կրակած գնդակը գետնին չէր ընկնում: Իսկ հիմա հսկա է, բեղերի ծայրերն ականջներն էն հասնում, կուրծքը հանց՝ որ դարբնի սալ...

Մարիֆը պատմում էր Առաքելին իր եղբայրների նահատակությունը, և հիմա էլ Առաքելն էր լաց լինում:

- Մուխանաթ ռոմեն խաբեց հիմար քրդերուն, զենք ու զրահ տվեց, հայերի վրեն քշեց, կոտորեց հայերուն,- կպատմեր Մարիֆ,- ու, հայերուն կոտորելուց հետո լե, հիմա մըզի կուզե ջնջե երկրի երեսից: Մեր գլուխ կտփինք, կուլանք, հմա ի՞նչ էնինք, անցածն անցիր է, կըսեր.

- Շատ ին փոշմներ, շա՜տ,- ավելացրեց Առաքելը,- կանիծեն իրենց արնախում ցեղապետներուն, որ հայերուն կոտորեր ին: Որ հայեր մնային, հիմա մեր դրություն էսպես չեղներ,- կըսեր Մարիֆ...: Կըժգոհեն ընկեր Ստալինից: Կըսեն քոռ Քեմալ փաշան Սարի Մոսկովին հավատացնում է, թե ինքն լե էնոր դինից ու իմանից է, սուտ բարեկամություն կենե Մոսկովի հետ, իսկ երկրի մեջ ժողովուրդներուն կկոտորե... Հայերուն ջարդեց-կոտորեց, ուռումներուն կոտորեց, հիմի լե քրդերուն կկոտորե...

- Սարի Մոսկով Ռուսաստանին կըսին քրդեր,- բացատրեց Առաքելը,- յանի թե շեկ Մոսկով, որովհետև ռուսներ շեկ են...:

Առաքելը մոռացել էր, որ գտնվում է բանտում, որ ցուցմունքներ է տալիս քննիչին, որ իր այդ ցուցմունքներից է կախված իր բախտը, որդիների ու բարեկամների բախտը: Ոչ մի վատ բան նրա մտքով չէր անցնում: Նա ամբողջովին հափշտակված, ներշնչված էր եղելությունները կրկին կենդանացնելով սեփական հոգու մեջ: Նա վերապրում էր իր ապրածը և երջանկանում էր:

Մինչև մութն ընկնելը քուրդ Նադոյի բանակատեղում պատիվներ արին Առաքելին, լսեցին ու խոսեցին, լսեցին ու խոսեցին, ու երեկոյան կողմ ձիերն հեծան անհետացան: Առաքելի մոտ մնացին Մարիֆն ու երկու օգնական: Առաքելը հետո իմացավ, որ Նադոն իր խմբով գնաց Մասիսի փեշերը քաշված քրդերին օգնության:

Մարիֆն ու իր երկու օգնականն Առաքելին իրենց հետ առած Դիտակի կողմը գնացին: Դիտակ հասան գիշերով: Առաքելը գտավ իրենց տունը, պատերը համբուրեց, շեմից ներս մտավ: Տունն ավերակ էր դարձել: Միայն պատերն էին կանգուն, հառիքը չկար: Ներսը եղինջ ու թախտիկ էին բուսել, բարձրացել էին պատերն ի վեր: Ավեր թոնդրի ներսում էլ հուռ կանաչ էր բուսել, բարձրացել մինչև թոնդրի շրթները:

Առաքելը Մարիֆին խնդրեց, որ թույլ տա իրեն ժուռ գա գեղի մեջ, բոլոր տներ ու թաղեր տեսնի, գնա աղբյուրից ջուր խմի, մեծ խաչքարի մոտ նստի ու նայի Արածանու կողմը: Մարիֆն համաձայնեց.

- Գնա, Առքել, գնա, թող տղերք լե քու հետ գան, բան չպատահի...

Մինչև լուսաբաց Առաքելը դուրս մնաց, Մարիֆի օգնականներն էլ նրա հետ: Լույս որ բացվեց, Առաքելին տարան Մարիֆի մոտ, մեծ սինիով փլավ բերին՝ գառան միսը վրան: Առաքելը կուշտ կերավ ու քնեց: Քնեց ու երբ արթնացավ, կեսօրն անցել էր:

- Առքել,- ասաց Մարիֆը,- քեզ տեսության են եկել, բոլ է քնես...

Առաքելին տեսության էին եկել ծանոթ քրդեր Դիադինից ու Վանքից, Ջուջանից ու Սայդոյից, Տաշլիչայից ու Ղարաբազարից, ամեն մեկը մի գառ ու մի մաքի առաջն առած: Առաքելը, որ տնից դուրս եկավ, անմիջապես շրջապատեցին:

- Սար սարա, սար ճավա, բըրե մա, Առքել[1]...

Այնպես փաթաթվեցին Առաքելին, կարծես դարիբությունից իրենց հարազատ եղբայրն էր վերադարձել: Ամեն մեկն իր համագյուղացի կամ քիրվա հային էր հարցնում, թե ով է ողջ, ով է կենդանի՝ Վանքեցի Մովսեսի տնից, Ջուջանցի Դավիթ աղի տնից: Էլ ում ասես, որ չէին հիշում, վաղուց մեռած գնացած մարդկանց, ջնջված կորած տոհմերի: Ու տխրում էին, որ չկան, և ուրախանում էին բարի լուր լսելով: Չէ, սխալ կլինի, որ ասես թե բոլոր քրդեր ավազակ են եղել: Առաքելենց կողմերի քրդերն ու հայերը մինչև գաղթի օրերն էլ իրար պաշտպանում էին, գաղթի ժամանակ էլ շատերը մինչև Քորուն-Մոսունա դաշտ եկան, ճամփու դրին հայերին ախ ու վախով:

Առաքելն ի՞նչ աներ բերած նվերները, ո՞ւր քշեր այդքան ոչխար ու գառ: Ու ամեն օր նոր ու նոր գյուղերից գալիս էին նրան տեսնելու: Ծերերը նստում էին, հետը մեծ սինիներից գառով փլավ էին ուտում, երեխաները հավաքվում էին նրանց շուրջը, կանայք նայում էին փարդաների ետևից:

[1] Մեր գլխի, մեր աչքի վրա, մեր ախպեր Առաքել:

Տասնհինգ օր Առաքելը մնաց իրենց գյուղում: Ամեն օր իրիկնադեմին գերեզմանոց էր գնում, չոքում էր հոր գերեզմանի վրա, համ բուրում նրա կարմիր քարը, հետո գալիս, համբուրում էր իրենց տան շեմաքարը, ապա գնում էր գյուղի դիմացի դարի մեծ խաչքարը համբուրելու ու նստում էր նրա առաջ, նայում Ձիրավի դաշտին, Արածանուն, դաշտի վերջում մայր մտնող արևին: Տեր բարերար աստված, մի՞թե այդ ամենը ճիշտ էին, մի՞թե Առաքելը երազի մեջ չէր, խորոտ, անուշ երազի մեջ, որ կարող է հիմա, հիմա վերջանալ: Չէ, երազ չէր, իրական էր: Ահա սա ինքն է՝ Առաքելը, կողքին գյուղի առջևի մեծ խաչքարն է, առջևը՝ Ալաշկերտի դաշտը...

Մարիֆը չէր թողնում, որ Առաքելը հեռու գնա: Իսկ Առաքելը ամեն օր խնդրում էր. մահակը ձեռքն առնի ու դաշտերն իջնի, իր դաշտերը, որոնց տերն Առաքելն էր մի ժամանակ: Իջնի դաշտերը, ձորերը մտնի, սարերը բարձրանա, գոնե գիշերով: Մարիֆը թույլ չէր տալիս, և նրա երկու օգնականներն էլ միշտ Առաքելի հետ էին:

Մի օր էլ դաշտից ձիով տուն եկավ Մարիֆն ու Առաքելին հայտնեց, որ այսօր իզին կտա նրան վանք ու Դիադին գնալու: Ինքն էլ նրա հետ կգա: Երկուսով ձիեր նստեցին, երկու խուլամների հետ Դիտակից իջան Նպատ լեռան տակի Հովհաննու վանքը: Մարիֆն ու նրա երկու օգնականը զենքերով էին, Առաքելն անզեն էր: Անցան Արածանու կամրջով: Գետն՝ էլի այնպես զուլալ հոսում էր: Կարծես Առաքելը երբեք չէր բաժանվել նրանից: Կապույտ ալիքների տակ խայտում էին դեղնիկ ձկները: Եկան, կանգնեցին վանքի առաջ: Նա էլի առաջվա պես հաստատուն կանգնած էր իր տեղում, քիվերին ծանոթ աղավնիները: Առաքելն իջավ ձիուց: Օգնականներից մեկը նրա ձեռքից առավ սանձը: Առաքելը գնաց, վանքի մեծ մուտքի դռան առաջ, դեմքի վրա պառկեց քարե հատակին ու փղձկաց: Երեք ձիավոր քուրդը երևի հասկացան, որ Առաքելը լաց է լինում ու դեմքի վրա պառկել է, որ նրա լացը չտեսնեն:

- Է, վաթա՜ն, վաթա՜ն,- ասաց Մարիֆը,- վաթան անուշ բան է... Վաթանի կարոտից մարդիկ կարող են իրենց գլուխները փորձանքի տալ... Իրենց մահն իրենց աչքն առնել... է՜, վաթա՜ն...

Լաց եղավ Առաքելը, հետո վեր կացավ ու Մարիֆի հետ գնացին, նստեցին գետափին: Առաքելը լվացվեց Մուրադի ջրով, աչքերը հովացան...

Մյուս օրն առավոտ, Մարիֆը նրան տարավ Դիադին գյուղը: Անցան Նպատ լեռան ստորոտներով, ուր բուրում էին լեռնային համեմները, անցան այն ժայռերի մոտով, ուր 1904-ին հայդուկները դիրքեր էին բռնել և լեռան շուրջը հավաքվել էին ջելալցի ու զիլանցի աշիրաթները, ջիլոներ ու զազաներ և թուրքի զորքը՝ յոթ բինբաշիով: Մենակ Ղասմե Ջիլանին իր ցեղից ոչ մեկին իրավունք չտվեց, որ հայ ֆեդայինների վրա կռիվ գնան: Անցան Ճանաչ Ճամփաներով, հասան Դիադինի ջերմուկները՝ գերմավները, լողացան տաք ջրերում... Ինչ եռման աղբյուրներ էին: Երեսունչորս տաք աղբյուր, ժայռեղեն ակունքից դուրս գալով եռում, բխկբխկում են: Մի ամբողջ գետ կազմելով, գնացել թափվել են Արածանին ու քարանալով՝ կամուրջ են կազմել նրա վրա, դեղին քարուբարե կամուրջ, որ հրաշքի է նման: Աշխարհում որտե՞ղ կա այդքան գեղեցկություն, այդքան սիրուն տեղեր...

Գիշերով վերադարձան Դիտակ: Առաքելը հիմա հասել էր իր նպատակին: Թող հենց այդ գիշեր էլ աստված նրա հոգին առներ: Բայց երբ հոգեառ հրեշտակներին ինքդ ես կանչում՝ չեն գալիս, երբ չես կանչում՝ էն ժամանակ են գալիս: Լավ է չգա հոգեառ հրեշտակը, մինչև վերադառնա տուն, պատմի, թե ինչ է տեսել: Մի երկու օր էլ մնա, կարոտը լավ առնի ու դառնա տուն,ժամանակն է:

Մի երկու օր էլ այդպես անցավ:

Հին կարոտի բոցերը նրա ներսում աստիճանաբար իջնում էին, կրակը հանդարտվում, ծածկվում էր կապույտ մոխրի թեթև շերտով, դառնում էր անթեղ: Եվ նրա հոգու մեջ կայծկլտում ու բոցեր էր արձակում նոր մի կրակ, ամբողջ էությունը վառող մի հրդեհ: Դա Արաքսի ձախափնյա աշխարհի կարոտն էր, օջախի ու գերդաստանի, կենդանի, ապրող հայրենիքի կարոտը:

Այստեղ մամռոտած, պաղ շիրմաքարերն էին պահում նրան, այնտեղից կանչում էին ապրող հարազատները:

Մի օր գիշերով Նադոն եկավ տուն իր խմբի հետ: Նրա զինվորները ձիերով ու զենքերով իրենց տները ցրվեցին: Նադոն զենք ու զրահ վրայից արձակեց, մի ամբողջ օր քնեց: Հետնյալ օրը զարթնելով, լվացվելով, Մարիֆին ու Առաքելին կանչեց, որ իրար հետ հաց ուտեն: Առաքելին էլ, հանց Մարիֆին, Նադոն ապո էր ասում:

- Ներող կլինես, ապո, որ էսքան ժամանակ քեզ հետ կարգին հացի չենք նստել, չենք խոսել,- ասաց Առաքելին,- տեսնում ես, կռվի մեջ ենք, ոռմեն չի թողնում, որ մեր լեզվով խոսենք, մեր քոլոզը մեր գլխին դնենք, մեր փուշին կապենք...

Այդ օրվանից հետո, ամեն առավոտ փոքրիկ մի խմբով Նադոն որսի էր դուրս գալիս, Առաքելին էլ իր հետ տանում էր այն վայրերը, որ դեռ խակ պատանի, նա գյուղի հանդապահի հետ որս էր արել: Իսկ երեկոներն Առաքելին ու Մարիֆին պատմություններ էր պատմել տալիս հին-հին ժամանակներից, իր հոր ու պապի՝ Ղասմե Ջիլանիի մասին, Սմբատի ու Քոչոյի մասին և ուշադրությամբ լսում էր:

Էդպես մի ամսից ավել ժամանակ անցավ: Մի օր էլ դիմացի ձորից լաց ու շիվանով մի մարդ էր գալիս Դիտակի կողմը: Եկավ ընկավ Նադոյի դռան շեմին: Թուրք մի ակկյար էր, գզգզված շորերով, ծեծված, արյունլվա: Պատմեց, որ իրենց յուզբաշին է իրեն ծեծել, ջարդել: Փախել եկել է Նադոյի ոտներն ընկել, եկել է էստեղ փրկություն գտնի: Սատանան մոլորեցրեց իրեն, շնացավ յուզբաշու կնկա հետ ու էս օրին ընկավ: Հազիվ փրկեցին իրեն երեկ, բայց որ մնար, մեկ է, յուզբաշին իր սուրը նրա փորը կմտցներ:

- Ցալան դիորսան օլան[2],- ասաց Նադոն:

[2] Սուտ ես խոսում, մարդ:

Ասկյարը երդում կերավ՝ երկինք, գետին, աստված: Պահեցին, հաց ու ջուր տվին, լավացրին: Առողջացավ ասկյարը: Ամեն օր գալիս, նստում էր Առաքելի կողքին, պատմում էր իր դարդերը: Երկու եղբայր ունի, ասում էր, ծեր մայր, հիմա բոլորին էլ Հասան յուզբաշին սպանած կլինի: Պատմում՝ ու լաց էր լինում երեխայի նման: Ու մի օր էլ առավոտ վեր կացան ու տեսան ասկյարը չկա:

Վատ նշան եղավ: Նրա գնալուց հետո ներքին գյուղերից քրդերը Նաղոյին խաբար բերին, որ թուրքերի մեծ բանակ է գալիս քրդերի վրա: Մի գիշերվա մեջ գյուղերը դատարկվեցին: Եզ, ձի, գոմեշ, ջորի բարձած, տնով տեղով բարձրացան սարերի գագաթները: Գերդաստանի հետ էր Մարիֆը: Առաքելն էլ նրա հետ:

Ձենք ու զրահով, քյահլան ձիանք հեծած, շրջակայքի քրդերը դարձյալ հավաքվեցին Նաղոյի հրամանի տակ:

Սարերի վրա վրաններ զարկեցին: Առաքելը Մարիֆի հետ նրա վրանում էր: Միասին ուտում էին, միասին քնում ու վեր կենալով, ականջ էին դնում կռվի ձայներին: Կրակոցների ձայնը մեկ մոտենում, մեկ հեռանում էր: Հինգ օր, հինգ գիշեր կռիվ էր: Վրա վեցերորդ օրվան տխուր լուր եկավ: Նաղոն սպանվել էր: Նրա դիակը բերին օքաները: Մուխանաթ օսմանու գյուլլեն կպել էր նրա դոշին, մեջքից դուրս էր եկել: Ի՜նչ սուգ ու շիվան եղավ, ի՜նչ սուգ ու շիվան: Բոլոր կանայք արյունլվա դեմքերով էին: Սուր եղունգներով չանգռել, բոթել կտրտել էին իրենց դեմքերը: Սար ու քար կուլային քաջի համար, միայն լուռ էին զինված տղամարդիկ: Մարիֆը Նաղոյի տասնչորս տարեկան տղայի կողքին լուռ նստել, ոչ ոքի հետ չէր խոսում: Տղան էլ լուռ էր: Լաց չէր լինում, մտածում էր: Նրա անունը Ղասըմ էր, իր հոր պապի անունը: Պատանին նոր Ղասըմե Ջիլանի պիտի դառնար:

Նաղոյին թաղեցին լեռան ամենաբարձր կատարին, մեծ, կապույտ մի ժայռի տակ, իսկ նրա սուրն ու խանչալը, նրա հրացանն ու ատրճանակը բերին կապեցին նրա տասնչորս տարեկան տղի՝ փոքր Ղասըմի վրա: Մյուս օրը պատանի

Ղասըմե Ջիլանին զենք ու զրահ կապած լեռներից իջավ կովի դաշտ...

Էդ դեպքից մի քանի օր հետո մի օր Մարիֆն Առաքելին ասաց.

- Առքել, մի տեղեկություն բերին ինձ, որ քեզնից թաքցընել չեմ ուզում: Ձեր կառավարությունը Քեմալից պահանջել է, որ քեզ բռնեն, ետ ուղարկեն: Դու էդ բանն իմացած եղիր: Հիմա կուզես մնա իմ տունը, քեզ ոչ ոք չի բռնի, կուզես վերադարձիր քո զավակներիդ մոտ: Լուրն հաստատ է: Էն թուրք ասկյարը, որ արյունլվա մեր գյուղն եկավ, լրտես էր...

Առաքելը շատ մտածեց: Իրեն ուզել են: Եթե Քեմալը Առաքելին չբռնի, չտա, կարող է կռիվ էլ լինել: Չէ, պիտի շուտ Վերադառնա Առաքելը: Իր պատճառով թող կռիվ, արյունհեղություն չլինի, անմեղների արյունը չթափվի: Պիտի վերադառնար մեկ-երկու օրից, հիմա որ էսպես է, էլ սպասելու չէ Առաքելը՝ ոչ մի ժամ:

- Պիտի վերադառնամ, Մարիֆ, էս գիշեր...

- Բարի ճանապարհ, Առքել,- ասաց Մարիֆը,- աստված ամեն մարդու քո սրտի պես մաքուր սիրտ տա... Գնա ու Սարի Մոսկովին հարցրու ե՞րբ պիտի արդարություն հաղթի աշխարհում...

Առաքելի մաղախում հաց, պանիր ու զառան միս դրին ու մինչև լեռների էս երեսը հետը եկան Մարիֆ աղայի օգնականները:

- Ճամբեդ խեր լինի, ապո,- ասացին նրանք վերջին անգամ ու նստեցին քարերի վրա նայելու Առաքելին: Նա տուն էր վերադառնում առանց ետ նայելու, հաստատուն ու վճռական քայլով:

Մութն էր արդեն, որ Առաքելը սարերից Սուրմարիի դաշտն իջավ:

Վերադառնում էր դեպի Արաքսն ու նրա ձախափնյա աշխարհը նույն այրող, հրամայական, անդիմադրելի կարոտով, որը նրան մի օր իր մանկության ու երիտասարդության վայրերն ուղարկեց:

Ո՞ւր ես, Արազ, Առաքելը դեպի քեզ է գալիս Արածանու ափերից...

ԳԼՈՒԽ ՎԵՑԵՐՈՐԴ

Շատ տարան բերին Առաքելին: Հա՛ էս ասա, հա՛ էն ասա: Մեկ ջահել, հաղթանդամ քննիչն էր հարցեր տալիս, մեկ հանդարտ, ակնոցով տարիքավորը, մատիտը ձեռքին, ամեն անգամ գրելով Առաքելի ամեն մի պատասխանը: Հարցրին, գրեցին, հարցրին՝ գրեցին ու էլի Առաքելին ուղարկեցին բանտ՝ պառկիր ու հանգստացիր, Առաքել: Եվ մոռացան Առաքելին: Հիմա ծխում էր Առաքելն իր դույլաասար թութունն ու գիշերները մեկը մյուսից անձոռնի երազներ էր տեսնում: Առավոտները կանուխ արթնանում, ծալապատիկ նստում էր գետնին փռած ջուլի վրա, մտածում էր, մտածում ու գլուխ չէր հանում աշխարհի գործերից:

Ի՞նչ իմանար Առաքելը, որ այդ րոպեներին մեծ-մեծ պաշտոնյաները, նստած իրենց ծանր գրասեղանների առաջ, իր պատմածներն էին կարդում,. հետաքրքրական տեղերը հաստ կապույտ մատիտով ընդգծելով: Առաքելի պատմածներն ու նրա պատասխանները քննիչների անվերջ հարցերին՝ մի ամբողջ գիրք էին դարձել, որ գրամեքենայով տպել էին մի քանի օրինակ՝ երկու լեզվով, հայերեն ու ռուսերեն: Ու բոլորը կարդում էին Դիտակ գյուղացի հանդապահ Առաքել Էլոյանի այդ երկը: Կարդում էին, ուսումնասիրում, մտածում էին նրա ամեն մի խոսքի վրա, կարծիքներ էին փոխանակում, վիճում, վիճաբանում էին իրար հետ, տարբեր կարծիքների ու տարբեր եզրակացությունների էին հանգում:

Բոլորից ուշադիր ու բարեխիղճ ընթերցողը հանրապետության Պետքաղվարչության նախագահ Հայկազ

Շավարշյանն էր: Գյուղացու զավակ, ծնված նույնպես Արզրումի նահանգի գյուղերից մեկում, նա գիտեր արևմտահայ գեղջկական շատ բարբառներ ու գաղթական մարդկանց հոգեբանությանը: Երկու տասնամյակ առաջ Թիֆլիսի Ներսիսյան դպրոցի նախավերջին դասարանի աշակերտ եղած ժամանակ, արձակուրդներին նա ծննդավայրը վերա դարձավ ու, գյուղեգյուղ անցնելով, գրի էր առնում ժողովրդական զրույցներ: Հասավ մինչև Ալաշկերտի գյուղերը, Նպատ լեռը... Հիմա Առաքել Էլոյանի պատմածները կարդալով, տեսնում էր այդ վայրերն ու այն մարդկանց, որ այդ գյուղերում 1912 թվականին նրան զրույցներ էին պատմում: Առաքել Էլոյանի պատմածն էլ այդպիսի մի բանահյուսություն էր թվում նրան, անխարդախ մի զրույց ծանոթ, հարազատ լեզվով պատմված ու գրի առած կարծես բանահավաքի գրչով:

«Եվ այս խեղճ գեղջուկը պիտի անգլիական իմ պերիալիզմի գործակալ ճանաչվի, որովհետև այդպես է ասված Թուրքիայի Արտաքին գործերի մինիստրության պատասխան նոտայում»,- մտածեց Հայկազ Շավարշյանը՝ ետ գնալով բազկաթոռի մեջ: Պահարանի ապակու վրա տեսավ իր դեմքը: Կարծես ծերանում էր: Հիմա արդեն նման չի «Սև ասպետին», ինչպես կոչում էին նրան Բաքվում՝ ընդհատակյա աշխատանքի ժամանակ: Ծերանում էր, մինչդեռ ընդամենը երեսունվեց տարեկան էր: Երեսունվեց տարեկան: Բայց կարծեն հարյուր տարի էր ապրել աշխարհում ու միլիոն մարդու էր ճանաչում:

Քանիերորդ անգամ հիմա կարդաց Առաքելի ցուցմունքներն ու քննիչների եզրակացությունները: Արշո Ծամերյանը նույնպես եզրակացություն էր գրել, որի մեջ իսկապես Առաքել Էլոյանը ներկայացվում էր որպես հայկական հակահեղափոխության գնդապետ Լաուրենս... Այդպիսի եզրակացությունը, որ ինչպես նրա հեղինակն էր գրում, թելադրել էր նրան նրա «չեկիստական բնազդը»,- կարող էր միայն զվարճալի լինել, եթե ողբերգական հետևանքներ ծնելու վտանգ չունենար իր մեջ:

Հայկազ Շավարշյանը հրամայեց, որ այդ օրվա վերջին իր մոտ բերեն կալանավոր Առաքել Էլոյանին: Ցանկանում էր մի անգամ էլ տեսնել նրան, մի ավելորդ անգամ էլ հետը խոսել:

Ներս բերին Առաքելին: Գունատ էր, այտերի կարմրությունն անցել էր, աչքերը խորն էին գնացել, Հաստ բեղերն ու թավ հոնքերն ավելի էին դեղնել շատ ծխելուց:

Հայկազ Շավարշյանը տեղից վեր կացավ, ձեռք տվեց ծերունուն, հրավիրեց նստելու:

- Է, էլ ի՞նչ կասես, Առաքել ապեր...

Առաքելը ժպտաց: Նրան դուր էր գալիս այս մեծավորը:

- Ի՞նչ պիտի ըսիմ, մատաղ... խոսք լէ, իրավունք լէ քոնն ին, ինչ դատ ու դատաստան էնիս, ընձի ընդունակ է...

- Առաքել ապի, ասում են, թե այնտեղ դու անգլիացիների ես տեսել, նրանց խոսք ես տվել, որ ծառայես իրենց...

Առաքելը գլուխը թափահարեց.

- Ինչ ուզենան, կըսին, իրավունք ունին: Ես ու իմ շարժմունքն ինք մեղավոր...

- Բայց իսկապե՞ս քո տեսած քրդերի մեջ անգլիացիներ չկային:

- Պարտական մնամ, թե քրդերուց բացի ու մեկ լէ էն թուրք սակյարից, որ փախեր եկեր էր Նադոյի մոտ, ես ուրիշին տեսեր իմ... Պարտական մնամ հավուր դատաստանին: Քեզնից պահիմ, բա աստծուց ի՞նչպես պահիմ...

Հայկազ Շավարշյանը կարծես խոսեցնում էր նրան, որ տեսնի, թե ինչպես է Առաքելը զարմանում, հուզվում, երդվում, դարձյալ տեսնի ու զգա հայ գեղջուկին, տեսնի նրա հոգին, նրա հստակ սիրտը: Չէ՞ որ ճիշտ այդպես էին խոսում իր հայրն ու հորեղբայրները: Այդպես հնամաշ փափախը ձեռքերի մեջ տրորելիվ, հայրը կանգնեց թեմի առաջնորդ եպիսկոպոսի առաջ ու նրա այն հարցին, թե համաձա՞յն է, որ իր Հայկազին ուղարկեն Ռուսաստան սովորելու, Հայկազն ընդունակ տղա է, պատասխանեց.

- Քու կամքն է, սրբազան, ինչ հրաման տաս՝ ընձի ընդունելի է...

Ինչ իմանար այդ «սրբազանը», որ Հայկազը տարիներ հետո նշանավոր բոլշևիկ կդառնա, այն էլ չեկիստ բոլշևիկ՝ Ձերժինսկու նման, ազնիվ ու արդարամիտ...

Չգիտես ինչու, այս էլ քանիերորդ անգամն է, որ Առաքելին տեսնելիս, նա իր հորը, հորեղբայրներին ու համագյուղացիներին էր հիշում: Քիչ է ասել հիշում էր: Տեսնում էր նրանց դեմքերը, լսում էր նրանց ձայները:

- Առաքել հորեղբայր,- խոսեց կրկին Շավարշյանը,- դու գիտե՞ս, թե ինչ բան է սոցիալիզմը...

- Լսեր իմ, բայց չեմ հասկցեր...

Շավարշյանը մտերմիկ ձայնով, երկար ու համբերատար բացատրեց Առաքելին նրա պարզունակ լեզվով, թե ինչ է սոցիալիզմը: Առաքելն ուշադիր լսում էր՝ աչքերը լայն բացած: Մինչև հիմա դեռ ոչ ոք նրան այդպես չէր բացատրել, թե ինչ լի ու առատ, գեղեցիկ ու խելոք՝ կյանքով կարող են ապրել մարդիկ իրար հետ, եղբոր պես՝ հայ, թուրք, ռուս, քուրդ, բոլոր ազգերը:

- Լենինի ծրագի՞րն է:

- Լենինի ծրագիրն է,- հաստատեց Շավարշյանը:

- Լավ ծրագիր է,- հավանություն տվեց Առաքելը,- լուս իջնի իր մեծ հոգուն, որ մըզի թուրքի կոտորածներից լե ազատեց...

Մի պահ լուռ իրար նայեցին հանրապետության պետքաղվարչության նախագահն ու դիտակցի Առաքել Էլոյանը: Մեծավորի ժպիտը տաքացնում էր ծերունի դաշտապահի սիրտը, և նա չէր էլ ենթադրում, որ իր ծերունական աչքերի մեջ ճառագայթող ուրախությունն էլ այդ մեծ պաշտոնյային է ապրեցնում.

- Ուրեմն այդպիսի կյանք պիտի ստեղծենք մենք, սոցիալիզմ՝ պիտի կառուցենք,- շարունակեց Շավարշյանը,- կարիք կա՞ որ անցյալը՝ հիշենք, հին հողերի համար ախ ու վախ անենք: Կարիք կա՞, Առաքել հորեղբայր...

Առաքելն այդ հարցի վրա երկար մտածեց: Լավ բաներ էր ասում մեծավորը, բայց այդ վերջին հարցն անսպասելի եղավ Առաքելի համար:

- Ի՞նչ ըսիմ, մատաղ,- խոսեց նա,- հորի ես չուզի՞մ, որ հայ ու թուրք իրար ախպեր էղնին, իրար հետ աշխատին, իրար հետ վայելին, թուրք հայուն չկոտորե, հայ լե վրեժի չելնի, ատելություն չէղնի, սեր եղնի, Ալաշկերտու դաշտ, Մշու դուրան, Վանա ծովու մոտ ու Բինգյոլի կողմեր լե սոցիալիզմ կառուցին, հաշտություն, խաղաղություն իջնի աշխրի վրեն... Հորի էդ տեղիր սոցիալիզմի համար վա՞տ տեղիր ին...

Հայկազ Շավարշյանի համար էլ անակնկալ եղավ Առաքելի պատասխանը: Ինչպես որ իր հարցն էր մտածել տվել Առաքելին, հիմա էլ ինքն էր մտածում նրա պատասխանի վրա: Շավարշյանի առաջ նստած էր բնական խելքով ու հոգու վեհությամբ շռայլորեն օժտված հայ գյուղացին, մինչդեռ գործի սկզբում ենթադրություն կար, թե նա մտավոր խախտում ունի, նրա «մի տախտակը պակաս է»:

- Առաքել հորեղբայր, վաղը կամ մյուս օրը կգնաս տուն: Եթե քեզ նեղացնող լինի, կգաս ուղիղ ինձ մոտ: Ես ասել եմ, որ քեզ մաքուր շորեր, կոշիկ ու փափախ տան: Անհարմար է, որ մեր մոտից այդպես գնաս: Մի խորհուրդ էլ տամ քեզ ոչ ոքի չպատմես ինչ որ էստեղ մեզ ես պատմել, ոչ ոքի: Պա՞րզ է:

- Պարզ է, հոգաչափ շնորհակալ իմ,- շշնջաց Առաքելը:

Ազատության վճիռն ու մեծավորի այդ ջերմ խոսքերը բուռն ուրախություն հարուցեցին Առաքելի մեջ: Նա կարծես թե սպասում էր այդպիսի հրամանի և այլ վճիռ ու դատաստան չէր սպասում:

- Հոգաչափ շնորհակալ իմ,- կրկնեց նա ու ոտքի ելավ:

Զինվորները ներս մտան ու կրկին Առաքելին իր բանտախուցը տարան:

Բայց պատմությունը դեռ շարունակվում էր: Հետևյալ օրն առավոտից սկսվեց հանրապետության Պետքաղվարչության կոլեգիայի նիստը: Քննության գլխավոր առարկան Առաքել Էլոյանի մեծացած, ծավալված պատմությունն էր: Տաք վեճեր ու խիստ բախումներ եղան նիստի ժամանակ: Երկու քննիչն ու Պետքաղվարչության նախագահ Հայկազ Շավարշյանը հաստատ համոզմունք էին հայտնում, որ Առաքել Էլոյանի փախուստի ու վերադարձի պատմությունը քաղաքական բնույթ չունի, որ Էլոյանի կերպարը յուրօրինակ, ազգային կերպար է, առաջին հայացքից անհասկանալի ու առեղծվածային, մանավանդ օտարի համար: Իսկապես կարոտն է նրան տարել հայրենի եզերքները, և ետ է կանչել նրան հարազատ ժողովուրդը:

Արշո Ծամերյանը հակառակ կարծիք էր հայտնում: Այդ խորամանկ, նենգ գյուղացին, որ հայտնի հեքիաթ պատմող է, ասում էր նա, հրաշալի կերպով խաբել է ձեզ: Մի անգամ, ասում էր, ես 1919 թվականին Աստրախանում մի էդպիսի թաթար մուժիկի բռնեցի, անմեղ էր ձևանում...

- Շատ ենք լսել այդ պատմությունները,- ակնհայտ տհաճությամբ նկատեց Հայկազ Շավարշյանը,- դուք ասեք, թե ի՞նչ ապացույցներ ունեք, որ Առաքել Էլոյանն անգլիական լրտես է, հակահեղափոխության ընդհատակի գործիչ, ինչպես գրել եք գրավոր: Ի՞նչ ապացույցներ ունեք...

- Ինչ ապացույցնե՞ր ունեմ,- կրկնեց Ծամերյանը՝ մանրիկ աչքերն ավելի կկոցելով,- ապացույցն իմ չեկիստական բնազդն է... Թույլ տվեք ես նորից սկսեմ քննությունը: Սկսեմ էն գլխից ու ձեզ ապացույցներ տամ... Ինչո՞ւ ինձ քննությունից հեռացրիք, նրա համար, որ սահմանը խախտած դիվերսանտին մի դմբուզ եմ հասցրե՞լ, скажите, пожалуйста, մե՛ծ բան է, էլի՜: Թույլ տվեք էն գլխից սկսենք, կերևա, թե ինչն ինչոց է: Առաքել Էլոյանը լավ հեքիաթ պատմող է, բայց ես հեքիաթներին հավատացող չեմ որոշ ընկերների նման: Ես էդպիսի հեքիաթներ շատ եմ լսել ու լավ տեսել եմ, թե նրանց տակին ինչ կա թաքնված...

Հայկազ Շավարշյանը լուռ, ուշադիր նայլում էր այդ մարդուն, որին ճանաչում էր քսան տարուց ավելի ու չէր հիշում մի դեպք, որ նա մարդկանց հավատար, որևէ մեկի պաշտպաներ, հազար մեղքերի ու հանցանքների մեջ մեղադրվող մարդու վրայից հեռացներ թեկուզ մեկն այդ մեղքերից ու հանցանքներից, նրա վրա մյուս ինն Հարյուր իննսուն ինը թողնելով... Շատ այդպիսի դեպքեր էր հիշում Հայկազ Շավարշյանը, բայց Ծամերյանը երբեք այսօրվա պես անախորժ չէր եղել։ Նա գիտի, թե ում է դուր գալիս իր այս «ուղղափառությունը» և ինչ կշահի ինքը դրանից։

Ծամերյանը շարունակում էր.

- Մենք հեղափոխության պաշտպաններն ենք։ Այսպիսի մոմենտներին հենց որ աչքներս փակենք, թշնամին մեր քթի՝ տակից կփախչի։ Թշնամու ճակատին էլ հո գրած չի՞ լինում, թե ով է։ Նա մի օր տրեխ է հագնում, կարկատած շալվար, մի ուրիշ օր ուրիշ բան...

«Ախ, ինչքա՜ն զզվելի ես դու,- մտածում էր Շավարշյանը,- ինչքա՜ն վնասակար տիպ ես։ Ոչնչություն ես դու, բայց վտանգավոր ես, որովհետև վերևում հովանավորներ և ներքևում հետևորդներ ունես»...

- Ինչ ուզում եք, մտածեք իմ մասին, բայց իմ կարծիքով մենք էսօր էլ պիտի էնպես ծառայենք հեղափոխությանը, ինչպես 1919 թվականին էինք ծառայում,- շարունակում էր Ծամերյանը,- որ ոչ մի Առաքել Էլոյան իր Հեքիաթներով չխաբի մեզ...

- Շատ եք խոսում ձեր ծառայություններից, ընկեր Ծամերյան,- միջամտեց երիտասարդ, մարմնեղ քննիչը, բարեհոգի ժպիտն աչքերում,- շատ եք խոսում ձեր ծառայությունների ու չեկիստական բնազդի մասին, կարծես թե իսկապես հեղափոխությունը դուք մենակ ձեր ուսերին եք տարել, մեր երիտասարդ լինելն էր մեր երեսով եք տալիս։ Իսկ կուսակցական ձեր տոմսի մեջ ինչո՞ւ է նշված 1922 թվականը...

Հայկազ Շավարշյանը զանգահարեց, սաստելու երիտասարդին, նկատել տվեց, որ դա այսօրվա քննության խնդրին չի վերաբերվում, որ հարկ չկա շեղվել նյութից։

- Չէ, որ հարցնում է, պատասխանեմ,- ասաց Ծամերյանը,- շատերը գիտեն, թե դա ինչ պատմություն է, իրեն՝ Լավրենտիին էլ հայտնի է էդ պատմությունը: 1919 թվին բելոգվարդեյցիների շրջապատման մեջ ընկա, իմ տղաների հետ: Շորերս փոխեցի, գրիմ արի, տոմսս էլ թաքցրի, որ շրջապատումից դուրս գանք: Խնդիրս կատարեցի, հետո որ վերադարձանք, տոմսս չգտա, ու էդպես մեխանիկորեն դուրս մնացի, մինչև 1922-ը: Դրանից հետո տնտեսական աշխատանքի ֆրոնտումն էի: Նախանցյալ տարի Լավրենտին կանչեց անձամբ իր մոտ ու հրամայեց, որ էլի չեկիստական աշխատանքի վերադառնամ: Դու դեռ պետք ես հեղափոխության շահերին, Ծամերյան, ասում է, հիմի Հայաստանում քո կարիքն ունենք: Պետք է Հայաստան ուղարկենք քեզ հակահեղափոխության դեմ պայքարելու: Էսպես է պատմությունը: Դրանով դու ինձ չես վարկաբեկի: Ում որ պետք է, ինձ լավ է ճանաչում: Դու Առաքել Էլոյանի գործից խոսի: Ասա, թե ո՞նց ես անմեղացրել, մաքուր աղավնի ես դարձրել էդ դաշնակցական խմբապետին...

Երիտասարդ քննիչն էլ բորբոքվեց: Ուզում էր պատասխանել նրան, նախագահը թույլ չտվեց: Վիրավորված՝ երիտասարդը նստեց, շողացող ճակատը հենելով ձախ ձեռքի բռունցքին: Երևում էր, որ Հայկազ Տավարշյանը սիրում է նրան: Սիրում էր ու խնայում: Նայում էր նրան փաղաքշող հայացքով ու մտածում. «Դեռ շատ բան չգիտես դու, սիրելիս, այդպես բորբոքվելով չես էլ իմանա: Չգիտես դու, որ Ծամերյանը երբեք չեկիստ չի եղել այն տարիներին, եղել է միայն վարձկան, այն էլ երկու տերերի: Չգիտես, որ այդ բանի ապացույցները փակված են մի դարակում, որի բանալիներն իր գրպանում պահողն էլ հենց հովանավորում է նրան: Եվ այդ հովանավորը ավելի ուժեղ է, քան ես ու դու միասին: Շատ բաներ դեռ չգիտես դու, սիրելիս»...

Քիչ հետո երիտասարդ քննիչը կրկին ոտի կանգնեց ու հարձակվեց Ծամերյանի վրա:

Նախագահը խիստ սաստեց նրան:

- Ճիշտ չեք պահում ձեզ: Ճիշտ չեք պահում:

- Ի՞նչ ես աքլորանում, տո՛,- պատասխանեց Ծամերյանը երիտասարդին:

Վեճը խիստ սաստկացավ: Առաքել Էլոյանի անունն արտասանվեց հազար անգամ՝ բարակ ու սուր, հաստ ու խռպոտ ձայներով, բարձր ու ցածր ելևէջներով՝ Առաքել Էլոյան, Էլոյան Առաքել, Էլոյա՜ն, Էլոյա՜ն, Էլոյա՜ն...

Արշո Ծամերյանը մենակ մնաց: Բայց նա հավատաց, որ կողմնակիցներ ունի այն մարդկանց մեջ, որոնք լուռ մնացին: Կոլեգիայի նիստի եզրակացությունն այն էր, որ Առաքել Էլոյանի Թուրքիա գնալն ու վերադառնալը որևէ քաղաքական նպատակ չի հետապնդել, որ Առաքել Էլոյանը որևէ կապ չի ունեցել որևէ քաղաքական խմբակցության հետ, որ թուրքական հանրապետության արտաքին գործերի մինիստրության պատասխան նոտայի մեջ եղած մեղադրանքներն Առաքել Էլոյանի նկատմամբ՝ չեն հաստատվում: Որոշվեց այդպես էլ գրել Անդրկովկասյան Պետքաղվարչությանը, ուղարկելով այնտեղ հետաքննության բոլոր նյութերը:

- Առարկողներ կա՞ն այսպիսի ձևակերպումների դեմ,- հարցրեց Հայկազ Շավարշյանը:

Չկային:

Քիչ ուշացումով ոտքի կանգնեց Արշո Ծամերյանը:

- Թույլ տվեք ես մնամ իմ հատուկ կարծիքի վրա,- ասաց նա:

- Մնացեք,- պատասխանեց Շավարշյանն ու ավելացրեց,- խնդրեմ, մնացեք ձեր հատուկ կարծիքի վրա:

- Եվ խնդրում եմ թույլ տվեք իմ հատուկ կարծիքը ներկայացնեմ Լավրենտի Պավլովիչ Բերիային...

- Ներկայացրեք ում ուզում եք,- հազիվ իրեն զսպելով ասաց Շավարշյանը,- Դուք արդեն ներկայացրել եք Ձեր հատուկ կարծիքը տասնհինգ օր առաջ...

- Այո՛,- ասաց Արշո Ծամերյանը,- և էլի կներկայացնեմ...

- Գիտեմ,- ժպտաց Շավարշյանը:

Նիստը դրանով ավարտվեց: Բորբոքված դուրս եկան, ու ամեն մեկն իր գործին գնաց: Բայց այդ ամբողջ օրը կոլեգիայի նիստում եղած վեճը շարունակվում էր սենյակներում: Խիստ պարսավում, դատապարտում էին Ծամերյանին, ծաղրում էին նրա «չեկիստական բնազդը»: Իսկ Ծամերյանն, անց ու դարձ անելով մ իջանցքներով, լսում էր այդ խոսակցություններն ու ինքն իրեն ժպտում էր: Նա բնավ չէր անհանգստանում ու չէր ընկճվում, որ մենակ է մնացել:

Մի շաբաթ հետո Հայկազ Շավարշյանին կանչեցին Անդրկովկասյան պետքաղվարչություն: Հիմա էլ այնտեղ էր քննվում Առաքել Էլոյանի գործը:

Երեք օրից հետո Շավարշյանը վերադարձավ տրամադրությունը կոտրված, թեև ջանում էր, որ այդ բանը չերևա: Երեք օր հետո էլ ստացվեց Անդրկովկասյան պետքաղվարչության որոշումը, որն ազդարարում էր.

«Հայաստանի պետքաղվարչության կոլեգիան և հատկապես ընկեր Հայկազ Շավարշյանը, քննելով պետական սահմանը խախտած, Թուրքիա փախած և այնտեղից ետ բերված Առաքել Հակոբովիչ Էլոյանի գործը՝ հապճեպ, մակերեսային, սուբյեկտիվ եզրակացության են հանգել, ազատ արձակելով պետական հանցագործ Էլոյանին»:

Զգոնության պակասի համար այդ որոշման մեջ նկատողություն էր հայտարարված Հայկազ Շավարշյանին: Նշված էր, որ գործի հետաքննության ընթացքում կոպտություն է թույլ տվել Արշո Ծամերյանը, բայց ճիշտ է եղել նրա դիրքը Էլոյանի հանցագործության նկատմամբ: Ծամերյանը նույն որոշումով նշանակվել էր Հայաստանի պետքաղվարչության քննչական բաժնի պետ: Իսկ Էլոյանի հարցաքննությունը վարած մյուս երկու քննիչները տեղափոխվում էին աշխատելու Անդրկովկասյան պետքաղվարչությունում:

Որոշման վերջին կետը շատերը չէին հասկանում: Եթե

սխալ է եղել եզրակացությունը, ապա ինչո՞ւ են Էլոյանի քննիչներին տանում ավելի վերև։

Չհասկացողներին օգնության հասավ Ծամերյանը.

- Լավրենտին էդպես է դաստիարակում չեկիստներին։ Կտեսնեք, թե մի հինգ-վեց տարի հետո նրա ձեռքի տակ ինչ-տղաներ կդառնան նրանք։

Այդ որոշումից մի երկու օր էլ հետո ստացվեց Անդրպետքաղվարչության նախագահի հրամանը»

«Կալանքից ազատված պետական հանցագործ Առաքել Հակոբովիչ Էլոյանի վրա սահմանել կրկնակի, մշտական հսկողություն՝ Պետքաղվարչության գործակալների և սահմանապահ զորամասերի կողմից և ամեն շաբաթ Անդրպետքաղվարչությանը տեղեկագիր ներկայացնել Առաքել Էլոյանի վարքի մասին»։

Հայկազ Շավարշյանը խորը մտածմունքի մեջ էր ընկել։ Հազար ինն հարյուր տասնյոթ թվականից մինչև Հազար ինն հարյուր քսանմեկ թվականն ավելի ծանր դեպքերի մեջ էր եղել նա, բայց երևույթներն այսպես մութ ու անհասկանալի չէին նրա համար, օդն այսքան պղտորված չէր թվացել նրա աչքին։

Հենց նույն օրերին հայտնի դարձավ, որ Հայկազ Շավարշյանը ներկայացել է Հայաստանի ժողովրդական կոմիսարների խորհրդի նախագահին ու հրաժարական է ներկայացրել, խնդրելով թույլ տալ իրեն գնա Մոսկվա՝ արդյունաբերական ակադեմիայում սովորելու։ Ցանկանում է իր կյանքը նվիրել երկրի էլեկտրիֆիկացիային։

Այդ դեպքը նույնպես զանազան մեկնաբանությունների նյութ եղավ։ Երեսունվեց տարեկան Հասակում մարդ նոր կգնա սովորելո՞ւ, նո՞ր կմտածի մասնագիտություն ձեռք բերելու մասին,- հարցնում էին մարդիկ միմյանց։

- Նա այնտեղ երկու տարի սովորել էր,- ասաց Ծամերյանը, որ բոլոր տարակուսանքների ժամանակ հայտնվում էր ընկերների կողքին ու բացատրում, թե ինչն ինչոց է,- 1927 թվին երրորդ կուրսից ետ կանչեցին աշխատանքի, հիմա թող գնա սովորի։ Թող սովորի՛, սովորելու կարիք ունի...

ՎԵՐՋԵՐԳ

Առաքել Էլոյանը Երևանի բանտից դուրս եկավ կերպարանափոխված։ Նրան ստիպել էին տրեխների փոխարեն կոշիկ հագնել, նոր շալվար ու պիջակ էին հագցրել, մի կիսամաշ փափախ էին դրել գլխին։ Ու բոլորն էլ էնպես հարմար՝ չգիտես որտեղից էին գտել։ Դեմքը մաքուր սափրել էին ու գնացքի տոմսը ձեռքը տալով՝ ճամփա դրել.

- Գնա քո տունը, Առաքել, մեկ էլ էդպես սխալմունքի մեջ չընկնես։

Ու տուն էր վերադառնում Առաքելը՝ զվարթ, ուրախ, կարծես ջահելացած։ Երջանիկ էր զգում իրեն, որ իր սրտի մուրազը կատարեց՝ երկիրը տեսավ, վայելեց, որ այստեղ ամեն ինչ բարեհաջող վերջացավ, որ խղճով, բարի մարդիկ կան աշխարհում, որ աշխարհում արդարություն կա...

Նրա ազատվելու լուրն իրենից շուտ էր գյուղ հասել։ Դեռ իր տան շեմից ոտը ներս չէր դրել, որ բակը լցվեց գյուղացիներով։ Եկել էին Առաքելին տեսության՝ էլ ալաշկերտցիներ ու խնուսցիներ, մանազկերտցիներ, մշեցիներ ու մոկացիներ, է՛լ սասունցիներ, ոզմեցիներ, բիթլիսցիներ, շատախցիներ ու վանեցիներ, է՛լ դարսեցիներ, իգդիրցիներ ու կողբեցիներ։ Չէ՞ որ Արազի ափի այդ գյուղը բարբառների ու տարազների խառնուրդ էր։ Ասում էին, որ Տաճկաստանի ու Սուրմարիի յոթանասունյոթ տարբեր գյուղերից եկած գաղթականներ բնակություն էին հաստատել Արազի ափի այս գյուղում։

Բոլորն էլ հավաքվել էին Առաքելի բակն՝ իրենց կորցրած աշխարհներից խապրիկներ իմանալու։ Բայց Առաքելը ներսից իր տան դուռը փակել էր։ Ոչ հավաքվածներին էր ներս թողնում, ոչ էլ ինքն էր դուրս գալիս։ Ներսում Սանամը փլվել էր նրա կրծքին, լաց էր լինում։

- Առաքել ջան, դուրբան, հեյրան, քո տանջված ջանին մատաղ էղնիմ, Առաքե՜լ...

Տղաները տանը չէին։ Արամը գնացել էր քաղաք, բանվոր էր դարձել, Սանամը չգիտի, թե ինչ գործարանում, Տիգրանը փախել էր Ռուսաստան, մենակ մի նամակ էր գրել։ Շիլ Գարեն գեղի տերն ու տիրականն էր դարձել, դռնով անցնելիս հազար ու մի կեղտոտ խոսքեր էր թափում բերնից։ Գնացող եկող, օգնող մխիթարողներ էլ կային, փառք աստծու, ապրին վանքեցի Մուշեղն ու իր տղաները։

Սանամը վռազ-վռազ պատմում էր, և Առաքելը լուռ լսում էր, թութունի խիտ քուլաներ բաց թողնելով բերնից։ Իսկ բակում հավաքվածներն աղաղակում, դուրս էին կանչում Առաքելին։

Իր ավանդական մահակը ձեռքն առնելով, նա բացեց դուռն ու դուրս եկավ բակը։

Հավաքվածները մի պահ շշմեցին։ Կարծես ուրիշ մարդու էին տեսնում, որ նման էր իրենց գյուղացի դաշտապահ Առաքել էլոյանին, բայց ավելի լայնաթիկունք, լայնալանջ, ավելի հաղթանդամ մի ծերունի հսկա էր, որ թվում էր, թե եկել է հին-հին հեքիաթների ու առասպելների աշխարհներից։

Ազդեցիկ էր հիմա Առաքելը, պատկառելի։

- Ժողովուրդ, ախպրտիք, խոնարհվեք, Առաքել երկրեն կուգա,- հուզմունքից գողացող ձայնով ասաց Վանքեցի Մուշեղն ու առաջինն ինքը գլխից իջեցրեց հին փափախը։

Երկյուղածությամբ լռեցին մի պահ բոլորը։ Առաջինը նույն Մուշեղը մոտեցավ։

- Առաքել, հավատա՝ դու իս, Առաքե՜լ...

Ամեն կողմից հիմա ձայն տվին.

- Առաքել, բարով տեսանք, դուրբան։

- Առաքե՜լ...

- Առաքե՛լ...

Տարեկիցները շրջապատեցին նրան: Բոլորի ողջույններին պատասխանելով գլխի ծանր խոնարհումով, Առաքելը լուռ նստեց պատի տակի իր հին կոճղին, դեմքը հենելով մահակին:

- Պատմե, Առաքել...

- Ո՞ւր գնացիր, ի՞նչ տեսար:

- Երնեկ քու աչքերուն, Առաքել...

- Հազար երնեկ քըզի, Առաքել:

- Առաքե՛լ...

Առաքելը հուզմունքից գոմեշի նման փնչում էր ու չգիտեր որին պատասխանի, ի՛նչ ասի, ի՛նչ չասի:

- Առաքել, մի սպանե, ըսե, հասա՞ր Նպատ լեռ...

Հարցնողը վանքեցի Մուշեղն էր:

- Հասա՛, Մուշեղ...

- Ի՞նչ տեսար...

Առաքելը երկար դադարից հետո հառաչեց ու ասաց,

- Ի՞նչ տեսնենք: Մեր վանք էլման հմալ իր տեղ կայնուկ էր, գետ լե էլման հմալ կերթե՛ր...

Ամբողջ օրը նրանից չհեռացան իրենց հայրենիքները կորցրած մարդիկ, բայց Առաքելը ոչ մի նոր բան չասաց.

- Վանք իր տեղ կայնուկ էր, գետ լե էլման հմալ կերթե՛ր...

Իրիկնադեմին նրա բակը մտավ գյուղական խորհրդի նոր նախագահ Շիլ Գարեն:

- Ի՞նչ կա հավաքվեր իք: Հարսնի՞ք է, փլա՞վ կբաժնին, թե փահլեվան կխաղցուն: Ցրվե՛ք...

Գյուղացիները ցրվեցին: Լռություն տիրեց Առաքելի բակում: Ինքն ու Սանամը ներս գնացին:

Մի քանի օր տնից դուրս չէր գալիս Առաքելը: Ոչ մի տեղ չէր գնում, ոչ մեկի հետ չէր խոսում: Իր տունն էլ չէին գալիս: Մի շաբաթ հետո սկսեցին գալ, գնալ: Նույնիսկ Շիլ Գարեն էլ եկավ:

- Դե, ի՞նչ տեսար, ամի Առաքել, պատմե լսինք...

Բայց Առաքելը նրան էլ ոչինչ չպատմեց: Տեսնես ինչո՞ւ է քաղցրացել Շիլ Գարեն: Էստեղ մի բան կա: Ի՞նչ է լսել...

Մի քանի օր հետո սկսեց տնից դուրս գալ, նստել տան առջևի կոճղին, ծխել, ծխել: Հայացքը երբեմն դարձյալ ընկնում էր Բարդուղյան լեռներին, երկար նայում էր այն կլորակ գագաթին, որին հասնելով, կանգնեց ու նայեց մեկ հյուսիս, մեկ հարավ: Մի կողմ ում Արարատյան

դաշտն էր, մյուս կողմում՝ Չիրավի հովիտը: Նայում էր սարերին ու չէր հավատում, թե անցել է նրանց վրայով, գնացել է երկիր, տեսել ու ետ է եկել:

Աչքերը փակում ու մրմնջում էր ինքն իրեն.

- Էդ ինչ խորոտ երազ էր, որ ես տեսա, երնեկ իմ աչքերան...

Մի իրիկուն Առաքելենց տուն եկավ Վանքեցի Մուշեղը, Առաքելի հին ու հավատարիմ, դարավոր ընկերը: Նա ու Սանամը խնդրեցին, որ հիմա պատմի Առաքելը, թե ուր գնաց, ինչ տեսավ, ինչ կար երկիր, ինչ չկար: Հիմա մենակ են, օտար մարդ ներկա չէ, դուռն էլ փակել են: Ու այս անգամ էլ նոր բան չիմացան նրանք, բացի նրանից, որ Նպատ լեռան ստորոտի Հովհաննու մեծ վանքը դարձյալ կանգուն է մնում իր տեղում, և Մուրադ գետն էլ, մեր Արածանին, դարձյալ առաջվա պես հոսում է մարգագետինների միջով՝ արևելքից դեպի արևմուտք...

ԵՓՐԱՏԻ ԿԱՄՈՒՐՋԻՆ

Նվիրում եմ իմ դուստր Նունեին

Ա

Շատ տարիներ են անցել այն օրերից, փոթորկալի, շառաչուն տարիներ, խորտակումների ու վերածնությունների, մահերի ու հարության ժամանակներ: Այն դեպքը, որի մասին պիտի պատմեմ, կարծես կատարվել է շատ դարեր առաջ, բայց որովհետև ես ականատես էի, ուրեմն թվում է ինձ, թե ես էլ գալիս եմ դարերի խորքից:

Այն ժամանակ ես տասնհինգ տարեկան էի, և անցել է կես դար: Այդ հիսուն տարիների ընթացքին ոչ մի օր՝ տանը թե դրսում, ընտանեկան տաքուկ հարկի տակ, թե մեծ պատերազմների ցուրտ ու խոնավ խրամատներում, քնած թե արթուն, չեմ կարողանում մոռանալ այն սոսկումնալի ու կախարդական րոպեները Եփրատի կամուրջի վրա և այն աղջկան, որի անունը Աստղիկ էր: Լույսով ողողված նրա դեմքը շողում է իմ մտքի առջև՝ մե՛կ մարմրող, հեռու, մե՛կ մոտիկ, առկայծող աստղի նման: Իսկ նա ինքն ամբողջովին միշտ ինձ հետ է ու իմ մեջ, իմ մտքի ու հոգու, իմ խոսքի ու ձայնի, իմ ժպիտի ու արցունքների մեջ: Նրան ուրիշները չեն տեսնում իմ տխրամած հայացքներում, իմ երազող, արդեն ծերունական, կկոցած բիբերում: Եվ քանի ավելանում է տարիքս, այնքան առավել հստակ լսում եմ նրա ձայնը և այնքան առավել տագնապով թրթռում է կրծքիս տակ հոգնած սիրտս: Եթե բնությունը պարգևի ինձ վերստին մի քանի տասնամյակի կյանք, ավելի կկենդանանան հոգուս մեջ այն րոպեները, եթե լռությունս խլանա, ես սրտովս կլսեմ այն ձայնի թրթիռները, որ սրբազան երկյուղածությամբ են լցնում ողջ էությունս: Դրանից հետո ես շատ փորձությունների մեջ եմ եղել: Կռվել եմ Բարթուղյան լեռների վրա, Արաքսի ափերին, Սարդարաբադի դաշտում: «Վարդան զորավար» զրահապատի վրա, ապա Դնեպրի ու Վոլգայի ափերին, իմ զորամասի հետ հասել եմ մինչև Օդեր գետը, կռվել եմ ամեն տեղ, ուր պետք է եղել պաշտպանել մարդկային կյանքն ու պատիվը, այրվել եմ կրակների մեջ ու ածխացել, և այնուամենայնիվ չեմ կարողանում հանգստացնել վրդովված խիղճս: Կա՞ արդյոք այդ սրբազան պահը...

Ավելի լավ է պատմեմ ձեզ, թե ինչ կատարվեց Եփրատի կամուրջի վրա, երբ ես տասնհինգ տարեկան էի...

... Նախրի նման քշում էին մեզ խոր մի ձորի միջով, քշում էին ամբողջ մի բազմություն՝ ծեր տղամարդկանց ու պառավ, զառամյալ կանանց, պատանի տղաների ու փոքրիկ աղջիկների ու դեռ ծծկեր երեխաների, որ ճչում ճչում, ու լռում, մեռնում էին մայրական գրկի մեջ: Շատ էինք մենք, մի քանի հարյուր հոգի, ճանապարհին պակասեցինք: Ձորերից ու քարափներից հանկարծ հայտնվում էին զինված խմբեր, վայրի գազանների պես մռնչալով հարձակվում էին մեզ վրա, ջոկում տանում էին ջահել հարսներին ու աղջիկներին, դաշունահարում էին դիմադրող մայրերին, պոկոտում էին կանանց գլխաշորերն ու գոտիները, ոտքերից հանում էին «կոնդրա» կոշիկները, խուզարկում էին ծերերին, նրանց հագուստների մեջ գտնում էին վերջին դրամներն ու արագ անհետանում էին, ինչպես կայծակը, որ ամեհի գոռոցով խփում է երկնքից, ճեղքում գետինը, այրում է ամեն ինչ ու կորչում սեզերի մեջ:

Ամեն այդպիսի հարձակումից հետո ավելի կատաղի էին՝ դառնում մեզ քշող ասկյարները: Շառաչում էին մեր գլխավերևում նրանց մտրակներն ու օձերի խայթոցների պես կսկիծներ թողնում մեր կիսամերկ մարմինների վրա: Ու քայլում էինք գունդ եղած, իրար հպված, բոբիկ, ճաքճքված ոտքերով, արյունոտված, կապտած դեմքերով, քաղցից ուժասպառ, սմքածթուլացած, ուռած-ծանրացած մարմիններով, ետևում, ճանապարհի վրա թողնելով մահամերձ հարազատների մարմինները և արյան շիթեր՝ ժայռերի ու հեղեղատների լերկ քարերի վրա, ցնցոտիների պատառիկներ ու ձորձեր՝ մասրենիների ճյուղքերին: Ինչ որ պետք չէր եկել հափշտակիչներին՝ մեր մարմիններից պոկում էին ճանապարհի փշերն ու մացառները:

Ջուրը խորն էր, և նրա վրա կամարվում էր կապո՜ւյտ, կապո՛ւյտ երկինքը, որի մեջ լողում էին փոքրիկ, սպիտակ ամպեր՝ լուսեղեն, թափանցիկ: Նրանցից վերև, երևի շատ վերև, հանդարտ նստել էր աստվածը: Ես մտքով տեսնում էի նրան ու ամեն րոպե սպասում, որ նա էլ մեզ տեսնի: Ու չէր տեսնում նա մեզ:

Շառաչում էր Օմար Օնբաշու մտրակը: Նրա հինգ օգնականներից երկուսը, հրացանները ձեռքներին պատրաստ պահած, դաշույնները խրած գոտիների մեջ՝ ձիերով դնում էին մ եր առջևից, մեկը մեր աջ, մյուսը՝ ձախ կողմից: Երրորդն ու չորրորդ Օմար Օնբաշու հետ գալիս էին մեր ետևից: Բեղերը ոլորած, փամփուշտակալները մեջքով փաթաթած, ձախ աչքը կույր, հոնքը պորթված գնդակից թե դաշյունի հարվածից, դեղին ատամները դուրս ցցված, Օմարը սարսափ էր ազդում նաև իր օգնականների վրա, որոնց հայհոյում էր, որ երբեմն խարազանի թույլ հարվածներ էին իջեցնում մեր գլխներին ու մեջքերին: Նա զռռում, գոռգոռում, մռլտում, մռնչում, հրամաններ էր արձակում և իր նման կատաղած իր ձին քշում էր ետ մնացողների վրա, և մոլեգնած ձին չէր խրտնչում ուրվականներից, տրորում էր նրանց իր սմբակների պողպատե պայտերի տակ:

Ո՞ւր էին քշում մեզ՝ չգիտեինք: Եվ ինչո՞ւ աշխարհն այսպես տակնուվրա եղավ:

Տնքում ու կսկծում էին ոտքերս, մռմռում էին փշրված

եղունգներիս տակից բացված վերքերը, բայց ամեն ակնթարթ հիշում էի, որ պետք է արթուն լինեմ և նեցուկ ու սատար լինեմ Աստղիկին, որ տղայի պես կարճ կտրած մազերով, ճակատին՝ ցած իջնող մազափունջ, տղայի ցնցոտիներ ու տրեխներ հագած, քայլում էր իմ կողքից ու հաճախ հենվում ցավերից տնքացող իմ ուսին: Եվ նրա ծանրությունն ուժ էր ներշնչում ջարդված, սպանված մարմնիս, սթափություն էր բերում մոլորված, անարդար աստծո դեմ ապստամբած հոգուս:

Աստղիկը քայլում էր իմ կողքի՛ն, իմ ուսին հենվա՛ծ: Երազ չէր դա, այլ դաժան, այլանդակված իրականություն: Իսկ երկու օր առաջ նա երազ էր, կապույտ, մանիշակագույն երազ, սպիտակ թափանցիկ ամպ, երփներանգ ծիածան, որ կանչում, դյութում է քեզ, ու դու վազում ես, չես հասնում նրան: Իսկ հիմա նա քայլում է կողքիս, պատառոտված տրեխներով, անլվա, աղտոտ դեմքով, աչքերն ուռած ու արնամած:

Ինչո՞ւ աշխարհն այդպես տակնուվրա եղավ: Ո՞վ կարող էր պատասխան տալ, ո՞ր խենթը կարող էր փրկություն խոստանալ, ո՞վ կվերադարձներ մեզ երեկվա օրը, մեր գյուղն ու մեր հայրական տները, որ մնացել էին յոթը սարի և յոթը ձորի ետևում: Աջից ժայռեր, ձախից ժայռեր: Ժայռերեն մի վիթխարի վանդակի մեջ էր մեր գյուղը, որ անառիկ էր թվում մեզ, անմատչելի, անխախտ ու հավիտենական: Եվ թուրք հարկահավաքներն անգամ վախվխելով էին մտնում մեր ձորերն ու մեր գյուղը: Եվ հիմա չկա մեր գյուղը, քարուքանդ արին ու վառեցին բոլոր տները, ճարճատելով փլվեցին բնակիչների վրա թոնրածխից սևացած գերանները, տներից դուրս փախչողներին գերի առան և քշեցին ձորերով ու դաշտերով՝ քար ու քոի միջով, դեպի ո՞ւր, չգիտեինք, հիմա էլ:

Բ

– Ջո՜ւր, մի քիչ ջո՜ւր,– շշնջում է Աստղիկը՝ մի ակնթարթ կանգ առնելով ու հենվելով ուսիս: Եթե ես շարժվեմ այս վայրկյանին, նա ցած կընկնի, միականի Օմարը կկրակի նրա վրա, և ճանապարհին կմնա մի դիակ էլ գազաններին ի կեր: Աստղիկի դիակը...

Ռռնում է խարազանը մեր ետնից քայլողների գլուխներին: Նրանք մեջտեղ են առել մեզ, որ չճանաչվի Աստղիկը: Նա միակն է իր հասակակից աղջիկներից, որ մնացել է մեզ հետ: Կարծում են, թե տղա է՝ այնքան այլակերպվել ու խոշտանգվել է:

– Քելե, լաո՜, քելե, մեռնիմ իմ Աստղկան,– անդրաշխարհային ձայնով շշնջում է ծերունի Օհանը, որ մեր ետնից քայլում է՝ կրծքով մեզ պատնեշած: Մի կարճ պահ հայացքս թեքում եմ տեսնելու նրան: Ճակատից արյունը հոսել է ցցված այտոսկրերի վրայով, ներկել է ձյունասպիտակ մորուքը: Քայլում է՝ գլուխն ուղիղ պահած, անկոր իրանով, չոր, բարձրահասակ: Մորուքը փողփողում է արնաներկ դրոշի պես:

– Քելե , Խորենիկ, քելե , մատաղ...

Շրթունքները նույնիսկ չեն թրթռում: Աչքերն էլ չեն խոսում, լուռ է ծերունի Օհանը: Նրա հոգին է խոսում մեզ հետ, որ դեռ կենդանի է նրա մեռած մարմնի մեջ, անկոտրում հոգին, որ կանգուն է պահում նրա հարյուրամյա մարմինը և միաժամանակ հովանի է մեզ մահվան այս անսկիզբ ու անվախճան ճանապարհների վրա:

– Աստված կփորձէ ձեզի, լաո՜, դիմացե՛ք, քելե՛ք...

Օմար Օնբաշու ձեռքն արդեն հոգնել է, ձայնը խռպոտել: Մտրակում է ձախ ձեռքով, մռլտում է, ու հայհոյական խոսքերն արդեն չեն հասկացվում: Մտրակի ռռնացող հարվածն իջնում է ծերունի Օհանի գլխին: Ճակատից արյան նոր շիթ է պոկվում, աջ աչքը մի րոպե հետո ուռչում, կապույտ գնդիկի պես ցցվում է հոնքի տակից:

– Մեղք են, Օմար Օնբաշի, վերևից աստված է նայում,– ցածր, բայց դողացող ձայնով ասում է Օնբաշու ընկերը:

Քայլում ենք, ետ չենք դառնում նրանց նայելու: Մեր դահիճներին ճանաչում ենք ձայներից, հարվածների ուժից ու թափից:

– Վկա՛ աստված, Համզո՛, ես քեզ էլ պիտի սպանեմ,– պատասխանում է Օնբաշին խռպոտած ձայնով:

– Երկնքին նայիր, Օմար Օնբաշի,– կրկնում է Համզո անունով ասկյարը վախեցած:

Ռռնում է խարազանը առջևի շարքերի վրա: Յոթնամյա Վահանն աղեկտուր ճչում է: Սալբի մարեն, ինքն էլ ուժասպառ, քայլում է երերալով, բայց կրկին գիրկն է առնում իր թոռնիկին: Մեծ, հարուստ գերդաստանի այդ մայրը տանում է իր հետ տոհմից փրկված միակ արու զավակին: Մարեն, նույնպես բարձրահասակ, չոր մարմնով, պստիկ Վահանի հետ գնում է խմբի առջևից, մայր ուղտի նման աջ ու ձախ թեքելով հնոտիներով փաթաթված մեծ գլուխը, դեռ հուսալով ու դեռ աղոթքներ մրմնջալով:

Այդպես, մեկ-երկու օրում ջարդվեց, բեկվեց բոլորի կյանքը: Մի ամբողջ աշխարհ էր մեր գյուղը, որ մնաց յոթ սարի և յոթ ձորի արանքում, խոր կիրճի մեջ, աջ ու ձախ՝ ժայռեր: Ամեն կողմից փակվում էր հորիզոնը մեր գյուղի առաջ: Կիրճից սարավանդ դուրս գալով միայն՝ տեսնում էինք, որ հեռաստանում ողորկ դաշտավայր կա, կապույտ մուժով լցված, և նրա հակառակ կողմը՝ բարձրաբերձ ճերմակ գագաթներ որոնցից փրթող ամեհի հեղեղները գարնանը մեր կիրճով էին անցնում, մեր գյուղի առջևով և հաճախ քշում տանում էին նույնիսկ փղաչափ գոմեշների: Ամեհի որոտմունքով գոռում էին ամպերը մեր կիրճի վրա, և երկիրը, լեռներն ու ձորերը դղրդալով արձագանքում էին, կայծակը փայլատակում էր երկնքում և վիթխարի ուժով ճայթում քարափների վրա: Մարդիկ վախից փակում էին դռներն ու երդիկները: Եվ հանկարծ խաղաղվում էր տարերքը, ու աղեղնակը կամար էր կապում մեր կիրճի վրա, մեր կախարդական աղեղնակը, որ թվում էր, թե ոչ մի ուրիշ գյուղի վրա չէր կախվել այդպես գեղեցիկ ու այդքան երազային: Այդ ժամանակ մենք վազում էինք կալերը սունկ հավաքելու և իջնում էինք ձորի խորքերը ժախ ու բոժախ, քեղ ու մանդակ, խավրծիլ ու երնջնակ քաղելու, որ հուռթի բուսնում էին մեր ձորալանջերում: Տեսնում էի ես հիմա մեր կիրճի տամուկ քարայրները և արծվաբները՝ ժայռածերպերում, լսում էի մայր արծիվների կռինչները, տաք երկրներից վերադարձող կռունկների անուշ երգը՝ կապույտ երկնքի խոր բարձրություններից, զգում էի լեռնահամեմի սուր, համասփյուռ, և վայրի վարդերի թեթև, նրբին բույրերը:

Փոքր էր մեր գյուղը, բայց մեզ անեզրական մի աշխարհ էր թվում, որ եղել էր ու պիտի մնար միշտ, հավերժաբար, իրեն օղակող ժայռեղեն բնության նման: Թվում էր, թե պիտի մնան, հավերժաբար ապրեն ու բազմանան մեծ ու փոքր գերդաստանները, իրենց ավանդական սովորություններով ու ծեսերով՝ հարսանիքներով ու կնունքներով, զատիկներով ու ձկասերով, համբարձման ու վարդավառի տոներով:

Քայլում էի երերալով, Աստղիկի ուսի ծանրությունը վրաս առնելով, և պատրանքն ու իրականությունը խառնվում էին իրար: Տեսնում էի մորս դեմքը՝ արտասուքը սև աչքերում: Սպիտակ, բարակ թելեր էին իջել երդիկից: Կիսամութի մեջ մեծերը հագնում էին իրենց շորերը, իսկ տատս, որ վաղուց հազելկապել էր, դեմքն արևելքի կողմը, գետնին չոքած՝ մրմնջում էր աղոթքի իր ամենօրյա խոսքերը, «Բարի՛ լուսո քաղցր Քրիստոս-աստված, դու անճարին ճար էնիս, խեղճին, մոլորյալին, դարիբին...»:

Ես արդեն անգիր գիտեի նրա աղոթքի խոսքերը, որ կարող էի հետը կրկնել, բայց ես քնած էի ձևանում: Գուցե մոռանան ինձ, չտանեն այսօր հորիք քշելու: Ինչոր մեկը բացում էր երդիկը, աստղերը թափվում էին մեր տունը, վաղորդայնի հովի հետ տունը լցվում էր թոնրից հենց նոր հանված հացի բուրմունքով, որ իրենց «դարիբի» համար թխել էր հարևաններից մեկն ու մեկը և արևածագից առաջ ցած էր գցել բոլորի երդիկներից: Լսում էի գոմից դուրս եկող գոմեշների փնչոցը, գութանի շղթաների շառաչը, հորս ու հորեղբայրներիս ցածրաձայն խոսակցությունները: Ինձ չէին մոռանում: Աչքերս տրորելով հագնում էի շորերս: Հայրս գրկած տանում էր ինձ ու դնում մեր կովան գոմեշի մեջքին: Առավոտյան հովը խփում էր դեմքիս, կամացկամաց մարմրելով, խունանում էին աստղերը երկնքում, միայն մեկն էր ցոլում, ցոլցլում մեր հայացքի առջև: Նրանով ես իմանում էի, որ գնում էինք վերին արտը վարելու: Լուսաստղի կողմն էր այդ մեծ արտը՝ մեծ, տարածուն կանաչ մարգագետնի ափին: Ցոլցլում էր լուսաստղն աչքերիս մեջ, ու փախչում էր քունս: Դեռ արեգակը չծագած լծում էինք գութանն ու հնչում էր հորեղբորս հորովելը, որ տարածվում, փռվում էր արթնացող դաշտերի ու հերկերի, ցողով պատած մասրենիների ու քարքարոտ լեռնալանջերի վրա: Եվ երգ էր մեր հորովելը և աղոթք էր և աղաչանք էր ու երդում...

Եղե՞լ էին այս բոլորը, թե երազ էին, երջանիկ ու անվերադարձ երազ: Այդպես անցան տարիները, և աչքերս լայն բացվեցին աշխարհի վրա: Տեսա զինված թուրք հարկահավաքների, որ կալերից տանում էին մեր սրսուռ ու կարմրահատ ցորենը, մեր ձորն էին իջնում համիդիեի գնդեր ու շաբաթներով ապրում հեղեղատի ափին, վրանների տակ, մեծ խարույկների վրա ամեն օր խորովելով երինջներ ու խոյեր: Ձորը լցվում էր ձիերի խրխինջով, ճենճերահոտը երկինք էր բարձրանում, ճարճատում էին վարժություն անող ասկյարների հրացանները: Մեկերկու շաբաթից անհետանում էր մի գունդը, որ մի ուրիշը երևա և գիշերը մինչև լույս կրկին վիթխարի խարույկների բոցերը կիրճի պռունգներին հասնեն և թնդա-դղրդա ձորը կրակոցներից:

Այդ օրերին ծանր լռություն էր իջնում մեր գյուղի վրա, նա սողում էր կապարի նման ծանր, և ծանրորեն ու տիրաբար նստում էր մեծերի ու փոքրերի հոգիներին: Բոլոր դռները ներսից փակում էին, դեռ մութը չիջած կալնում էին երդիկները: Մեծերն իրար հետ խոսում էին փսփսոցով, երեխաներն ինչ-որ բան զգալով, հանդարտվում էին, լռում էին, կարծես, տավարն ու ոչխարն էլ՝ թավլաներում ու գոմերում. ոչ մայուն, ոչ բառաչ:

Բայց ահա ոչ հարկահավաք կա մեր գյուղում, ոչ էլ համիդիեի գնդեր մեր ձորում կամ դիմացի սարավանդում: Նրանք միասին էին հայտնվում ու միասին էլ անհետանում էին: Օդը հստակվում, թեթևանում էր ինչպես ամեհի ամպրոպից հետո: Խաղաղությունն էր թևածում մեր գյուղի վրա: Ձերեկներն արևը պայծառ ժպտում էր երկրին, գիշերները երկինքը լցվում էր շողուն-շողշողուն, կարծես մեծացած աստղերով, որ, թվում էր, երեկ, մյուս օրը, մի շաբաթ առաջ չկային, նոր էին հայտնվել մուգ կապույտ երկնակամարի վրա:

Արևմտոցին հնչում էին զանգերը մի փոքրիկ ժամի, որ թաքնվել էր ձորակի հսկայատեսիլ ժայռի տակ: Մեծերի հետ մենք էլ էինք գնում աղոթելու ամենակարող ու բարերար աստծուն, մարդկանց ու կենդանիների, լեռների ու ձորերի, գազանների ու գեռունների, ամենայն կենդանի արարածների ու անշունչ քարերի ստեղծողին: Բայց գնում էինք մանավանդ տեսնելու մի հրաշք աղջկա, որ չգիտեինք, թե որտեղից էր հայտնվում մեր ժամի փոքրիկ բեմի վրա: Թախծոտ, բայց ջերմեռանդ հավատով լի հայացքը երկինք հառած, նա օվսաննաներ էր երգում արարչին՝ հույսի ու փրկության շողքեր նետելով մարդկանց սրտերի մեջ իր ճառագայթող աչքերից: Նրա հայտնության օրերին մոտիկ ու հեռավոր գյուղերից գալիս լցվում էին մեր եկեղեցին ծերունիներ ու ջահելներ, զառամյալ տատիկներ ու սպիտակամորուս Սիմոն ծերունիներ: Ոտքերից մինչև շիկավուն, թափանցիկ մաշկով ճակատը, հրաշք աղջիկը սև էր հագած լինում: Հայացքը հառում էր երկինք, և թրթռում էին վարդի թերթերի պես նրբին, հրեշտակային շուրթերը, ձայնը մեղմիկ ղողանջում էր փոքրիկ եկեղեցու կամարների տակ, բուրվառների ծխի և խնկի բուրմունքի հետ լցվում էր մարդկանց ոգիացած սրտերը: Բազմության առջև, բեմի մոտ կանգնած էր լինում Օհան ծերուհին: Իր սպիտակափառ մորուքով, վերացած հայացքով նայում էր մանկադեմ աղջկան, մրմնջում էր աղոթքի խոսքեր, խաչակնքում երեսը և ապա չոքում գետնին, համբուրում էր հողը: Եվ այդպես՝ ճակատը գետնին՝ լսում, էր աստծո կողմից երկիր առաքված հրեշտակին, որ եկել էր ավետելու հույս և ազատություն: Օհան ծերունու պես բոլորը՝ ծեր ու ջահել, մեծ ու փոքր խոնարհվում էին գետնին: Գնալով աղջկա ձայնը հնչում-դողանջում էր ավելի ոգեշունչ, ավելի կորովի, և դեմքին երևում էին արցունքի շողուն կաթիլներ:

Ո՞վ էր այդ խորհրդավոր աղջիկը և երկնքի ո՞ր ճանապարհով էր իջնում մեր եկեղեցու փոքրիկ բեմին: Եվ համբառնում էր երկրից, մարդկանց հոգիների մեջ թողնելով իր պատկերը և հույս, ու տառապանքներից մի օր հրաշքով փրկվելու հավատ: Եվ ինչո՞ւ է նա մեր գյուղն ընտրել իր հայտնության վայրը:

Մենք չգիտեինք այդ բոլորը, և վառվող խնկի դեղին մշուշի մեջ ավելի էր բորբոքվում մեր երևակայությունը...

Գ.

...Այդ ամենը մնացին յոթը սարի ու յոթը ձորի ետևում ու ցնդեցին, ինչպես վաղորդայնի կապույտ մշուշն էր ցնդում մեր կիրճից, երբ բարձրանում էր արևը Նեմրութ սարի թիկունքից: Հիմա քշում էին մեզ նախրի նման՝ շամբուտների ու եղեգնուտների միջով, որ սուր դանակների պես կտրում կտրատում էին մեր բոբիկ ոտքերն ու բաց սրունքները: Մենք մեռնում էինք ոտքի վրա երերալով ու չէինք ընկնում: Ամուր սեղմում էինք մեր շուրթերը, որ մեր հոգիները չլքեն մեզ, չհեռանան մեր տանջված մարմիններից:

Ծերունի Օհանն առաջվա պես պատնեշում էր իր կուրծքը, որ տղայի ցնցոտիների մեջ չերևա Աստղիկի դեռատի, աղջկական թրթռուն մարմինը: Չէ, հիմա արդեն այդ մասին չի մտածում նա, հիմա այդ վտանգը չկա, այնքան փոխվել է Աստղիկը: Ծերունին հիմա պատմեշում է մեր մեջքները՝ մի պահ ևս, դարձյալ ու վերստին, թեկուզ մի պահ պահելու ու պահպանելու մեզ այս աշխարհում:

Միականի Օմար Օնբաշին ինչ-որ հրաման է մռլտում: Նրա հայհոյանքներն ու հրամաններն այլևս չեն հասնում մեր լսողությանն ու գիտակցությանը: Առջևից գնացող ձիավոր ասկյարներն արձագանքում են նրան, աջից ու ձախից՝ նույնպես, և մենք զգում ենք, որ առջևից գնացողները դանդաղում են քայլերը և թափվում են գետնին, գրկում են հողն ու քարերը: Բարեհաճեցին հանգստանալ մեր դահիճները: Շրջանաձև, նստում են քարերի վրա, հրացանները ծնկներին դրած, ձիերի սանձերը գցած ուսերին: Օղակել են մեզ, որ ոչ ոք փախչելու վիրոձ չանի: Իսկ ո՞վ կարող է փախչել: Նվում են մեր ոտքերն ու զանակոծված ոսկորները: Արևն այրում է, ճանճերն իջնում են մեր սրունքներին, մեր ուռած դեմքերին չորացած արյան վրա: Մոտիկ, շամբուտից երևի ոչ հեռու, լսվում է ջրի խոխոջ: Ամառ է, ցամաքած հեղեղատով լեռնաղբյուրներից դաշտերն իջնող ջուրն է խոխոջում: Սալբի նանեի թոռնիկը սողալով գնում է դեպի շամբուտը: Ջրի խոխոջը կանչում է նրան:

– Վահանի՜կ, Վա՜-հա՜-նի՜կ,– նվաղած ձայնում է տատը:

Պայթում է Օմար Օնբաշու հրացանը: Վահանիկն անշարժանում է: Սալբի նանեն ծղրտում է վիրավոր թռչունի պես: Օնբաշին հրացանն իջեցնում է, դնում ծնկների արանքը: Բայց մի ակնթարթ հետո փոքրիկ Վահանը խլվլում է տեղում ու դարձյալ սողում է առաջ:

Ջրի խոխոջը մահվան պես անդիմադրելի է:

– Փառք քըզի, աստված,– շշնջում է ծերունի Օհանը,– փառք քըզի, որ փրկեցիր անմեղ լաճուն, որ չար անօրենին զրկեր իս աչքի լուսեն...

Օմարը կրկին բարձրացնում է հրացանը: Օգնականն այս անգամ վազում, կանգնում է նրա առջև.

– Երկնքին նայիր, Օնբաշի...

Զանգակի հստակ ղողանջի պես լսվում է ջրի խոխոջը:

Վահանիկն անհետացել է:

– Դիմացի՛ր, լա՛ո, մատաղ իմ Աստղկան..

Շշնջում է ծերունի Օհանը ձախ աչքը խփած, իսկ աջն արնոտ զնդիկ դարձած մեծանում ու մեծանում է ջարդված հոնքի տակ: Նա վերստին աղոթք է մրմնջում, կարծես մեր եկեղեցու փոքրիկ բեմի առաջ խոնարհվել է գետնին: Ես էլ եմ փակում աչքերս, և թվում է, թե լսում եմ այն առեղծված աղջկա երգի թրթիռները, որ գալիս են մեր փոքրիկ ժամի կամարների տակից, գալիս են հասնելու մեզ ու այստեղ մարում են՝ խառնվելով գետակի խոխոջին:

Այդ առեղծվածը շատ ուշ վերծանվեց: Հայրս մի օր նոր շորեր գնեց ինձ համար և ասաց, որ պիտի կարդալու տանի ինձ Սահակ վարժապետի մոտ: Սահակ վարժապետը, ասում էին, եկել է Էջմիածնից, այնտեղ է ուսում առել: Ուսուցիչ լինելով, նա միաժամանակ հնչեղ ու անուշ ձայն ուներ, երգում էր տոներին ու հարսանիքներին, երգում էր իր աշակերտներին զբոսանքի տանելիս: Գյուղից գյուղ հավաքվում էին նրան լսելու: Հիմա էլ, հինգ տասնամյակ հետո, նրա ձայնն ականջիս է:

Օրն էր ուրբա՛թ, լուսնի շաբա՛թ,

Թդթիկ մ’եկավ Վանա քաղքե՛ն...

Իսկ ինչպե՛ս էր երգում Անտունիի երգը, ինչպե՛ս էր երգում.

... Սիրտս նման է էն փլած տնե՛ր...

Ուրեմն Սահակ վարժապետն ինձ գրել-կարդալ և երգել պիտի սովորեցներ: Ամբողջ գիշերը հուզմունքից չքնեցի: Առավոտ կանուխ ձեռքս բռնած հայրս ինձ տարավ վարժապետի մոտ: Նա կարծես սպասում էր մեզ: Նրա կողքին նստած էր ինձնից մեկ-երկու տարով մեծ իր տղան, կարմիր ելակ հագած, կապույտ արաղչին գլխին, կարմիր շալվարով ու կարմիր բաբուջներ հագած: Առաջին անգամ էր, որ մոտիկից էի տեսնում նրան: Ասում էին՝ վարժապետի տղան տանից դուրս չի գալիս, ցերեկ-գիշեր կարդում ու անվերջ կարդում է: Գեղեցիկ էր, ժպտուն, կապույտ աչքերով, շիկավուն, կրակագույն. մազերով, տաքություն ճառագայթող ժպիտով: Իմանալով, որ դեռ գիրը չեմ ճանաչում, Սահակ վարժապետը շոյեց մազերս, խփեց թշիկներիս ու ասաց.

– Այսպես կանենք, Խորենիկ: Արամը քեզ գրերը կսովորեցնի տանը, հետո կգաս ինձ մոտ դպրոց...

Վարժապետի տղան բարի հայացքով նայում էր ինձ, անուշ ժպտում էր:

Այդ օրվանից գիշերցերեկ հայոց գրերն էին աչքերիս առաջ ու Արամի վառվող աչքերը: Երկու շաբաթում ճանաչեցի բոլոր գրերը, նրանց պատկերներն Արամի դեմքի հետ միասին հավիտենապես դաջվեցին մտքիս մեջ: Եթե Արամն ասեր՝ մինչև լույս արթուն մնա և հազար անգամ կրկնիր այբուբենը, արթուն կմնայի ու կկրկնեի՝ այբ, բեն, գիմ, դա ... Եթե ասեր բարձրացիր ժայռին ու այնտեղից նետիր քեզ կիրճը, մի վայրկյան սպասել չէի տա: Ինձ համար երանություն էր նստել նրա առջև ու կատարել նրա հրամանները, երանություն էր ինձ համար լսել նրա ձայնն ու ժամերով նայել նրա դեմքին:

Մի անգամ դարձյալ ծանր լռություն իջավ մեր գյուղի վրա: Համիդիեն ձորի մյուս ափին բանակ էր դրել, խորովում էին երինջներ ու խոյեր, վիթխարի պղինձների մեջ խարույկների վրա տապակում էին ոչխարներ, որ մեր գոմերից էին քշել իրենց բանակատեղին:

Գյուղը լուռ էր: Առավոտ կանուխ ես լվացվեցի ու գիրքս թևիս տակ դրի, որ վարժապետի տունը գնամ:

– Էսօր մի գնա, Խորենիկ: Էսօր տուն, մնա,– աղաչող հայացքով խնդրեց մայրս, բայց ես դուրս թռա: Չէ՞ որ ինձ սպասում էր Արամ ը...

Վարժապետի տանը չգտա նրան:

– Այսօրվանից ես պիտի քեզ դաս տամ, Խորենիկ – ասաց Սահակ վարժապետը,– Արամ գնաց Ռուսաստան:

Ես չհարցրի, թե ե՞րբ գնաց, ինչո՞ւ գնաց: Ես շշմել կանգնել էի տեղումս՝ քարացած:

– Գնաց Էջմիածին, ճեմարան սովորելու... նստիր, Խորենիկ, բաց արա գիրքդ...

Այդ օրվա և հետևյալ օրվա դասերի ժամանակ ես համրացել էի: Մեկեն փախավ սովորելու սերս: Չէին օգնում ոչ վարժապետի բարի խրատները, ոչ էլ հորս սպառնալիքները, թե կուղարկեն ինձ սարերը հովվին օգնական: Ես ինքս էի ուզում փախչել լեռները: Ոչինչ չէր մտնում գլուխս, Արամի անհետանալու օրից ինձ լքել էր հիշողությունս: Երեկվա դասերից այսօր ոչինչ չէի հիշում, մոռանում էի շորերս կոճկել, բաբուջներս մաքրել, խռիվ մազերս գոնե ձեռքով հարդարել:

Այդ բոլորն առաջ ես անում էի Արամի համար:

Այգպես անցան ամիսներ: Մի օր, իրիկնադեմին, երկար ընդմիջումից հետո ղողանջեցին մեր ժամի զանգերը: Հրաշք աղջկա հայտնության օրն էր: Մինչև ես հասա, եկեղեցին լեփլեցուն էր, բեմի առջև փողփողում էր ծերունի Օհանի սպիտակափառ մորուքը:

Նա երևաց բեմի վրա, և բոլորը խոնարհվեցին, խաչակնքեցին երեսները: Նայեց բազմությանը: Ինչքա՜ն բարություն, անմեղություն, աստվածային մեղմություն, գութ ու կարեկցանք կային այդ աչքերում: Կարծես հենց հիմա, այս պահին իջավ երկնքից՝ թեթևացնելու երկրի բնակիչների տանջանքներն ու տառապանքները:

Ձեռքերը կրծքին խաչեց, հայացքը հառեց երկնքին ու շրթունքները դողդողացին.

– Տե՜ր, ո՜-ղո՜ր-մյա՜...

Սիրտս թրթռաց, սրսփաց ողջ մարմինս: Հմայված ու ամբողջովին մոռացած աշխարհին ու ինքս ինձ, նայում էի նրանք նայում էի ու դողում, դողդողում էր սիրտս: Երգում էր նա:

Ձայնն այնքան ծանոթ էր, հարազա տ, հստակ, թեթև, եթերային: Հայացքը ողողված էր երկնքից իջած լույսով, դալար մարմինը ծրարված էր սև, թեթև, միանձնուհու զգեստների մեջ: Ժողովուրդը քար կտրած լսում էր նրան, մոռացած ահ ու սարսափ, մոռացած հարկահավաքներին ու համիդիեի ասպատակությունները: Բոլորը հոգով վերացել էին երկինք:

Երգում էր նա՝ ձեռքերը կամարներին կարկառած, գոցում էր լուսեղեն կոպերը, բացում կրկին: Նեղլիկ լուսամուտներից նայում էր առկայծող երկնքի խորքերը, օգնություն ու փրկություն էր հայցում և վերերկրային նրա կերպարանքը՝ մոմերի պես կայծկլտող մատները, մշուշված հայացքն ու դողդոջուն, վարդե շուրթերն ամեն, ամեն բան խոստանում էին բոլորին, ովքեր լսողություն ունեին՝ լսելու, հոգի ունեին՝ հավատալու և սիրտ ունեին՝ հուսալու:

Ես անշարժ կանգնել էի, շունչս ինձ պահած: Եվ հանկարծ թվաց, թե նա ինձ է նայում՝ խաղաղություն մաղթելով բոլորին: Կկոցեց կապույտ այքերը, լայնացած, նուրբ ռունգները դողացին... Չգիտես ինչու, սիրտս լցվեց երկյուղով, ես վախեցա նայել նրան, փակեցի աչքերս: Ու մտքիս առաջ փոխվեց միանձնուհու կերպարանքը: Հագած է նա կապույտ ելակ, ծիրանի փոխան, որի փողքերն ընկնում են կարմիր բաբուջների վրա, գլխին դրել է կապույտ արախչի, որի տակ հավաքել է շեկլիկ մազերը, աչքերը, շուրթերը, ձայնը... Նույնն են: Բացում եմ աչքերս՝ դարձյալ նա ինձ է նայում: Ու այս անգամ ձեռքերովս ծածկում եմ դեմքս և հանկարծ պոռթկում է սիրտս, կրծքիցս դուրս է թռչում մի սուր ճիչ, և ես բարձրաձայն լաց եմ լինում, հեկեկում եմ:

Ինձ դուրս են տանում եկեղեցուց: Ամբողջ գիշերը զառանցում եմ: Վաղ առավոտյան աչքերս բացում, անկողնուս մոտ տեսնում եմ հորս ու Սահակ վարժապետի դեմքերը: Ու կրկին հեկեկում եմ:

– Խորենիկ, հորի՞ կուլաս, լաո՛, Խորենի՛կ:

Չեմ կարողանում զսպել լացս: Սահակ վարժապետն էլ է հարցնում. «Հորի՞ կուլաս»... Նրանք ամեն ինչ գիտեն, բայց հարցնում են:

Ես ճանաչել էի եկեղեցում երգող աղջկան: Նրանք այլևս ինձնից թաքցնել չէին կարող: Սահակ վարժապետը խոստովանեց և խոսք առավ ինձնից, որ գաղտնիքը կպահեմ: Ես լալիս էի, որ խաբված եմ եղել այն օրերին, երբ դասի էի գնում Արամի մոտ, չիմանալով, որ նա վարժապետի աղջիկն է, անունը՝ Աստղիկ, լալիս էի, որ խաբել էին ինձ, թե նա «Ռուսաստան է գնացել», լալիս էի, որ բացվել, մերկացվել էր «սուրբ կույսի» գաղտնիքը:

Մի շաբաթ հետո կրկին ղողանջեցին եկեղեցու զանգերը: «Սուրբ աղջկա» նոր հայտնության օրն էր: Բայց ինձ համար հիմա նա դարձել էր հեռվում շողշողացող մի աստղ, որի փայլփլանքներն էին միայն ինձ հասնում, իսկ ինքը մնում էր հեռու, անհաս ու անմատչելի:

Դ

... Թվում էր, թե այդ ամենը չի եղել, թե երեկվանից երկարատև, տանջալի, մղձավանջային, անհեթեթ երազի մեջ եմ, և Աստղիկը, որ իմ մտքում դեռ երեկ, մյուս օրը սավառնում էր երկնային տարածությունների մեջ, մարդկանցից հեռու ու նրանց համար անհասանելի, քայլում է իմ կողքին, ծեծված, ջարդված, տանջահար:

... Քշում են մեզ կրկին շամբուտների միջով: Ճշմարիտ չէր լինի ասել՝ քշում են մեզ նախրի նման: Անասուններին այդպես չեն ծեծում-խոշտանգում : Փաղաքշական խոսքեր են ասում նրանց, ձեռքով շոյում են ճակատները, որ ճամփա կտրեն նոր արոտավայրերի հասնելու, գտնելու առատ խոտ ու երանավետ հանգիստ: Իսկ ո՞ւր են քշում մեզ՝ դեռ անհայտ է:

Շամբուտները վերջանում են: Առջևից գնացող ասկյարները շուռ են տալիս իրենց ձիերի գլուխները, սկսում են բարձրանալ ձորի լանջն ի վեր: Հիմա տեսնում ենք առջևից քայլողներին մեջքի կողմից՝ ոտից մինչև գլուխ: Պատռտված, արյունոտ, ուռած ծոծրակներ:

Հանկարծ, լանջից վերև, ձորափին, կապույտ երկնքի վրա երևում է կլորակ, քարակոփ մի գմբեթ: Քանի բարձրանում ենք, գմբեթը վեր է խոյանում դեպի երկինք...

Բարձրանում ենք գայթելով ու ընկնելով, ոսկրացած ձեռքերով բռնելով քարերից ու մացառներից, մագլցելով դեպի վեր, ուր լայն աշխարհ կար, կային տաք հովիտներ ու լուսավոր հեռաստաններ: Եվ ահա, իր ամբողջ գեղեցկությամբ կանգնում է մեր առջև կրակագույն քարերից կերտված մի տաճար: Շռայլ շողքերի տակ կարծես կայծկլտում է նրա ամեն մի քարը: Գմբեթի քիվերին թառած կապտափետուր աղավնիները նայում են մեզ զարմացած ու գուղգուղում, փայփայում են իրար:

Խաղաղ կեսօր է: Լուռ են երկիր ու երկին, լուռ են լեռներն ու դաշտերը, հեռվում շողում ու փայլփլամ է դաշտի մեջտեղով ձգված արծաթե մի գոտի, նրանից այս կողմ երևում է բարձր, ձյունոտ մի գագաթ: Մինչև երկինք շողքեր արձակող սպիտակ ժապավենը, որ գալիս էր արևելքից արևմուտք, Եփրատ գետն էր, Բագրևանդի դաշտից այդ կողմերը ձգվող մեր Արածանին, որ ճանապարհին իր մեջն էր առնում շատ մեծ ու փոքր վտակներ և այս տեղերում փոխում էր իր անունը, դառնում Եփրատ, գագաթը՝ հավերժական Սիփան սարն էր: Ողջ աշխարհը հեղեղված էր լույսերով: Լույսեր էին թափվում երկրի վրա՝ կապույտ երկնքի խորքերից, բարձրաբերձ լեռների ձյունոտ կատարներից և հեղեղի պես խշշալով հոսում էին դաշտերով, լցվում ձորերը, հովիտները, գնում հեռու-հեռու ծագերը, ուր դեռ գիշեր էր ու մութ:

Արևը շողում էր անամպ երկնքից, օրը մաքուր էր ու անբիծ, և աղավնիները՝ անհաղորդ ու անտեղյակ երկրի վրա կատարվող ոճիրներին:

Պայթում է հանկարծ միականի Օմար Օնբաշու հրացանը: Մի աղավնի, փետուրի նման թեթև, քիվից գլորվելով, ընկնում է ցած, մատուռի պատի տակ: Թավիշ կանաչի վրա նրա արյան կաթիլները կայծերի նման ցոլցլում են, ցոլցլում ու չեն խամրում: Հիմա էլ, հինգ տասնամյակ հետո, ես տեսնում եմ կանաչի վրա ցոլցլացող աղավնու արյան այդ շիթերը...

Գոռում էր միականի Օմարը մոլեգնորեն, որովհետև ինչքան էլ որ օդում ռռնում էր նրա խարազանն ու իջնում մեր մեջքերին շրխկալով, մենք դանդաղ էինք շարժվում՝ հայացքներս հառած կլորակ գմբեթով քարակոփ տաճարին: Թվում էր, ուր որ է, հիմա հրաշք կկատարվի: Տաճարը կկուրացնի դահիճներին, կթուլացնի նրանց ձեռքն ու ոտը, կխելազարեցնի նրանց: Հիմա, հիմա փրփուր կերևա նրանց բերաններին, կսկսեն կրծել իրենց թևերը, վիրավորված գազանների պես մռնչոցներ կարձակեն: Իսկ մենք, ազատ թռչունների նման, մեր տները կվերադառնանք, մեր հարազատներին կգտնենք և աղավնիների պես գուղգուղալով կսիրենք, կփայփայենք իրար՝ անգղների մագիլներից դուրս պրծնելուց հետո: Ու վերստին մեր գյուղը կվերադառնա Սահակ վարժապետը, ուր մեր ժամի փոքրիկ բեմի վրա ժողովրդին կհայտնվի այն հրաշք աղջիկը, տեղատարափ անձրևներից հետո կգոռա հեղեղը մեր կիրճում, ու մեր ձորի վրա կկամարվի մեր սիրուն, մեր մեծ, մեր յոթնագույն աղեղնակը...

Մոտենում էինք տաճարին, պիտի անցնեինք նրա կրակագույն պատերին քսվելով: Այդ պահին մեր շարքերից զատվելով, զարմանալի թեթև, արագաքայլ մոտեցավ տաճարի մուտքին Օհան ծերունին ու չոքելով նրա առաջ, ծերունական, դողդոջուն ձայնով սկսեց աղոթել, բառերը հատիկ-հատիկ երգելով.

– Ո՜վ սուրբ տաճա՜ր... ես նահատակ քո քարերու, քո դռան սալերու վրա... փրկե դու անմեղ, ջահել հոգիներ... ես նահատակ քո զորության առեջ...

Այդ ամենը կատարվեց այնքան արագ և այնպես անսպասելի, որ մի րոպե կանգ առան Օմար Օնբաշին ու իր օգնականները, և տեղում քարացավ մեր խոշտանգված բազմությունը:

Աղոթքի այդ խոսքերից հետո Օհան ծերունին համբուրեց գետինը, ապա բարձրացրեց գլուխը, նայեց տաճարի գմբեթին, ձեռքերը կարկառեց դեպի երկինք ու ողբաց աստծուն դիմելով.

– Փրկե՛, արդար, ամենատես ու բարեգո՛ւթ, փրկե՛...

Հիմա էլ նա աչքիս առաջ է, երբ պատմում եմ ձեզ այս պատմությունը: Տանջանքի, տառապանքի ու նահատակության այդ արձանը քանդակվել է մտքիս մեջ այնպես ամուր ու հաստատուն, որ տասնամյակներով արևն ու հողմերը, անձրևներն ու փոթորիկները խարխլել ու խորտակել չեն կարողացել:

Առաջին վայրկյանների անակնկալից ու կախարդանքից սթափվեցին մեր դահիճները: Մենք էլ ուշքի եկանք և զգացինք այդ պահերի և վեհությունը, որ արթնացրեց մեր մեջ նվաղած հոգին, և ահավորությունը, որից փշաքաղվեցին մեր մարմինները:

Օմար Օնբաշին փրփրած, ասպանդակեց ձիուն, քշեց աղոթող ծերունու վրա՝ պատյանից քաշելով յաթաղանի պես կեռ սուրը: Բայց կապտաղեղին բծերով նժույգն այս անգամ իր սմբակները մեխեց գետնին ու անշարժացավ: Ինչքան էլ միականի Օմարն ուժգին ասպանդակում էր, կատաղի մտրակում, նժույգը տեղից չէր շարժվում: Ճշմել էինք բոլորս: Եվ ահա կատարվեց մի նոր անակնկալ: Օմարի օգնականն արագ մի ոստյունով ձին կանգնեցրեց իր միականի մեծավորի նժույգի առաջ և դողացող, սարսափով լի ձայնով քրթմնջաց.

– Ձեռք մի տուր նրան, Օնբաշի... նա աստծու հետ է խոսում...

Օմարի կեռ սուրը կանգ առավ օդում:

– Հեռացի՛ր,– մռնչաց Օնբաշին,– կսպանեմ քեզ նրա տեղակ, Համզո՛...

Քուրդ Համզոն գունատվել էր:

– Երկնքին նայիր, Օնբաշի, աստված տեսնում է...

Ոչ տեսնում, ոչ լսում էր այդ ամենը Օհան ծերունին: Նա իսկապես, հոգով երկինք համբառնած, խոսում էր աստծո հետ, որի գոյության մասին երբեք չէր կասկածել, և որի արդար դատին հավատում էր նույնիսկ այդ վայրկյանին, երբ իր մեծ տոհմից միայն ինքն էր մնացել սեփական աչքերով տեսնելով բոլորի մահը: Նրա վերջին հույսն ու սրբությունն այս մեղապարտ աշխարհի վրա Աստղիկն էր, մենք էինք, որոնց համար էլ ահա իր տանջահար հոգով հաղորդվում էր արդար երկնքի հետ, խնդրում էր փրկել «անմեղ հոգիները»:

Օմարի յաթաղանը դեռ քարացած էր օդում՝ կապույտ փայլ արձակելով քուրդ Համզոյի գլխավերևում:

Տաճարի քիվերից թռան երկու աղավնի, ապա՝ երրորդը: Առաջինն իջավ ու նստեց աղոթող ծերունու ուսերին, երկուսը՝ իրենց սպանված ընկերոջ դիակի կողքին՝ կանաչների վրա:

Օմարն իջեցրեց կեռ սուրը, դանդա՛ղ, դանդա՛ղ դրեց պատյանի մեջ: Համզոն ինչ-որ բան շշնջաց: Օմարը կարծես թե չլսեց, ձիու սանձը թուլացրած, նա իր միակ աչքի պաղ, անտարբեր հայացքով նայում էր իրենց սպանված ընկերոջ դիակը փայփայող աղավնիներին և գլուխը տաճարի մուտքի ողորկ սալաքարին դրած Օհան ծերունու ծվատված մեջքին:

Դահիճը մտածում էր:

Այդպես երկար սառած մնաց իր տեղում միականի Օմար Օնբաշին, ինչպես քիչ առաջ իր մերկ սուրը՝ ջինջ օդում, արևի շողքերի մեջ:

Օհան ծերունու մարմինն անշարժ էր, մեջքը՝ կորացած, ճակատը հպված տաք սալաքարին: Աստղիկը, հենված իմ ուսին, սաղմոսներ էր շշնջում: Ես մեկ նայում էի հեռու դաշտերին, նրանց մեջ շողացող Եփրատի ժապավենին, Սիփանի սպիտակ կատարին, մեկ տաճարի առջև սուրբ երկրին փարված Օհան ծերունուն:

Մեծ, անսիկզբ ու անվախճան խաղաղություն էր իջել աշխարհի վրա:

Օմար Օնբաշին ձգեց նժույգի սանձը, նրա գլուխը շուռ տվեց մեր կողմը: Միականու այլանդակ դեմքին հիմա սարսափ էր նստել: Կույր աչքի խոռոչը նմանվում էր մութ, ահավոր անդունդի: Ի՞նչ էր մտածում նա այդ րոպեին, դժվար էր ասել: Այդպես նայեց մեզ երկար, երկար, ու ապա գոռաց, մռլտաց, մռնչաց ու օդում սև օձի պես գալարվեց նրա սև մտրակը: Սալբի մարեի թոռնիկը վախից մտավ գունդ դարձած մարդկանց խմբի մեջ, ես մեջքով ծածկեցի Աստղիկին:

Շարժվեցինք տեղից՝ ետ-ետ, դեպի ծերունի Օհանը նայելով, որ մնում էր՝ դեմքով տաճարի մուտքի սալաքարին փռված: Համզոն մոտեցել էր նրան ոտքի հանելու, ձայն էր տալիս, քաշում էր ուսերից, բայց ծերունին տեղից չէր շարժվում:

– Կրակի՛ր գլխին, թող արի,– կանչեց Օմար Օնբաշին:

– Նա արդեն մեռել է,- ձայնեց Համզոն, մի անգամ էլ ցնցելով ծերունու ուսերը,- մեռել է...

Աստղիկը փլվեց ուսիս: Սրտիս խորը խորքերում ինչ-որ բան ճարճատելով կոտրվեց: Մենք քիչ առաջ գնում էինք մեռնելու խմբովին, բայց գնում էինք մեծ մի ոգու հովանու տակ:

Հիմա որբացել էինք:

Ե

... Դարձյալ քշում էին մեզ: Բայց դահիճներն արդեն հոգնել էին, թե նրանց չար հոգիներում խղճահարություն էր ծնել Օհան ծերունու մահը: Հիմա նրանք լուռ էին: Լուռ էինք մենք էլ: Ոչ մի հառաչանք, ոչ մի տնքոց: Նույնիսկ Սալբի մարեի թոռնիկն էլ լաց չէր լինում: Շատ մահեր էինք տեսել մենք, բայց հիմա առաջին անգամ էր, որ քայլում էինք ոչ թե դատապարտվածների, այլ հուղարկավորների պես: Մեզ հետ չէր հիմա Օհան ծերունին, և կարծես թե բազմության կեսից ավելին պակասել էր, ինչպես հեղեղը՝ շիկացած ավազուտներին հանդիպելուց հետո: Չկար այլևս Օհան ծերունին, որ թվում էր, թե միշտ եղել էր, աշխարհի ստեղծագործության առաջին օրերից, փորձության ժամին քայլել էր սերունդների հետ:

Մղկտում էր իմ սիրտը, բայց զսպում էի ինձ: Ճիգ էի անում չտեսնել նրան, բայց մտքով տեսնում էի: Մեկ նա կանգնած մեր փոքրիկ եկեղեցու դռան առաջ՝ փառահեղ սպիտակ մորուքը կրծքին՝ լսում էր հայտնված սուրբ աղջկա օվսաննաները երկնավորին, մեկ քայլում էր կրծքով մեզ պատնեշած, մեկ ձորափի տաճարի առջև չոքած «խոսում էր աստծո հետ»:

Մեր առջև հիմա փռվել էին լայնատարած դաշտեր, հովիտներ՝ ծաղիկներով, մարգագետիններ ու ճահճուտներ՝ կապույտ թափանցիկ մշուշով ծածկված: Օդի մեջ ճռվողում էին արտույտները, մեր ոտքերի տակից թռչում էին լորեր: Օդը հագեցած էր մեղրի ու լեռնալանջերի ուրցի հոտով:

Աչքերով տեսնում էի և բոլոր զգայարաններով զգում էի ես այդ ամենը: Իսկ մտքիս մեջ հառնում էր մի ամբողջ աշխարհ, որ հեռանում էր մեզնից, կորչում էր, մեռնում: Այդ մեծ աշխարհի միջից զատվում էին դեմքեր, կենդանանում էին, կանգնում հայացքիս առաջ: Ահա վարժապետ Սահակի տունը: Գորգի վրա նստել է կարմիր թավշե ելակ հագած, կապույտ արաղչին գլխին դրած Արամը: Ժպտում է նա ինձ իր կապույտ աչքերով: Եվ ես չգիտեմ, որ նա աղջիկ է, որ նա Աստղիկն է: Եվ ահա սուրբ աղջկա հայտնության օրն է: Նա երևում է մեր եկեղեցու բեմին՝ միանձնուհու սև հագուստով: Ջերմեռանդ երգում է՝ ոգեշնչված դեմքը երկնքին ուղղած:

Նա սուրբ է: Նոր է երկնքից իջել, ու ոտքերը դեռ ամպոտ են: Եվ ես չգիտեմ, որ դա Արամն է:

Ու հիմա մտքիս մեջ ձուլվում են իրար Արամն ու Աստղիկը, ձուլվում են ու զատվում, զատված են ու կրկին ձուլվում իրար: Իսկ սա, որ քայլում է կողքիս, ոչ Աստղիկն է կարծես, ոչ Արամը, այլ մի երրորդ անձնավորություն է, իրական, շոշափելի՝ ինչպես իր ցնցոտիները, ինչպես իր ոտքերի պատռտված տրեխները:

Երազներն անցել են, առեղծվածները՝ մերկացել, մնացել է կոպիտ, դաժան իրականությունը: Օհան ծերունին էլ վերջին երազն էր, որ անցավ...

Լսում եմ ինչ-որ ձայն, ինչ-որ շշունջ: Իմ անունն են շշնջում, ինձ հետ են խոսում:

– Խորե՜ն... արթնացի՜ր, Խորե՜ն...

Ու դարձյալ, կրկին.

– Արթնացի՜ր... բռնե՜ ձեռքս, Խորե՜ն...

Աստղիկն է: Քայլելիս երերում է, հիմա կընկնի՝ եթե չբռնեմ: Հեռացել էի նրանից մի քանի քայլ: Դարձյալ հենվում է ուսիս ու քիչ հետո հարցնում կատարյալ լրջությամբ.

– Մեռնի՞նք, թե՞ ապրինք, Խորեն...

Զարմանքից համրանում է լեզուս բերնիս մեջ: Մի՞թե պիտի խելագարվի Աստղիկը:

Զա՜յնը...

Դա Արամի ձայնն է, երբ նա ինձ հայոց գրերն էր սովորեցնում: Դա Աստղիկի թախծալի ձայնն է, երբ հայտնվում էր նա միանձնուհու կերպարանքով:

«Մեռնի՞նք, թե՞ ապրինք...»

Մեռնել կարող էինք, բայց մի՞թե պիտի կարողանանք ապրել նաև, եթե ցանկանանք...

Ղանդաղ, լուռ սողում էինք մարգագետիններով: Թաղվում ճահճուտների մեջ և հազիվ դուրս էինք քաշում մեր ոտքերը: Օմար Օնբաշին այլևս չէր գոռգոռում, չէր հայհոյում, չէր ծեծում մեզ: Կապտաղեղին բծերով նրա նժույգն այլևս չէր խրխնջում առաջվա պես: Գետինը փորելով չէր վրնջում՝ հեռո՜ւ, ազատ դաշտերին հայացքն ուղղած:

– Մեռնի՞նք, թե ապրինք...

Աստղիկն սպասում էր հարցի պատասխանի՞ն, թե ինքն իրեն էր հարցրել, իր հոգուն ու կամքին, իր սրտին, որի խորին ծալքերում երևի դեռ մնում էին՝ հույսի մի թեթև շողք, լույսի մի թեթև ցոլք:

Արևն արդեն մայր էր մտնում: Լեռները վիթխարի ստվերներ էին նետել դաշտերի ու հովիտների վրա: Կատարները վառվում էին հսկայական խարույկների պես: Երկինքը ծայրից ծայր արնագույն էր:

Մոտենում էինք ավերված մի գյուղի: Ահա առաջին տները:

Կանաչ մի կտուրի նստած, մլավում էին երկու բրդոտ կատու: Մի գոմի առաջ, նիհարավուն մի երինջ նայում էր մեզ ու տխուր բառաչում: Ինչպե՞ս է կողոպտված, սպանված այս գյուղում փրկվել այս երինջը: Երկա՛ր, ծորուն բառաչում է նա, երևի կանչում է հեռուները քշված կամ մորթված իր քույրերին:

Ծանր հոտ էր նստել գյուղի վրա՝ այրված գերանների, վառված ջուլերի մշահոտը, անթաղ դիակների ու մոխրացած ոսկորների ծանր հոտը: Ես չէի նայում սպանված մարդկանց մարմիններին, որ ընկած էին տների առջև, փողոցներում, արևի տակ:

Երինջը բառաչում ու բառաչում էր:

Առջևից գնացող ասկյարները կրակում են նրա վրա: Երինջն ընկնում է գոմի բաց դռան առաջ ու երկար թփրտում է՝ գլուխը գոմի դռան այրված հենափայտին զարկելով:

Մեզ քշում են գոմը: Այստեղ պիտի գիշերենք: Արդեն մթնշաղ է: Մութն աստիճանաբար գրկում է երկիրը: Բերում, այրված գերաններ են լցնում դռան առաջ, ապա քարեր են լցնում գերանների ետևը, փակում են դուռը:

Թափվում ենք հատակին:

Կարծես խմբով իջել էինք խորը, մութ մի գերեզման: Կենդանի աշխարհը մնացել էր այն կողմը, մենք արդեն հանդերձյալ կյանքումն էինք:

Գոցում էի կոպերս ուժով, բայց քնել չէի կարողանում է Ամբողջ մարմինս տնքում, նվում էր: Գոմի դռան առաք խրխնջում էր Օմարի նժույգը: Լսեցի երինջի աղիողորմ բառաչը: Էլի ժամանակ անցավ, և էլի քնել չէի կարողանում: Դրսում ճարճատեց երևի մեծ, շատ մեծ մի խարույկ: Նրա հրացոլքերը գերանների ու քարերի արանքից թափանցում էին ներս: Քիչ հետո հասավ մեզ խարույկի վրա խորովվող մսի սուր ճարպահոտը:

Մի գիշե՞ր եղավ դա մեր կյանքում, թե՞ մի ամբողջ մղձավանջային հավիտենականություն: Թվում էր, թե երբեք այլևս չպիտի երևա արևը, որ աշխարհը պիտի թաղված մնա թանձր խավարի մեջ:

Գիշերվա կեսին որոտաց, դղրդաց երկիրը: Փլվեց երկինքը: Ճայթեցին, շոնդացին կայծակները, դուրս եկան գետերն իրենց հուներից:

Երդիկներից կայծակները լուսավորում էին երկարավուն գոմը:

Մի ակնթարթ ես տեսա Սալբի մարեին, որ ձեռքերը վեր պարզած՝ աղոթում էր, երկրորդ անգամ տեսա Աստղիկին: Մեջքի վրա պառկած, թևերը գլխի տակ դրած, նա քնել էր զարմանալի խաղաղ, անվրդով քնով և չէր լսում երկնքի որոտմունքը, երկրի դղիրդները, ճայթող կայծակների ահավոր շռինդները:

Որոտն ու կայծակը չէին դադարել, երբ առավոտ կանուխ գոմի դռնից դեն նետեցին գերաններն ու քարերը և դուրս քշեցին մեզ: Աշխարհը, որ երեկ այնքան լուսավոր էր ու տաք, հիմա սառն էր, խոնավ ու մռայլ, բարկացած: Գյուղի փողոցներով փրփրալով հոսում էր անձրևաջուրը, դեպի դաշտը քշելով աղբակույտերը, դիակների ծվեններն ու արյան չորացած լերդերը: Բնությանը հակառակ, աշխույժ էր այսօր Աստղիկը, նույնիսկ ուրախ: Քայլում էր՝ առանց իմ ուսին հենվելու, հաստատուն ու թեթև քայլերով: Ամեն անգամ, երբ ճայթում էր կայծակը, ես տեսնում էի նրա դեմքը՝ երազուն աչքերը, շողուն ճակատը, որի վրա բոցի լեզուների պես իջնում էին շեկ մազերի փնջերը:

Ի՞նչ էր կատարվել գիշերվա ընթացքում:

Հիմա իմ կողքին քայլում էր ոգեշնչված դեմքով այն անիրական, երկնային աղջիկը, որ հրաշքով հայտնվում էր մեր գյուղի ժամի բեմին և կրկին «համբառնում երկինք»՝

մարդկանց մեջ թողնելով հավատ, հույս և հրաշալի երազանք: Նույն այրվող, թախիծով լի աչքերն էի տեսնում ես, նույն եթերային անմեղությունը՝ շողացող հայացքում: Եվ ամեն անգամ երանության զգացմունքի ջերմ մի ալիք էր անցնում սրտիս միջով, չնայած տնքում էին մարմնիս բոլոր մկանները, զլուխս ծանրացել էր ուսերիս, բացվել էին սրունքներիս չորացած վերքերն ու մղկտում էին՝ թրջվելով սառն անձրևաջրով:

Երբ դանդաղում էի, Աստղիկը հորդորում էր, որ չհուսահատվեմ, հավաքեմ վերջին ուժերս ու քայլեմ: Հեռուները չէին երևում մեր հայացքների առաջ երեկվա պես, գագաթները ծածկվել էին մռայլ մեգով, դաշտերը հեղեղվել էին ողջ գիշերը երկնքից թափվող, տեղատարափ անձրևից:

Աստղիկը շշնջում էր ականջիս Օհան ծերունու խոսքերը:

– Քելե, Խորեն, քելե... փորձություն է... դիմանա՛նք...

Նա իր վրա էր առել հովանավորողի ու մխիթարողի դերը: Սալբի մարեի ձեռքից վերցրել էր նրա թոռնիկի ձեռքը ու նրան էլ էր հորդորում.

– Մի լա, Վահանի՛կ, աղբերի՛կ, հիմա կհասնինք, էս սար լէ անցնինք...

Ո՞ւր պիտի հասնեինք, ի՞նչ կար այն սարի ետևը:

Ի՞նչ հույս էր իջել Աստղիկի հոգուն, փակ երկնքից ի՞նչ լույս էր ծորացել նրա մտքի մեջ:

Առջևից զնում էին լուռ ու անձայն, միայն լճացած ջրերի մեջ չփչփում էին նրանց ոտքերը: Միականի Օմարն ու Համզոն, իրենց ձիերի բաշերին կռացած, կարծես թե նիրհում էին բարակ անձրևի տակ: Օմարի նժույգը երբեմն կանգ էր առնում, ռունգները լայնացած նայում էր պղտոր հեռուներին, սմբակներով փորում էր գետինն ու տխուր վրնջում:

Որոտում էր երկինքը, ահեղ գոռում էին ամպերը, և ձորերն ու սարերն արձագանքում էին հազարաձայն: Կայծակի ամեն մի հարվածի ակնթարթին լուսավորվում էին ջրով ծածկված հովիտներն ու մարգագետինները ու կրկին թաղվում թանձր մշուշի մեջ:

Գնում էինք, գնում և դարձյալ վաղ առավոտվա աշխուժությունը չէր լքում Աստղիկին: Նա ոգեշնչված էր: Կայծակներն ու որոտները կարծես նրա սրտով էին, առավել կենդանություն էին տալիս նրա մարմնին, կորով էին հաղորդում նրա հոգուն: Ի՞նչ էր կատարվել նրա հետ, նրա մեջ: Այդ գաղտնիքը պարզվեց ինձ համար քիչ հետո, երբ նա խոսեց.

– Խորեն,– շշնջաց նա,– գիշեր խորոտ երազ տեսա... լա՜վ երազ էր... պիտի ապրինք: Խորեն...

– Ի՞նչ տեսար,– հարցրի ես:

– Սպիտակ ու վարդագույն ամպեր տեսա... Կարմիր, հրեղեն ձի տեսա, ոսկե թամբ վրեն... դու լե ոսկե թամբին... լա՜վ երազ էր, Խորեն... ձին մուրազ է...

Ետ էինք մնացել քարավանի առջևից քայլող խմբից՝ տարվելով Աստղիկի երջանիկ երազով: Օմարի խարազանը դառն սուլոցով իջավ Աստղիկի մեջքին: Լսեցի կարճ մի ճիչ ու տեսա, թե ինչպես նա դեմքով փռվեց գետնին: ջրերի մեջ: Ես կռացա նրա վրա: Ու խարազանի երկրորդ հարվածն իջավ իմ գլխին, ապա դարձյալ, կրկին: Խարազանի հարվածներ էին դրանք, թե կայծակն էր այդպես թրատում ուսերս, գլուխս, դեմքս, այրում ու մոխրացնում՝ էր ինձ:

Ուշի եկա՝ երբ Սալբի մարեն թևիցս բռնած տանում էր ինձ խմբի ետևից:

– Ու՞ր է Աստղիկը, մարե...

Մարեն ձեռքով ծածկեց արնոտ բերանս:

– Քելեք լաո՜, քելե՜...

– Ո՞ւր է Աստղիկը,– կարծես տենդի մեջ, ավելի բարձրաձայն հարցնում եմ ես:

– Առջևից կերթա, Վահանի հետ... սո՜ւս... անուն մի տուր...

Սև մեգը դառնում էր կաթնագույն, հոսում էր սարերից ներքև, լցվում դաշտ ու ձոր, բռնում սարալանջերն ու նեղլիկ հովիտները, ծածկում կիրճերը ու փոսերը, ավերված գյուղերն ու արյունոտ ճանապարհները:

Ես ջանում էի արագացնել քայլերս, որ հասնեմ Աստղիկին, տեսնեմ նրան, որ նա էլ տեսնի ինձ: Տեսնի, թե ինչպես ոտից գլուխ արյունլվա, բայց չեմ ընկնում, քայլում եմ, չեմ մեռնում, ապրում եմ: Սալբի մարեն հասկանում էր ինձ ու չէր թողնում թևս:

– Հանդարտ մնա, Խորեն, շներն առել են Աստղկա հոտ...

Ինչոր բան էր կատարվել իմ ուշաթափության րոպեներին:

Վախենում էին, թե միականի Օմարը կռահում է, թե ով է ցնցոտիներով շեկլիկ այն «տղան»:

– Հանդարտ մնա, Խորեն...

Ջ

Անձրև էր մաղում, բարա՛կ, բարակ անձրև, անվե՛րջ, միալա՛ր: Օդի մեջ կապտագույն բարակ շղարշի պես նա կանգնել էր մեր առջև ու փակել հեռաստանները մեր աչքին:

Ուր էին տանում մեզ, որտե՞ղ էր սկսվում աշխարհը և ո՞ւր պիտի վերջանար՝ անհայտ էր մեզ համար, մեր բախտի, մեր ճակատագրի նման անհայտ ու անորոշ:

Առջևի շարքերը կանգ առան: Ասկյարները ձայնեցին իրար: Օմար Օնբաշին կատաղած ասպանդակում, մտրակում էր ձիուն, փրփրած հայհոյում էր: Դժբախտների, տառապյալների մեր խումբը գնդվեց, կծկվեց, հպվեցինք իրար, դարձանք մի տանջահար, հազար տեղով բզկտված, հազար տեղով խոցված մի մարմին: Մառախուղը մեկ նոսրանում էր, մեկ թանձրանում: Բարակ անձրևը մաղում էր մեր վերքերի վրա, մեր ուռած դեմքերին, մեր խամրող աչքերին: Հիմա չէինք քայլում, գունդ դարձած գլորվում էինք: Որտե՞ղ էինք, դեպի ո՞ւր էինք գլորվում:

Կաթնագույն թանձր մեգը մի րոպե փարատվեց: Մեր

առջևում երևաց գորշ ալիքներով մի գետ: Վարարած, անձրևից պղպջալով, հոսում էր գետը, խփելով կանաչ ափերին, հետո ծեծելով ապառաժները քիչ այն կողմ՝ գահավիժում էր ժայռից ներքև, մթին անդունդի մեջ: Իսկ ուղիղ մեր կողքին, գետի վրա, կանգնել էր կամարաձև մի կամուրջ: Մեզ հրում, մեր գունդը գլորում էին դեպի այդ կամուրջը: Նրա վրայով պիտի անցնեինք, ուրեմն, մյուս ափը, ուր սկսվում էր կանաչ մի լեռնալանջ: Հրում, գլորում էին մեզ դեպի կամուրջը, դաղում մեր գլուխները խարազանով, խոցում մեր մարմինները դաշույններով ու յաթաղանի նման կեռ սրերով: Ջարդված, ջախջախված մարմիններից, չոր, սմքած կրծքերից պոկվում էին սարսափով լի ճիչեր, նվաղուն հառաչանքներ, մահամերձի տնքոցներ:

Գլորվելով հասել էինք կամուրջի եզրին: Գրկել էինք իրար ամուր, վերջին մեր ուժերը հավաքած:

Այդպես կամուրջի վրա ենք: Հպվել է ինձ Աստղիկն ու ցածրաձայն ասում է.

– Թող ինձ, թո՛ղ, Խորեն... գրկե Վահանիկին, էն ափ տար...

Չհասկացա, թե ինչ է ասում:

Կամուրջը մի պահ լուսավորվեց, մառախուղի վերջին ծվենները՝ հողմի բերանն ընկած, սուրացին, թռան մեր վրայով: Կամուրջից ներքև երևաց անդունդը՝ լցված ջրի գորշավուն փոշով: Այդ պահին էր, որ կատարվեց այն դեպքը Եփրատի այդ հնադարյան կամուրջի վրա: Գունդ դարձած մեր խմբի միջից, տասնյակ ոսկրացած թևերից պոկված, Աստղիկը մեջքով կամուրջի քարե բազրիքին հենվեց, դեն նետեց գլխից տղայի հնամաշ արախչին, դեմքը երկնքին ուղղեց, և թրթռացին գունատ շրթունքները: Ու տխուր ղողանջեց ձայնը...

Առաջին պահ կարծես ոչ մեկը մեզանից ու ասկյարներից չհասկացավ, թե ինչ է կատարվում: Զարմանքից ու անակնկալից քարացանք կամուրջի վրա: Մոռացանք, թե որտեղ ենք գտնվում, մառախլապատ կամուրջի վրա՞, որի տակով կատաղի հոսում էր վարարած գետը, թե մոմերով լուսավորված, խնկի ու կնդրուկի հոտով լցված տաճարում: Ոճիրներով ու մահերով լի երկրի՞ վրա, թե բա՜րձր, բա՜րձր երկնքում...

Դաժան ու գերի հմայվել էինք, կախարդվել: Աղջկական վճիտ, հստակ, զուլալ ձայնը տարածվում էր տամուկ դաշտերի, սարերի, քարերի ու ջրերի վրա, լցվում էր մեր հոգիները և մի պահ մոռացրել էր դաժան ու անողորմ իրականությունը: ...Մեծ, գերմարդկային վշտով լի աչքերը երկնքին ուղղած, Աստղիկը ողբում էր ու լալիս, մղկտում էր ու մրմռքում: Հնչյունները պոկվում էին նրա այրվող սրտից ու, թրթռալով շուրթերի վրա՝ գնում էին աշխարհի բոլոր ծայրերը: Եվ թվում էր, թե ողջ աշխարհը կախարդված լսում է օգնություն կանչող, սեր ու եղբայրություն, գութ ու կարեկցություն հայցող այդ ձայնը:

Քարացած, վերացած, կամուրջի վրա գլխահակ կանգնած մենք լսում էինք՝ մոռացած մեր ողբերգական բախտը՝ մեր մարմինների ցավերը, մեր վերքերի մրմուռները, մոռացած մահվան մերձավորությունը:

Քարացել էին նաև մեր դահիճները: Կախարդված, նրանք նայում էին Աստղիկին ու լուռ լսում էին նրան՝ հմայված գազանների պես: Միականի Օմարի գեղեցիկ նժույգը, գլուխը խոնարհած գետնին, թախծոտ աչքերը կիսախուփ, իր հեծյալի տակ անշարժացած, նույնպես լսում էր...

Լռել էին հող ու քար, լեռ ու գետ: Երևի բարձր լեռնալանջերում եղնիկը՝ կանաչ խոտը բերանին, գլուխը բարձր, աչքերում վճիտ արցունքի շիթեր՝ արձանացել էր իր ժայռե պատվանդանին, երևի գազանները դուրս էին եկել իրենց թաց որջերից, վախվորած մողեսները ժայռերի ճեղքերից հանել էին իրենց գլուխները և բոլորը, բոլորը՝ քար ու կանաչ, ասուն ու անասուն լսում էին հիմա մարդկային մեծ, անպարփակ վշտերի այդ երգը:

Մառախուղը խտանում էր, անձրևը հորդանում:

Իմ թևից մեկը քաշում էր, ինչ-որ բաներ էր շշնջում ականջիս: Բայց ես չէի սթափվում: Պատրանքը հոգուս մեջ հաղթել էր իրականության զգացումին: Աստղիկը կրկին դարձել էր երազ, անմատչելի, հեռավոր, եթերային...

Կրկին քաշում են թևիցս, ականջիս բաներ շշնջում: Կամաց-կամաց արթնանում եմ, նայում շուրջս: Սալբի մարեն է, մեծ տոհմի մեծ մայրը:

– Առ Վահանիկին, գնա՛ սար... Խորե՜ն...

Հասկացա, ենթարկվեցի Սալբի մարեի կամքին: Վահանի ձեռքը բռնած, խտացած մառախուղի միջով, կամուրջի վրայով քայլեցի դեպի այն ափը: Դեռ հմայված, լուսնոտի պես դանդաղաքայլ սահեցի ասկյարների մոտով:

Նրանք չձայնեցին ինձ: Քուրդ Համզոն ձիու սանձն ազատ թողել, ափերով ծածկել էր աչքերը, մի ուրիշ ասկյար գլուխը դրել ձիու թամբի վրա՝ սառն հայացքով նայում էր Եփրատի հոսող ջրերին:

Ես արդեն անցել էի կամուրջը: Վահանի ձեռքը բռնած, բարձրանում էի լեռան լանջն ի վեր, երբ տեսա, որ ինձնից առաջ մառախուղի միջով շարժվում են ուրիշ կերպարանքներ: Իսկ Աստղիկը դեռ ջերմ եռանդ երգում էր և դեպի իմ կողմը: Դեպի փրկության ափն էին գալիս ծեր ու երեխա, մայր ու մանուկ, իմ եղբայրներն ու քույրերը...

Վահանի հետ ես կանգ առա բարձր լանջին, մեծ մի ժայռի ետևում: Չէի կարողանում հեռանալ ու տեսողությունից կորցնել կամուրջը, Աստղիկին:

Հանկարծ լուսավորվեց շրջակայքը, ցրվեցին խիտ ամպերն ու մառախուղը: Երևաց արեգակը:

Կամուրջի վրա մնացել էր գերիների փոքրիկ մի խումբ, շրջապատած Աստղիկին, որ երգելով թևերը պարզեց ամպերի տակից դուրս սահող արևին...

Երգն ընդհատվեց: Միականի Օմարն ուշքի եկավ ու հասկացավ եղելությունը: Գազանն արթնացավ նրա մեջ: Կատաղած ասպանդակեց ձիուն, մտրակեց, մռնչաց, մոլտաց: Բայց ձին չէր բարձրանում կամուրջը:

– Բռնե՛ք այդ շեյթանին... բռնե՛ք, բռնե՛ք...

Երկու ասկյար ցած թռան ձիերից, սանձերը տվին երրորդին, վազեցին Աստղիկի կողմը: Եվ այն վայրկյանին, որ պիտի բռնոտեին նրան, Աստղիկը շուռ եկավ ու կամուրջի քարե բազրիքից գլխի վրա իրեն նետեց վարարած Եփրատի ալիքների մեջ...

Ես փակեցի աչքերս, բայց կարծես լսեցի ջրի ուժեղ ճողփյունը: Դողում էի ամբողջ մարմնով: Լսում էի սրտիս թփրտոցը կրծքիս տակ: Խիղճս ծվատում էր ինձ: Հետո կրակոցներ լսեցի, դարձյալ կրակոցներ: Ու ամեն ինչ մեկեն լռեց: Համրացան և՛ մարդիկ, և՛ բնությունը: Ամբողջ մեծ տիեզերքը լռեց, համրացավ:

Երբ աչքերս բաց արի: կամուրջի վրա տեսա մարդկանց դիակներ և երկնքում կամարված մի մեծ ծիածան: Կարծես մեր գյուղից եկել էր այստեղ մեզ զտնելու, մեր սիրուն, մեր յոթնագույն աղեղնակը, ծանո՛թ, հարազա՛տ, հրաշա՛լի...

ՍՊԻՏԱԿ ԳԻՐՔԸ

Նվիրում եմ մեր պատմաբաններին:

Մեծ պատմաբանը ծերացել էր ու կուրացել, բայց պահպանվել էին նրա վիթխարի կերպարանքը և անընկճելի, հախուռն ոգին: Փողոցով անցնելիս, ծանր ձեռնափայտը ձեռքին, այնպիսի ահեղ ու կայծակնացայտ հայացքով էր նայում մարդկանց, որ նրան չճանաչողները փշաքաղվում էին, կարծելով, թե ծերունին վրեժ ունի աշխարհի դեմ և, ուր որ է, հիմա իր ծանր մահակով կիջեցնի նրանց գլուխներին: Հոգով թունավորված այդպիսի դները թշնամու տեղ են ընդունում ամեն մեկի, որի վրա ընկնում է նրանց սարսափազդու հայացքը: Իսկ պատմաբանին ճանաչողները բարևում էին ակնածանքով, իրենց պարտքն էին համարում կանգնել մի պահ նրա առողջության ու նոր գրելիք գրքերի մասին հարցնելու և, եթե թույլ էր տալիս, ուղեկցում էին մինչև տուն: Այդպիսի պահերին փոխվում էր նրա դեմքը, դառնում էր բարեհամբույր, աչքերն այնքան ջերմ էին ժպտում, որ մարդ չէր հավատում, թե նրանք, այդքան խոշոր ու այդքան հուրհրատող, չէին տեսնում հիմա:

Հսկաները հոգով չեն թունավորվում, ինչքան էլ դաժան ու անարդար լինեն նրանց հանդեպ կյանքն ու պատմությունը: Մաղձը բույն է գտնում գաճաճների սրտում, այնտեղ է լճանում ու դեղնոտվում:

Խիստ էր եղել մեծ պատմաբանը, բայց միշտ եղել էր բարի: Եվ եթե մարդիկ նրա խստության մասին ասքեր էին հորինել, բարության մասին լռություն էին պահպանում, չուրանալով, իհարկե, նրա տաղանդն ու մոլեռանդ նվիրվածությունը հայրենի գրականությանն ու պատմագրությանը: Մարդկանց հանճարը բացասելն ավելի դժվար է, նրանց մարդկային առաքինությունները ժխտելն՝ ավելի դյուրին:

Գրիչն այդ մարդու ձեռքին սրի ուժ ու թափ էր ունեցել: Եվ փայլուն սուրը ձեռքն առած, նա թրատել էր բոլոր նրանց, ովքեր նրան դուր չէին եկել իրենց խոսքով ու գործով, թրատել էր առանց երկմտելու հսկայի ուժով և երդված զորավարի համառությամբ: Չէր խնայել ոչ իր ապրող ժամանակակիցներին, ոչ էլ իրենից դարեր առաջ մեռած մարդկանց: Այնպես էր վիճում, կռվում նրանց հետ, որ կարծես թե կանգնած էին իր առջև ու դիմադրելով, անձնատուր չէին լինում: Կռվում էր հազար հինգ հարյուր տարի առաջ նահատակված զորավարի հետ՝ մեղադրելով նրան, որ բանակը անստույգ ճանապարհով է տարել և պատճառ դարձել ծանր պարտության ու ժողովրդական տառապանքների, հազար տարի առաջ մեռած հոգևոր առաջնորդի հետ, որ իր գործունեությամբ թուլացրել է պետական կյանքի ուժը՝ եկեղեցու շահերը գերադասելով, թունավոր խոսքերով խոցում էր իր ժամանակակից վիպասանին, որ, Արևմտյան Հայաստանում առնանգված քույրերի լացն ու ողբը չլսելով, Կովկասում փարթամ կյանքով ապրող տիկինների սիրային տանջանքներն է նկարագրում, պարսավում, անգոսնում էր այն հասարակական գործիչներին, որ հոգով խլացած ու մտքով բթացած՝ օտարածին գաղափարներ էին կրկնում, չճանաչելով իրենց ժողովրդի կարիքներն ու, անտարբեր մնալով նրա նկրտումների հանդեպ, կամ նրանց, որ եվրոպական քաղաքների սրճարաններում նստած, արցունքներ էին թափում «ազգի համար», երբ ուրիշները թշնամու գնդակներից արյունաքամ էին լինում Տավրոսի լեռներում:

Նրա ամբողջ կյանքը եղել էր կռիվ ու պատերազմ: Կռվել էր իր՝ երկրի սահմանների ներսում և այդ սահմաններից դուրս՝ ամբողջ բանակների, թագավորների ու ռազմիկ ցեղերի և աշխարհակալ նվաճողների ու այլևայլ մարգարեների դեմ, որ նույնպես ծառայում էին մեծերին ու հզորներին: Կեղծ ու պատիր էր հռչակել բոլոր այն նոր ուսմունքներն ու գաղափարները, որոնք, նրա կարծիքով, չպիտի փոխեին իր ժողովրդի ստրկական վիճակը, և խաբեբա ավազակներ էր հայտարարել նրանց, որ մեծ տերությունների ժողովասրահներում խոսքով համակրանք, ու կարեկցություն էին հայտնում նրա բազմատանջ ժողովրդին, բայց երբեք օգնության ձեռք չէին մեկնում նրան:

Երջանիկ չէր եղել նա, որովհետև հոգին չէր ունեցել ոչ մի խաղաղ պահ: Նա միշտ լցված էր եղել ծանր, մռայլ մտորումներով, միշտ պատրաստ պոռթկալու: Լի էր եղել զայրույթով, վշտով, խնդությամբ, լացով ու ծիծաղով, կարոտով, ափսոսանքով, թովչանքով ու ծանր հիասթափությամբ:

Եվ այդ բոլոր մտորումները, հոգու այդ բոլոր ալեկոծություններն ու տեղատվությունները դարձել էին ծանրակշիռ հատորներ ու հազարավոր հոդվածներ՝ բազում թերթերի ու պարբերականների մեջ, որ ամենակորովի գրագետ մարդն անգամ իր ողջ կյանքում արտագրել իսկ չէր կարողանա:

Եթե նա իր հայրենի գյուղում մնար, ուր նախահայրերն ու հայրերն ապրում էին հարյուր, հարյուր քսան տարի և չէին կորանում ու չէին կուրանում, ճանաչված գութանավոր կդառնար, կորդ դաշտեր կհերկեր հորիզոնից հորիզոն, և նրա հորովելը կթնդար ձորերում ու սարերում: Եթե Արևմտյան Հայաստանի լեռները գնացած լիներ, ուր իր արյունակից եղբայրները տանջվում էին թուրք սուլթանի անարգ լծի տակ, նշանավոր հայդուկ կդառնար, որի կոչով զենք կվերցնեին հազար-հազար մարդիկ: Տորքանգեղյան կերպարանքով հսկայի այդքան մեծ-մեծ ձեռքերը հարմար էին գութանի մաճ կամ զենք բռնելու: Դժվար էր երևակայել, որ ժայռեղեն հսկան կռանում է գրասեղանի վրա, և այդ հաստ մատները փետուրե գրիչ են վերցնում:

Գրքի ու գրչի մարդ էր նա: Բայց իր գրասեղանի առջև

նստած՝ իր հողը հերկող խաղաղ երկրագործի ու լեռները բարձրացած ապստամբի հետ էր լինում հոգով, մտքով, սրտի տրոփյունով ու բոլոր ջղերով: Նրա աշխատասիրությունն առասպել էր դարձել: Հազվադեպ էին դրսում տեսնում նրան: Քիչ էր երևում նաև հասարակական վայրերում: Բայց ամեն դեպքի ու իրադարձության տեղյակ էր և ամեն երևույթի արձագանքում էր: Անգամ այն ամիսներին, երբ հնագույն ժամանակների ու միջին դարերի մասին հատորներ էր գրում, լսում էր դրսի աղմուկներն ու բախումները, և նրա դիրքի ու վերաբերմունքի մասին իմանում էին նրա՝ երբեք չուշացող շոնդալից հոդվածներից, որ տպագրվում էին ամենաազդեցիկ թերթերում:

Իսկապես որ զարմանալի էր: Ինչպե՞ս էր ամեն բանի հասնում, ամեն դեպքի խառնվում, ամեն տարածության մեջ թափանցում: Ապրում էր բոլոր դարերում ապրած և իր օրերին ապրող մարդկանց հետ, ճանաչում էր միլիոնավորների ու պատմում էր նրանց կյանքը առանց հոգնելու, առանց ձանձրույթի, սիրով կամ ատելությամբ և ոչ երբեք պաղ սրտով: Եվ այդպես միշտ, ամեն օր:

Մի անգամ նա գրել էր և հաճախ խոսք ու զրույցի ժամանակ կրկնում էր իր մասին.

«Աշխատանք և Հայ ժողովուրդ- ահա իմ դավանանքը: Ուխտել եմ հավատարիմ մնալ այդ երկու հսկաներին մինչև ի մահ, հավիտյան: Նրանք իմ ուժն են և ինձ առաջնորդողները, որ երբեք չեն լքում ինձ: Թե՛ ոգեշնչումների, և թե՛ հուսահատության պահերին նրանք հայտնվում են իմ գլխավերևում ու կանչում են ինձ զգաստանալու և գործելու: Եվ դա է պատճառը, որ դադարն ու խոնջությունն անծանոթ են ինձ: Եթե մի օր չգործեմ, հետնյալ օրը կսպառվեմ ու կվախճանվեմ»...

Ճշմարիտ էր դա: Ով ծանոթ էր նրա կյանքին, գիտեր, որ նա հաճախ էր լքել երեկվա իր բարեկամներին և բարեկամացել էր երեկվա իր թշնամիների հետ, բայց իր ուխտը երբեք չէր դրժել: Մտքի տանջագին լարումով փրկության ելքեր էր որոնել իր ժողովրդի համար ու չէր գտել: Դատել ու դատապարտել էր անցյալների սխալներն ու մոլորությունները, որ դասեր դառնան նորերի համար, բայց ինքն էլ այդ նորերի հետ հաճախ էր մոլորությունների մեջ ընկել: Եվ նորից ու նորից զղջալով, դարձյալ բոլորի հետ միասին՝ կրկնել էր նույն ճակատագրական սխալները:

Քիչ էր ապրել նա աշխարհում: Տեսել էր հազար ութ հարյուր յոթանասունութ թվականի պատերազմը, երբ ռուսական բանակի առաջխաղացումը հույսերով էր ողողել նրա սերնդի երիտասարդ մարդկանց սրտերը, իսկ Բեռլինի վեհաժողովը սառը ձյուն էր մաղել տաքացած այդ սրտերի վրա: Հիասթափվել, հուսահատվել էր նա իր սերնդի հետ միասին և մի տասնամյակ հետո՝ կրկի՛ն ոգեշնչվել, խանդավառվել էր՝ ականատես լինելով ժողովրդի ընդերքում կատարվող հոգևոր ու ռազմի շարժումներին, որ խոստանում էին մեծանալ, ծավալվել, դառնալ ուժ, զորություն, գրոհել ու խորտակել բռնության ամրոցները:

Մտերմացել էր այդ շարժման ղեկավարների հետ, փառաբանել նրանց և ապա հեռացել նրանցից, ու հետո՝ նույնքան անկեղծությամբ անգոսնել ու նզովել էր արկածներով լի նրանց գործունեությունը, ինչպես որ անկեղծորեն գովերգել էր՝ երբ նոր էին նրանք հրապարակ իջնում: Հազար ութ հարյուր իննսունհինգ-իննսունվեց թվականների ջարդերը Սասունում, Տարոնում ու Արևմտյան Հայաստանի մյուս գավառներում նրա հոգին լցրին ամեհի ատելությամբ բոլորի ու ամենքի դեմ: Արևելքն ու Արևմուտքը նույնացան նրա աչքերում, մեկն՝ իր միջնադարյան դաժանությամբ, մյուսն՝ իր անտարբերությամբ, որ ոճրագործության հավասար բան էր: Աշխարհը լցվեց խավարով: Երկու տասնամյակ էլ չէր անցել, երբ երկրագունդը գլորվեց բոցերի մեջ և հրդեհին կուլ գնաց նրա ժողովրդի կեսը: Ազգերը գայլեր էին դարձել ազգերի համար, մարդկությունը նրա աչքում իրար հոշոտող գազանների մի ոհմակ էր հիմա:

Նրա հոգին տոչորվում էր կրակների մեջ։

Եվ հոգու այդ տանջանքները, ճիչերն ու ողբերը, հառաչանքներն ու մահամերձի մրմունջները կրկին գիր ու գիրք էին դառնում՝ սերունդներին մնալու, եթե պիտի արևի տակ ապրեին նրա լեզվով խոսող և նրա գիրը կարդացող սերունդներ։ Մտել էր իր կյանքի յոթերորդ տասնամյակն արդեն, երբ ավարտեց իր ժողովրդի պատմության նոր ու ստվար մի հատոր ևս ու նրա վերջում, հին մատենագրի պես, հիշատակարան գրեց. «Ավարտեցի հատորս թվին փրկչական ՌՋԲԱ... Դառն և նեղ ժամանակ է։ Ղարա Բեքիր փաշան գրավել է Ղարսի ամբողջ շրջանը, Ալեքսանդրապոլը և շրջակաները։ Ժողովուրդն արյուն-արցունք է թափում թուրքի ձեռքին։ Կոտորածներ, ավարառություն, տղամարդկանց քշում տանում են էրզրում և էլ հեռու, կանանց ու աղջիկներին բռնաբարում։ Քաներորդ դարում ենք ապրում, բայց հային դեռ կրծում և ծվատում է հին, արյունոտ իրականությունը։

Ե՞րբ է լինելու հանգստությունը, ով անողոք և զարհուրելի ճակատագիր»։

Վերջակետ դնելով, շտկեց իրանը, հոգնած աչքերը փակեց ու հոգնած՝ հառաչեց։ Երբ աչքերը վերստին բացեց, սենյակում կիսախավար էր։ Տարօրինակ թվաց։ Չէ՞ որ առավոտ էր։ Հասկացավ, որ ամեն օր թուլացող տեսողությունն այսօր մոտենում է կուրության։ Քառասունհինգ տարի շարունակ գիշերներ էր լուսացրել գրքերի վրա, գրասեղանի աջ կողմը փոս էր դարձել նրա աջ արմունկից։ Մատները հաճախ ուռչում էին գրելուց, բայց տեսողությունը չէր դավաճանում մինչև ազգային մեծ եղեռնի օրերը։ Եվ ահա պարտվող կամքի հետ նա էլ է պարտվում։

Ոչինչ չասաց նա կնոջն ու զավակներին այդ մասին։

Երբեք հսկայի նրա հոգին այդքան նկուն չէր եղել, ինչքան այն պահերին, երբ իր հատորի վերջում գրում էր հիշատակարանի այդ խոսքերը, և երբեք նրա ոճի մեջ այդպես աղիողորմ կանչեր չէին եղել «ո՞վ անողոք ու զարհուրելի ճակատագիր...»:

Գալիքը մթնել էր նրա թուլացած տեսողության առջև, պատմության հորիզոնը մռայլ էր նրա մտքի դիմաց: Առաջին անգամ այդ խոսքերից հետո ցած դրեց գրիչը, ուժ չուներ նույնիսկ բողոքի ու զայրույթի խոսքեր գրելու իր մատյանում: Զգաց մահվան մոտիկությունը, նրա սառը շունչը և հուսահատ մտածեց. «Եթե ապրելու վերջին օրերն են իմ ժողովրդի, թող ես մեռնեմ ժամ առաջ, նրա վախճանը չտեսնելու, եթե այս օրհասից նս հրաշքով պիտի փրկվի նա, ճակատագիրը թող ինձ թեկուզ մի տարվա կյանք պարգևի՝ իմ վերջին խոսքն ասելու նրան, վերջին ավանդս թողնելու»:

Հրաշքը եկավ անակնկալ ու անսպասելի և զարմանալիորեն շուտ:

Մեծ պատմաբանն անկողին էր ընկել և այնպես ծանր էր շնչում, որ դողդողում էին մահճակալի առջև, փոքրիկ սեղանին թափված թերթերն ու գրոտված թղթերը: Կինը, ամեն կես ժամը մի անգամ, թաց սրբիչ էր դնում նրա այրվող ճակատին ու անհանգիստ՝ չէր հեռանում ամուսնու մահճակալից:

- Երեկո՞ է արդեն,— հարցրեց պատմաբանն՝ աչքերը կկոցելով,- շուտ չմթնե՞ց այսօր...

- Դեռ կեսօր է,— պատասխանեց կինը զարմացած,— և սենյակում լույս է, ինչո՞ւ է քեզ թվում, թե մթնել է օրը...

- Մթնել է, իսկ քեզ դեռ լույս է թվում, գիշերային բուի աչքեր ունես...

Կինն ավելի զարմացած նայեց նրան ու սուր մի տագնապ ծնվեց նրա հոգում: Երբեք ամուսինն այդպես կոպիտ չէր խոսել նրա հետ: Ձեռքը դրեց ճակատին: Բարձր ջերմություն ուներ:

- Մթնել է,– կրկնեց նա,— ամբողջ աշխարհին է մթնել, իսկ դու ասում ես լույս է:

- Հանգիստ եղիր, մի՛ հուզվիր,— խնդրեց կինը:

- Մթնել է,– գոռաց նա այնպիսի ամեհի ձայնով, որ կինը

սարսափեց ու դուրս վազեց հարևանուհուն կանչելու: Նրան թվաց, թե ամուսինը հոգեվարքի մեջ է, զառանցում է: Մի րոպե հետո, երբ ետ եկավ հարևանուհու հետ, մահճակալի մոտ դրված աթոռակին նստել էր դուստրը և ոգեշնչված ձայնով ինչ-որ նորություններ էր հաղորդում հորը:

- Ճշմարի՞տ է, Տիգրանուհի, թե՞ ինձ հանգստացնելու համար ես հորինել...

- Երդվում եմ, հայրիկ, Հովհաննես Թումանյանին պաշտոնապես հաղորդել են, և նա ողջույնի հեռագիր է կազմել նոր կառավարությանը՝ բոլորիս անունից...

Պատմաբանը շուռ եկավ անկողնու մեջ: Դստեր դիմաց կարծես մեծ մի պատ կանգնեց:

- Տվեք հագուստս...

Կինն ու դուստրը խնդրեցին, որ պառկած մնա, բարձր ջերմություն ունի, խոստացան գնալ կանչել իրազեկ մարդկանց, հայտնել Հովհաննես Թումանյանին նրա հիվանդության մասին: Բանաստեղծը կշտապի այցելելու և ամեն ինչ կպատմի:

- Դա հրաշք է: Հասկանո՞ւմ եք,— իր բամբ ձայնով գոռում էր նա,— կատարյալ հրաշք է՝ մեր ամենաօրհասական պահին, մեր հոգեվարքի ակնթարթին... Ես այսօր պիտի մեռնեի, բայց իմացեք, որ ապրելու եմ... Ինչո՞ւ ավելի մթնեց: Ինչո՞ւ է մութ: Վառեք լամպերը, թող սենյակը լուսավորվի...

Սենյակում լույս էր, առատ լույս: Հայ մեծ պատմաբանն էր կուրանում:

Երեկոյան նրան այցելության եկան Հայ գրողների ընկերության գործիչները և բանաստեղծ Հովհաննես Թումանյանը: Եկան շնորհավորելու փրկության լուրը բերելով և ցավակցելու դժբախտության համար: Պատմեցին, որ նոր իշխանությունը վերջնագիր է տվել Ղարա Բեքիր փաշային՝ երեք օրվա ընթացքում հեռանալու Ալեքսանդրապոլից, Կովկասի ու արևելքի ժողովուրդներին հռչակել է եղբայրություն, խաղաղություն ու աշխատանք՝ բոլորի համար:

Առաջին անգամ ուրիշները խոսում էին, և նա միայն լսում էր: Պատմում էին նոր վարդապետության էությունը, նկարագրում էին, թե ինչպիսի ապագա է բերելու նա ազգերին, ժողովուրդներին ու ճնշված ցեղերին:

Լսում էր պատմաբանը, ավելի խոշորացած աչքերով զրուցակիցներին նայելով, ու չէր տեսնում նրանց: Եկան բժիշկները, քննեցին, հանձնարարեցին հանգիստ պառկել ու քնի հաբեր տվեցին: Հյուրերի ու բժիշկների հրաժեշտից հետո նա վեր կացավ, մոտեցավ գրասեղանին ու ծանր ցավով զգաց, որ չէր տեսնում նույնիսկ իր գրիչներն ու թանաքամանները: Կինն ու դուստրը մյուս սենյակից ներս վազեցին, տարան նրան դեպի անկողինը:

Քունը տարավ լուսաբացին, և քնեց մինչև հետևյալ օրվա կեսօրը: Երբ արթնացավ, կրկին չէր տեսնում: Ներս եկան բարեկամներն ու բժիշկները: Դուստրն ու կինը տեսնում էին, թե ինչպես ցավի ու կարեկցության արտահայտություններ է նստած նրանց դեմքերին: Իսկ պատմաբանը հուսահատված չէր, դեմքը շողում էր երանությամբ: Սեղմելով ընկերների ու բժիշկների ձեռքերն իր մեծ թաթերով, զվարթ ձայնով խոսում էր.

- Աչքերս կուրացան, բայց հոգի՛ս աչքերը բացվեցին: Լավ է կույր աչոք, քան կույր մտոք... Աստված մարդկանց թույլ չի տալիս աշխարհին ու նրա ապագան տեսնել և՛ աչքերով, և՛ հոգով: Այդքան երջանկություն նա չի պարգևում մարդկանց, այդքան բարի չէ նա...

Պատմաբանն իր տարերքի մեջ էր: Խոսում էր ոգեշնչված, վերածնված, հոգին լեցուն, թվում էր՝ այլևս երբեք չխախտվող հավատով: Մտքերը հորձանք էին տալիս նրա մեջ, և բառերի ու թևավոր արտահայտությունների պակաս չէր զգում:

Ինչպես միշտ, բոլորը լուռ լսում էին նրան:

Այդ գիշեր նա նստեց գրելու: Ձախ ձեռքը դրել էր թղթին՝ ձախից աջ, քանոնի պես տող պահելով, ու գրում էր նրա վերևից: Թղթի եզրին հասնելով, ավարտված էջը մի կողմ էր դնում:

Վաղ առավոտ արթնանալով, դուստրերն ու տղան տեսան հորն իր գրասեղանի առջև նստած աշխատելիս, ինչպես միշտ տեսել էին աշխարհին հիշելու իրենց առաջին օրերից: Միայն սեղանի վրա ոչ լամպն էր վառվում, ոչ էլ մոմեր կային:

Ավագ դուստրը երկար նայեց հորը, ու արտասուքները գլորվեցին այտերի վրայով:

- Տիգրանուհի,- կանչեց նրան հայրը,- Տիգրանուհի, այստե՞ղ ես...

- Այստեղ եմ, հայրի՛կ...

- Այսօրվանից քեզ վրա նոր պարտականություն եմ դնում: Շատ մեծ, շատ դժվարին պարտականություն: Խոստանո՞ւմ ես կատարել:

- Այո, հայրիկ:

- Բայց ձայնդ ինչո՞ւ է փոխվել, նվաղուն է ձայնդ...

- Հայրի՛կ...

Հասկացավ, որ դուստրն արտասվում է: Գրկեց նրան ու ասաց.

- Մի լար, դստրիկս: Ես դժբախտ չեմ: Ես տեսել եմ քույրերիդ, եղբորդ ու քո դեմքերը, շատ հրաշալիքներ եմ տեսել աշխարհում և հիմա էլ հոգով տեսնում եմ... Ես դժբախտ չեմ, մանավանդ որ դեռ կարող եմ շատ բան ասել ձեզ ու բոլորին: Ես ասելիքներ ունեմ աշխարհին...

Մի պահ մտախոհ լռեց ու շարունակեց.

- Այդպես ուրեմն, սիրելի Տիգրանուհի դուստրս, քո և քույրերիդ նոր պարտականությունը պիտի լինի՝ ամեն օր թանաք ավելացնել թանաքամանների մեջ և հավաքել, դասավորել գրածս թերթերը... Կարծում եմ կարող եք: Իսկ ձեր հայրը խոստանում է առաջվա պես հավատարիմ մնալ իր դավանանքին: Ի՞նչ էր իմ դավանանքը.

- Աշխատանք և հայ ժողովուրդ...

- Այո՛,— հաստատեց հայրն ու շուռ եկավ,– գնա աշխատանքիդ, Տիգրանուհի, ուշանում ես, գնա աշխատանքիդ...

Մարդիկ այդ օրվանից ավելի զարմացան պատմաբանի արտասովոր եռանդով: Կուրացած, նա հատորներ էր գրում մեկը մյուսի ետևից, ավելի փոթորկուն կրքով, ավելի հախուռն ու բոցաշունչ, շառաչելով իր հայրենի լեռնաշխարհի գետերի նման: Երախտագիտությամբ լցված այն ուժերի հանդեպ, որ փրկություն բերին նրա ժողովրդին, նա մեծ համոզմունքով ու անկեղծորեն փառաբանում էր նոր ուսմունքը, որ բանակներ էր երկնել ու շարժման մեջ էր դրել այդ բանակները, անկեղծորեն տքնում էր վսեմ իմաստներ ու հավերժական գեղեցկություններ տեսնելու նրա մեջ: Եվ տեսնում էր: Աչոք կույր, նա տեսնում էր աշխարհի լուսավորվող ներկան և նրա ապագայի բոլոր գույներն ու գեղեցկությունները: Նրա երևակայությունն արծվային թռիչքներ էր կատարում բոլոր անչափելի տարածությունների մեջ: Հոգին լցված գալիքի հմայքներով, ցասումնալի շանթեր էր արձակում անցյալի դեմ: Զարմանք էր պատճառում իր սերնդակից մարդկանց, դժգոհություն էր հարուցում նրանց մեջ, արժանանում էր նորերի երբեմն բուռն, երբեմն վերապահ հավանությանը: Սակայն բոլոր սերունդներն էլ հիացմունքով էին տեսնում նրա մտքի կորովն ու հոգու փոթորիկները: Փշրում էր կուռքեր, որոնց տասնամյակներ շարունակ երկրպագել էր, երկնքից ցած էր բերում աստվածների, որոնց դեռ երեկ ջերմեռանդ աղոթել էր: Ժխտում, բացասում ու մերժում էր ամեն գործ ու գործողություն, որ հաջողությամբ չէին պսակվել անցյալում, անարգում էր բոլոր մարգարեներին ու նրանց բոլոր գաղափարները: Մտքի այդ մոլեգին որոտների պահին հասնում էր հաճախ ինքնաժխտման ու ինքնամերժման և բնավ չէր երկնչում այդ վտանգից, որ ուրիշների համար մահից ավելի սարսափելի է: Նման էր վիթխարի մի հնոցի, որ իր մեջ կարծր մետաղներ է հալում ու եթե չհանգչի՝ կհալի ու կփշրի նաև իր պատերը:

Խաղաղվել էր երկիրը, հողագործը խոպանացած տարածություններն էր հերկում՝ երգելով իր ծորուն հորովելը, հովիվը լեռնալանջերում իր սիրերգն էր նվագում ծիրանի փողով, ուսուցիչը դասարան էր մտնում թխաչյա ու ցոլակն մանուկներին հայոց գրերը սովորեցնելու: Մարդիկ ցերեկներն զբաղված էին խաղաղ աշխատանքով, գիշերները քնում էին անվրդով քնով: Իսկ նա, մեծ պատմաբանը չէր զգում գիշերվա ու ցերեկվա սահմանները: Գիշեր-ցերեկ, ցերեկ-գիշեր՝ ձախ ձեռքը քանոն դարձրած, աջով գրում էր, գրում ու գրված թղթերը շպրտում սենյակի հատակին: Ամեն առավոտ դուստրերը հավաքում էին այդ թղթերն ու դարսում գրադարակում, զարմանալով իրենց հոր կամքի ու եռանդի վրա ու վախենալով նրա առողջության համար: Չէ՞ որ նա յոթերորդ տասնամյակի մեջ էր: Ու ամեն օր նրանք թանաք էին ավելացնում թանաքամանների մեջ ու մաքուր թղթերի նոր կույտեր էին դնում գրասեղանին, որ հետևյալ օրն արդեն գրված էին լինում: Եվ օր-օրին ստվարանում էին գրադարանում դարսվող ձեռագրերը, և կես տարում գոյանում էր մի նոր հատոր:

- Այդ մարդը մի անձնավորություն չէ, այլ մի ամբողջ հիմնարկություն, — ասում էին մտավորականները, գնելով նրա հերթական գիրքը:

- Մի ամբողջ ակադեմիա,— ավելացնում էին մյուսները,— բայց ափսոս որ ծերանում է:

- Ծերանում է, բայց չի սպառվում: Գետ է: Կարող է վարարումից հետո իջնել, կրկին վարարել, բայց երբեք չի ցամաքի...

- Թվում է, թե ծնվել է ժողովրդի հետ, նրա հետ միասին գալիս է հազարամյակների խորքից, անցել է շանթ ու որոտների միջով, ամեհի կայծակներն են ճայթել գլխին, բայց ապրել է...

- Ու պիտի ժողովրդի հետ գնա դեպի հեռու-հեռավոր ժամանակները...

Նրա մասին բացված խոսք ու զրույցն էլ անվերջ ու անվախճան էր լինում, ինչպես նրա կերպարանքը մարդկանց պատկերացումների մեջ:

- Բայց աչառու է եղել և խիստ,— ասում էին ոմանք, տներին կրկնելով,— վայ նրան, ով այդ մարդու հարվածների տակ է ընկել:

- Ասում են Շիրվանզադեն Թիֆլիսից Բաքու էր փախչում՝ իր նոր պիեսն այնտեղ բեմադրելու, որ ազատ լինի նրա քննադատությունից:

- Ասում են, այո՛: Ասում են՝ անուն ու համբավ ունեցող բոլոր գրողներն էլ իրենց նոր երկերը հրապարակ հանելով, ահով ու երկյուղով էին սպասում նրա կարծիքներին, որ դատավճռի ուժ ու զորություն են ունեցել:

- Չի խնայել նույնիսկ Վարդան Մամիկոնյանին ու Վարդանանց: Հիշո՞ւմ եք ինչ է գրել. ինչքան էլ սուրբ լինեն նահատակների անուններն ու նրանց արյունը, մենք պիտի կոչ անենք նոր սերունդներին՝ խուսափելու նրանց օրինակից: Բավակա՛ն է: Նահատակներն արդեն շատ են: Մեզ պետք են ապրող, մարտնչող ու հաղթանակող զինվորներ և մանավանդ ոչ թե նահատակություն, այլ հաղթանակ ուխ տած զորավարներ...

- Լավ է ասված:

- Իմաստուն է...

- Եվ անգիր գիտե՛ս:

- Ես նրա գործերից շատ կտորներ անգիր գիտեմ... Իր կենդանության օրով պատմաբանի գործն ու կյանքն արդեն լեգենդ էին դառնում: Իսկ նա, անտարբեր այդ ամենին, մաքառում էր միշտ ավելացող եռանդով, վախենալով թե՝ հանկարծ կանգ չառնի՞ իր սիրտը, և խոսքը կիսատ չմնա՞: Բժիշկները վկայում էին, որ փղի սիրտ ունի նա, դրա համար էլ այդ սիրտը դիմանում է հսկա մարմնի և այդքան գերմարդկային աշխատանքի ծանրությանը:

Իր տխուր հիշատակարանից հետո մեծ պատմաբանը, կուրացած, մաքառեց ևս տասը տարի ու գրեց մեկուկես տասնյակից ավելի հատորներ: Ապրել է արդեն յոթ տասնամյակ ու ևս երկու տարի, երբ խորհրդածությունների պահերին նրան սկսեց թվալ, թե չի հասկացել իր ժողովրդի պատմության իմաստն ու խորհուրդը:

Աշխատել էր առանց դադարների, անընդմեջ ու անխոնջ կես դար ու ևս երկու տարի: Թողել էր հետնորդներին՝ տպագրված ու անտիպ՝ հիսուն հատոր: Եվ այնուամենայնիվ, հիմա տեսնում էր, որ չի բացել իր փոքր ժողովրդի մեծ պատմության բոլոր գաղտնարանները: Տեսնում էր, որ արքազան ներշնչումների պահերին վառ գույներով պատմել է խնդություններով ու վշտերով, իմաստություններով ու մոլորություններով, կառուցումներով ու փլուզումներվ լի պատմության դրվագները, բայց դեռ չի ասել իր վերջին խոսքը, որ պիտի լույս սփռի ամբողջ պատմության վրա, որը դեռ մթության քողով է ծածկված:

Այդ նոր լույսը գնալով ավելի ու ավելի էր գունեղանում նրա հոգում: Տեսնում էր փայլփլանքներով ողողված պատմության տաք հովիտները, արևի տակ շողացող գագաթները, որ նոր էին բացվում նրա մտքի առջև: Վերջին շաբաթներին քիչ էր գրում ու շատ էր մտածում, ապա դադարեց գրելուց և միայն մտածում էր: Երբեք նրա միտքն այնպես տևական երկունք չէր ապրել: Հյուրերին իր մոտ էր պահում ժամերով ու պատմում էր նրանց այն սխրագործության մասին, որ պիտի կատարի իր կյանքի վերջալույսին:

- Գրել եմ հիսուն հատոր, մի ամբողջ գրադարան է դա, բայց գլուխգործոցս դեռ թղթին չեմ հանձնել: Նա եռում է հոգուս մեջ: Ուշադրություն դարձրեք խոսքիս, չեմ ասում մտքիս մեջ: Նա հոգուս մեջ է եռում... Դեռ սպասում եմ եռա, փրփրի, մի քիչ իջնի, վճիտանա, որ տեսնեմ խոր հատակը: Գրել եմ զուգե յոթանասուն հազար էջ: Եթե երբևէ պետք լինի հավաքել բոլոր գրածներս, յոթանասուն հազար էջ կկազմեն: Մնում է ինձ ընդամենը հարյուր էջ գրել խիղճս հավիտենապես խաղաղեցնելու համար: Այդ հարյուր էջը պիտի ցույց տա, որ իզուր չեմ ապրել աշխարհում...

Նա չէր ասում, թե ինչ պիտի պատմի այդ հարյուր էջում, բայց նրա բանաստեղծական բուռն ոգևորությունը համակում էր լողներին, և բոլորն էլ սպասում էին արտասովոր մի ստեղծագործության ծնունդի: Սպասում էին համոզմունքով ու երկյուղածությամբ, անհամբեր, վառվող հետաքրքրությամբ: Լուրը հասել էր նաև աշխարհով մեկ ցրված, իրարից հեռու հորիզոնների տակ ապրող հայ թափառիկ խմբերին՝ մեծ պատմաբանը գրում է իր գլուխգործոցը, պատմության մութ խորշերը պիտի լուսավորի...

- Մինչև հիմա ինչ որ գրել եմ, կարող եք մի կողմ դնել, այս հարյուր էջը՝ մի կողմ,– ավելացնում էր նա,- սարսափելի է մտածել, որ կարող էի մի տասնամյակ առաջ, մի երկու տարի, կամ մի տարի առաջ մեռնել ու չհասնել այդ մտքին, չգրել այդ հարյուր էջը: Սարսափելի է երևակայել... Մարդ կարող է հարյուր տարի ապրել և վերջին օրը միայն հասկանալ, որ միամիտ է եղել երեխայի պես և դյուրահավատ է եղել խենթի նման: Վերջին օրը միայն կարող է տեսնել պատմության ճշմարտությունը: Ես երջանիկ եմ, որ տեսա այդ ճշմարտությունը, դեռ հարյուր տարուս չհասած, ուրեմն այնքան էլ երեխա և այնքան էլ խենթ չեմ...

Զարմանալի փոխվել էր նա: Հյուր էր գնում և ավելի հաճախ հյուր էր ընդունում: Փողոց էր դուրս գալիս և այնպես էր նայում երկնքին ու իր շուրջը, կարծես ամեն ինչ տեսնում էր, այնպես էր նայում մարդկանց, որ անծանոթները փշաքաղվում էին: Եվ ամեն տեղ ու ամենուրեք խոսում էր իր նոր երկի մասին, որ պիտի գրի: Անցյալում երբեք իր գրական գործերի մասին չէր խոսել: Դա նորություն էր նրա խառնվածքի մեջ:

- Իսկ ե՞րբ եք ավարտելու, ե՞րբ է լուսաշխարհ գալու այդ գործը,— հարցնում էին բարեկամները:

- Դեռ թող եռա հոգուս մեջ... Դեռ թող եռա...

Ու մի օր էլ եկավ մեծ ներշնչման վսեմ պահը:

- Մաքուր թուղթ կա՞ սեղանին, Տիգրանուհի,— հարցրեց նա աղջկան,— ժամանակն է գործի անցնելու: Քանի ամիս է արդեն ձրի հաց եմ ուտում ու չեմ ծառայում ոչ աստծուն, ոչ էլ սատանային, որի հոգին պիտի հանեմ այս գիշեր: Թուղթ դրե՞լ եք սեղանին:

- Դրել եմ, Հայրիկ, ամբողջ մի կապոց...

- Ապրիս, դստրիկս:

Ճաշի սեղանի մոտից վեր կացավ, դեպի իր գրասեղանը գնաց, հարձակվելու համար դեպի ելման դիրքերը գնացող զորավարի նման, որ համակված է այդ ճակատամարտի բախտորոշ նշանակության խորը գիտակցությամբ:

Ու ամբողջ գիշերը գրեց, թղթերը սենյակի հատակին նետելով, գրեց, գրեց: Երբեմն միայն կարճ դադար էր տալիս, շտկում էր տնքացող իրանը, բաց աչքերով նայում էր մթության խորքը ու կրկին գրիչը ձեռքն էր առնում:

Ցերեկները մռնչալով քնում էր, ետճաշյա ժամերին թռան ուղեկցությամբ դուրս էր գալիս զով օդ շնչելու և երեկոյան նստում էր՝ կրկին իր սեղանի առջև լուսացնելու գիշերը: Դեմքը միշտ ներշնչված էր, տրամադրությունը՝ բարձր, խոսքը՝ ջերմ, շարժումները՝ աշխույժ: Հոգու մեջ գարնանային ջրվեժներ էին շառաչում, եդեմական պարտեզներ էին բուրում իր սրտում: Կես դարու իր ստեղծագործական կյանքում առաջին անգամ նա գոհ էր ինքն իրենից, առաջին անգամ իրեն երջանիկ էր զգում: Կյանքը երանություն էր թվում նրան, պատմությունը՝ հրաշապատում դյուցազներգություն:

Չորս օր ոչ ոքի ներս չթողեց իր սենյակը: Թող ավարտի, հետո ձեռագիրը հավաքեն կազմելու:

Հինգերորդ օրվա լուսաբացին վերջակետ դրեց ու, մեջքով ետ գնալով բազկաթոռի մեջ, ազատ շունչ քաշեց: Ու մի անգամ էլ սոսկումով մտածեց. «Ինչ լավ է, որ մի տարի առաջ չմեռա, որ ապրեցի ու գրեցի ամենափոքր և ամենամեծ գիրքը... Հիմա իմ ժողովուրդը կտեսնի, որ զուր չի ծնել ինձ...»:

- Աշխատա՛նք, ժողովո՛ւրդ, - շշնջաց նա, ժպտաց ինք իրեն մութ սենյակի մենակության մեջ, գլուխը հենեց սեղանին և առաջին անգամ այդպես քնեց՝ խաղաղ հոգով, հանգստացած խղճով:

Առավոտյան դուստրը նրա սենյակը մտնելով, քիչ մնաց վախից ճչա.

- Հայրիկ,— ձայն տվեց վախվորած:

Հայրը գլուխը բարձրացրեց սեղանից ու երանելի հայացքով նայեց դստեր կողմը:

- Ավարտեցի, Տիգրանուհի: Ավարտեցի իմ պոեմը, իմ երգը... Զգույշ քայլիր, թերթերը չկոխկրտես... Զգույշ, դստրիկս...

Աչքերը փակելով արտասանեց բանաստեղծի քառյակը,—

Խայամն ասաց իր սիրուհուն, ոտքդ զգույշ դիր հողին,
Ո՞վ իմանա որ սիրունի բիբն ես կոխում դու հիմի...

Ի՜նչ գեղեցիկ է գրել Հովհաննեսը: Մետաքսաթելի վրա շարված մարգարիտներ են ամեն մի բառը: Ինչպե՜ս ես չհասկացա, որ նա մեծ բանաստեղծ է, երբ երիտասարդ էր: Ամեն անգամ հիշելիս խղճի խայթ եմ զգում: Դառը խոսքեր եմ գրել նրա մասին այն վաղեմի օրերին.

Հե՜յ ջան, մենք էլ զգույշ անցնենք, ով իմանա, թե հիմի
Էն սիրունի՞ բիբն ենք կոխում, թե՞ հուր լեզուն Խայամի...

Տիգրանուհին վերջին տարիներին հորը երբեք այդքան ուրախ, այդքան հոգով հանգիստ ու երջանիկ չէր տեսել: Հիացած նայում էր նրան՝ տեղից չշարժելով: Իսկ նա մի անգամ էլ կրկնեց.

- Զգույշ, Տիգրանուհի... Չկոխկրտես թերթերը...

Դուստրը կռացավ, հատակից վերցրեց մի քանի թերթ, և նրա մարմնով սարսուռ անցավ: Վերցրեց մի քանի թերթ էլ, կրկին մի քանի թերթ, դարձյալ...

Հայրը չէր տեսնում, թե ինչպես գունատվել է աղջիկն ու ամբողջ մարմնով դողում է, նույնիսկ ուժ չունենալով ճչալու:

- Հայրիկ,— նվաղուն ձայնով մրմնջաց նա ու երերուն քայլերով մոտեցավ հորը, փլվեց նրա կրծքին:

Ու ճչաց, ինչպես սարսափած ճչում են մեծ դժբախտության լուր լսելով:

- Հայրի՛կ... սիրելի՛ հայրիկ...

- Ի՞նչ պատահեց, Տիգրանուհի, Ի՞նչ է պատահել,— տագնապահար հարցնում էր մեծ պատմաբանն իր աղջկան...

Պատահել էր այնպիսի դժբախտություն, որ ոչ ոք չէր սպասում, տեղի էր ունեցել այնպիսի մեծ կորուստ, որ ոչ մի ուժ ու զորություն չէին վերադարձնի: Եվ առաջացել էր դա փոքրիկ մի անուշադրությունից: Դուստրերը մոռացել էին թանաք լցնել թանաքամանների մեջ... Հատակին փռված բոլոր թղթերն անարատ, սպիտակ էին մնացել...

Մի ամիս հետո հեռագրերն աշխարհի հայությանը հաղորդեցին մեծ պատմաբանի մահը:

Անցել է երեք տասնամյակից ավելի: Ամեն տարի հրատարակվում են պատմաբանի ստվար հատորները, որ դյուցազներգությունների, առասպելների ու ավանդությունների պես զնում են ժողովրդի մեջ, անցնում են սերնդից սերունդ, ապրում են բոլոր ապրողների հետ: Թվում էր, թե այդ գրքերը միշտ եղել են ու պիտի մնան և լրիվ են ու լիակատար: Մինչդեռ դուստրը պահում է այն սպիտակ թերթիկներից իր ձեռքով կազմված գիրքը, որի էջերի վրայով սահել է նրա հոր գրիչը և հետքեր չի թողել: Մեծ պատմաբանի ոչ մի ձեռագիրն այնքան չի հուզում նրա զավակներին ու թոռներին, ինչքան այդ մաքուր, անբիծ թղթերից կազմված սպիտակ գիրքը...

ՄԱՅՐԵՆԻ ԼԵԶՈՒ

Մուտք

Երկաթուղով գնում էինք Երևանից Մոսկվա: Վագոնի միննույն կուպեում չորս տղամարդ էինք, չորսս էլ երիտասարդական հասակից վաղուց հեռացած, լրջաբարո, ծանրազլուխ մարդիկ: Մեզնից միայն մեկն էր ջանում ցույց տալ, թե դեռ տարիքավոր չի: Մի ժամանակ նա նշանավոր ջութակահար էր, հիմա՝ պատասխանատու պաշտոնյա: Փոքրամարմին, թխադեմ, շարժուն մարդ էր՝ զվարճախոս ու սրամիտ երևալու նկատելի հավակնությամբ: Մյուսը զորացրված գնդապետ էր: Ամեն խոսք արտասանելուց առաջ գնդապետը զգալիորեն երկար մտածում էր, շարժում ները հանդարտ էին, տեսքը՝ պատկառելի: Ուրիշներին լսելիս այնպես էր ժպտում, որ չգիտեիր՝ հավանությո՞ւն է հայտնում, թե՞ զարմանում է խոսակցի պարզամտության վրա: Երրորդը՝ արմատները հողի խորքն ուղարկած կոճղի պես ամուր մարդ էր: Առոգանությունից երևում էր, որ վաղուց Հայաստան ներգաղթած արևմտահայ է, խոսում էր երկու լեզուները խառնելով իրար: Արհեստով որմնադիր էր: Գնում էր Մոսկվայում սովորող տղային տեսնելու, երկու տակառիկով գինի էր տանում որդու ու նրա ընկերների համար:

Չորրորդը ես էի՝ վաստակավոր ուսուցիչ, մայրենի լեզվի դասատու: Պատկերացնո՞ւմ եք, թե ինչքան պիտի տխուր լիներ մեր ճանապարհորդությունը: Առաջին օրը դեռ ոչինչ. նախկին ջութակահարն ու այժմյան պատասխանատու ընկերը մի քանի կատակներ փորձեց, ծիծաղեցինք. «Եթե իմանայի, ասում է, որ կուպեում բոլորը տղամարդիկ են լինելու ու ոչ մի կին, էն էլ ձեզ նման դախացած տղամարդիկ, գնացքի տոմսս ետ կտայի»: Առաջին օրն այդպես ուրախ ասաց-խոսեց, երկրորդ օրն ինչ-որ գիրք հանեց ճամպրուկից ու խորասուզվեց ընթերցանության մեջ: Գնդապետը, պառկած մեջքի վրա, լուռ մտածում էր: Որմնադիրը մի քանի անգամ գինի առաջարկեց մեզ: Առաջին անգամ ընդունեցինք, խմեցինք միմյանց կենացները: Այնուհետև որմնադիրը տեսնելով, որ մեզնից ոչ մեկը կարգին բաժակակից չէր և վերջնականապես հույսը կտրելով մեզանից, մենակ էր խմում երեքիս կենացը, առողջություն ու հաջողություն ցանկանալով մեզ, մաղթելով, որ՝ ինչ նպատակ ունեինք՝ բարով կատարվի:

Այդ օրվա իրիկնադեմին ընթերցասեր ջութակահարը, դիմելով ինձ, ուրախ ձայնով ասաց.

— Լսեցեք, մայրենի լեզվի ընկեր դասատու, լսեցեք, թե ինչպես է սիրել իր մայրենի լեզուն իմ մի լավ բարեկամը: Լսեցեք, կարդամ:

Ու սկսեց կարդալ բարձրաձայն:

— Բայց դրանք Տուրգենևի խոսքերն են,— նկատեցի ես:

— Այո,— անհասկանալի հպարտությամբ հաստատեց նախկին ջութակահարը,— Իվան Սերգեևիչը բարեկամս է վաղ մանկությանս օրերից: Միշտ միասին ենք եղել, երբեք չենք լքել իրար: Լավ է ասել մայրենի լեզվի մասին, չէ՞, մայրենի լեզվի ընկեր դասատու:

Ես դեռ մտածում էի, թե ինչ պատասխանեմ, երբ միջամտեց մի քիչ գինովցած որմնադիրը.

— Խնդրեմ, ներողություն, ընկեր... ով իր լեզուն չսիրե մարդ չէ: Մայրն ու մայրենի լեզուն մարդուս համար աշխարհի երեսին ամենեն սուրբ բաներն են...

Ջութակահարը հաճելի զարմանքով նայում էր նրան: Որմնադիրը մի պահ լռելով, ու տեսնելով, որ իր խոսքերն ուշադրությամբ լսեցինք շարունակեց.

— Մայրենի լեզուն երբեք չի մոռացվի: Եթե նույնիսկ լեզուդ համրանա, փակվի, մայրենի լեզուն հոգուդ մեջ կմնա, մինչև մի օր լեզուդ արձակվի...

— Կեցցե՛ս, ասաց ջութակահարը, մտերմաբար խփելով որմնադիրի ուսին:

Գնդապետը ժպտում էր իր առեղծվածային ժպիտով:

— Դե որ այդպես է,— ասաց ջութակահարը,— լսեցեք, ձեզ մի իրական պատմություն պատմեմ մայրենի լեզվի մասին: Դեպքին ականատես եմ եղել անձամբ:

Ջութակահարի պատմածը

Լենինգրադի կոնսերվատորիայում սովորելու տարիներին ապրում էի մի հայ ընտանիքում: Ծագումով էին հայ այդ ընտանիքի անդամները, ոչ լեզվով ու կենցաղով, ոչ բարքերով կամ ազգային պատմության ու մշակույթի իմացությամբ: Ծագումով և մի քիչ էլ ազգանունով: Մի քիչ եմ ասում, որովհետև ազգանունն էլ անաղարտ չէր պահպանվել: Տիգրանյանցներ էին եղել, հիմա դարձել էին Տիկրանովներ, և որովհետև միայն կանայք էին մնացել այդ ընտանիքում, ուրեմն՝ Տիկրանովաներ էին:

Մայրը՝ Ասյա Արտեմովնան, մոտ ութսուն տարեկան, բարձրահասակ, բայց չկորացած, տեսքով վեհաշուք կին էր: նրա հայրը զինվորական էր եղել ժամանակին, պաշտոնի բերումով Կովկասից Սանկտ-Պետերբուրգ էր տեղափոխվել ընտանիքով, երբ այս տատիկը երեք տարեկան, սև, գանգուր մազերով աղջիկ էր եղել: Այդ ժամանակ տանը դեռ հայերեն էին խոսում, քանի որ ապրում էր Ասյա տատիկի տատը, որ Պետերբուրգ տեղափոխվելուց երկու տարի հետո վախճանվեց: Ե՞րբ էր եղել այդ բոլորը՝ աստված գիտեր, հին-հին դարուց հիշատակներ չէին մնացել:

Հիմա Ասյա Արտեմովնան ապրում էր իր աղջկա հետ, որի անունը Նադեժդա էր: Դա մոտ քառասունհինգ տարեկան, ծանր բնավորության տեր կին էր: Մի ժամանակ գեղեցկուհի էր եղել, մեծ հաջողություն էր ունեցել մայրաքաղաքի բարձրաշխարհիկ հասարակության մեջ: Իմ տեսած տարիներին էլ ուշադրություն էր գրավում իր վայելչատես կազմվածքով, մեծ-մեծ սև աչքերով, միշտ վառվող ու միշտ վառող հայացքով: Քայլում էր թագուհու ինքնավայել հպարտությամբ, մարդկանց նայելով իր արքայական բարձրությունից: Իսկ տանը արդուզարդը հանելուց հետո, սովորական կին էր թվում ինձ, երբեմն նույնիսկ հասակը ցածրանում էր աչքիս: Չէի սիրում ես նրան ու աշխատում էի հազար ու մի թերություն նկատել: Նա էլ ինձ չէր համակրում: Չգիտեմ ինչու: Առաջին ամիսներին համարյա ոչ մի անգամ ինձ նորին մեծության ուշադրությանը չարժանացրեց: Պատասխանում էր իմ բարևներին գլխի թեթև խոնարհումով ու շուռ էր տալիս դեմքը: Ոչ մի անգամ չխոսեց հետս, չհարցրեց, թե ինչ մարդ եմ, որտեղից լույս ընկա, ինչ հարազատներ ունեմ: Կարծես դժգոհ էր, որ իրենց տանն եմ ապրում, իր կողքի սենյակում: Վախենում էի ազատ շարժվել, երբ նոր էի: Հետո, երբ ընտելացա, սկսեցի ավելի շատ նվագել, մտածելով, թե աշխարհից չգիտես ինչու վիրավորված այդ կնոջ սիրտը կարող եմ երաժշտությամբ փափկացնել: Նվագում էի, նվագում ու միայն տատիկի և թոռնիկի հայացքներում էի նկատում արվեստիս ազդեցությունը: Միջին սերնդի այդ պաղ ներկայացուցչուհին չէր հմայվում:

Աշխատում էր Էրմիտաժում, չգիտեմ ինչ էր անում, բայց գիտեմ, որ կարգապահ ծառայող էր, երբեք աշխատանքից չէր ուշանում:

Այդ կնոջ հակապատկերն էր իր քսանամյա աղջիկը՝ Վերան, որ սովորում էր համալսարանի պատմագրական ֆակուլտետում և ազատ օրերին ու արձակուրդներին իր անթիվ, անհամար ընկերուհիների ու ընկերների հետ միասին տունը լցնում էին ծափ ու ծիծաղով, երգով ու պարով: Այդպիսի դեպքերում մայրը՝ Նադեժդա

Բերութովնան փակվում էր իր սենյակում, իսկ տատը՝ Ասյա Արտեմովնան, հնաոճ իր բազկաթոռում թաղված, հիանում էր իր կենսուրախ, կենսասեր ու մարդամոտ թոռնիկի ցնծագին, խենթ ու խելառ ուրախություններով:

Վերան երբեմն շրխկոցով բացում էր իմ սենյակի դուռը, քաշ էր տալիս ինձ հյուրասենյակ, ստիպում էր պարել իր որևէ ընկերուհու հետ, կամ ինքն էր ինձ պարի հրավիրում: Ես քաշվում էի: Երևակայեցեք, որ եղել է ժամանակ, երբ ես էլ քաշվող, ամաչկոտ տղա եմ եղել...

— Երկարացնո՞ւմ եմ պատմությունը, ձանձրացնո՞ւմ եմ ձեզ,— հարցրեց ջութակահարը: Ես հավատացրի, որ հետաքրքրությամբ ենք լսում:

— Ներողություն, խնդրեմ, հետաքրքրական է,— ասաց որմնադիրը: Գնդապետն այս անգամ էլ ժպտում էր, բայց այս անգամ ակնհայտորեն հավանություն հայտնող ժպիտով:

— Մի խոսքով,— շարունակեց ջութակահարը,— տատն ու թոռնիկը նման էին իրար: Նադեժդա Բերութովնան մի ուրիշ բոստանի պղպեղ էր: Հատկապես ինձ հետ այնքան նոթերով էր, որ առաջին շաբաթներին ուզում էի բնակարանս փոխել, բայց տատիկն ու թոռնիկն էլ այնքան լավ էին, որ որոշեցի ի հեճուկս Նադեժդա Բերութովնայի՝ մնալ այդտեղ:

— Իհարկե, ներողություն,— ընդհատեց որմնադիրը,— իմ կարծիքով թոռնիկն ավելի մեծ ուժով պիտի պահած լիներ քեզի այդ բնակարանը, քան բարի տատիկը:

Ջութակահարը ժպտաց.

— Ճշմարիտ նկատեցիր, շինարար եղբայրս: Բայց թույլ պիտի տա՞ս, որ շարունակեմ:

— Խնդրեմ, ներողություն...

— Ուրեմն շարունակենք: Ասյա Արտեմովնա տատիկը, որի անունը Աստղիկ էր եղել մի ժամանակ, իսկապես շատ բարի կին էր: Եվ զարմանալի շատ ընթերցասեր էր: Կարդում էր առանց ակնոցների: Կարդում էր պատմական երկեր մեծ մասամբ, և իհարկե նաև վեպեր՝ ռուսերեն, ֆրանսերեն, անգլերեն, ավելի շատ՝ ֆրանսերեն: Ջահել ժամանակ ամուսնու հետ վեց տարի ապրել էին Փարիզում, և մինչև խոր ծերություն այդ օրերի հիշողությունները հուզում էին նրան: Ապրում էր անցյալով, բայց ներկան ու ապագան էլ հետաքրքրում էին նրան: Պատահում էր, որ մենակ մնալով, կանչում էր ինձ հյուրասենյակ, հրավիրում էր նստելու, թեյ էր առաջարկում ու հարց ու փորձ էր անում Կովկասի մասին: Երեք տարեկան հասակից երբեք չէր եղել մեր կողմերում, բայց շատ տեղեկություններ ուներ, որ քաղում էր գրքերից ու մամուլից: Հարցնում էր՝ եղե՞լ եմ երբևէ Ղարաբաղում, տեսե՞լ եմ Շուշի քաղաքը, ասում են ավերակ է հիմա հայկական հին Անի քաղաքի պես, ասում են գեղեցիկ վայր է Ղարաբաղը...

—Տեսել եմ Եվրոպայի համարյա բոլոր մայրաքաղաքները, բայց հայրերիս երկիրը չեմ տեսել... Մեղավոր եմ, բայց մեղքս քավել այլևս չեմ կարող, ուշ է արդեն...

Ծանր ցավ ու դառը զղջում կար նրա խոսքերի մեջ: Ուշացած զղջում, որ ավելի ծանր զգացում է:

— Իսկ ինչպե՞ս է, որ հայերեն ոչ մի խոսք չգիտեք,— հարցրի մի անգամ Ասյա Արտեմովնային,— ֆրանսերեն գիտեք, անգլերեն գիտեք, իսկ հայոց գրերն անգամ չեք ճանաչում...

— Եվ իտալերե՛ն,— ավելացրեց նա՝ դառը ժպիտն աչքերում,— բայց հայերեն չգիտեմ, հայկական գրերն էլ չեմ ճանաչում: Իրավունք ունեք կշտամբելու: Մանկության օրերին տատիկիս հետ ազատ խոսում էի հայերեն: Հիմա ոչինչ չեմ հիշում, ոչ մի բառ: Յոթանասունհինգ տարի է անցել: Հայրս հասել էր գեներալի աստիճանի, ապրում էինք ցարերի այս մայրաքաղաքում տոհմիկ արիստոկրատների պես: Ֆրանսերենի ու իտալերենի ուսուցչուհիներ ունեի տանը, իսկ հայերենի հնչյունները մարեցին հիշողությանս մեջ տատիս վախճանվելու հետ միասին:

Մի անգամ, երբ այդպես նստած խոսում էինք, ներս

մտավ Վերան, ամեն օրվա պես զվարթ, աշխույժ, աչքերից ցնծագին ուրախություն ճառագայթելով:

— Տատիկի հետ այդ ո՞ւմ դեմ եք դավադրություններ սարքում,— հարցրեց նա ինձ, չարաճճի աչքերը խաղացնելով:

— Քո դեմ, Վերոչկա, քո դեմ,— ասաց տատիկը:

— Ո՞ր մեղքիս համար, իմ սիրելի, իմ թանկագին տատիկ,— հարցրեց Վերան ու փաթաթվելով տատին, սկսեց ջերմագին համբուրել նրա աչքերը: Հետո բաց թողեց նրան իր գրկից, երկու ձեռքերով այս անգամ գրկեց տատի գլուխը, նայեց աչքերին այնպես հետաքրքրությամբ, որ կարծես առաջին անգամ էր տեսնում:

— Մեկ էլ, մեկ էլ պիտի համբուրեմ քո սևուկ, հայկական աչքերը, իմ անգին-թանկագին տատիկ,— երգեցիկ ձայնով ասաց նա ու կրկնեց հախուռն համբույրները:

— Բավական է, Վերա,— քրթմնջաց տատը,— բավական է: Ինչ է մնացել իմ հայկական աչքերից... Աչքերը հայկական են, իսկ պառաված շուրթերս ոչ մի հայերեն բառ արտասանել չգիտեն: Այ, Տիգրանը կշտամբում է ինձ, որ հայ եմ ու հայերեն չգիտեմ: Եվ իրավունք ունի: Ի՞նչ հայ եմ ես... Եվ դու նույնպես, Վերա: Իսկապես ամոթ է...

— Ահա թե ի՜նչ,— բացականչեց Վերան՝ դառնալով իմ կողմը,— դո՞ւք եք ուրեմն տատիկիս հուզմունք պատճառել: Ես ձեզ ցույց կտամ...

Եվ նա, փոքրիկ ձեռքը բռունցք արած, սպառնաց ինձ, գեղեցիկ, թուխ աչքերը խոլորելով ինձ վրա:

— Ես հուզմունք չեմ պատճառել տատիկին, ես միայն հարցրի, թե ինչպե՞ս է, որ նա հայերեն չգիտի:

— Նախ և առաջ նա ձեզ համար տատիկ չէ, այլ Ասյա Արտեմովնա, նա իմ տատիկն է միայն, ես էլ նրա միակ թոռնիկն եմ: Խնդրում եմ Ձեզ թոռան տեղ չդնեք: Սա առաջինը: Երկրորդը՝ տատիկս գիտի ֆրանսերեն, անգլերեն, իտալերեն, դա ձեզ չի՞ բավարարում, բազմաչարչար հայ ժողովրդի ընկեր զավակ...

Մի պահ շփոթվեցի ես Վերայի այդ բուռն «հարձակումներից», բայց հավաքեցի ինքս ինձ ու պատասխանեցի նույն ոճով ու նույն եղանակով,

— Ո՛չ, դա ինձ չի բավարարում,— ասացի,— բայց այս րոպեին ուրախություն պատճառեցիք դուք ինձ գոնե նրանով, որ ցույց տվիք, թե գիտեք գոնե, որ հայ ժողովուրդը եղել է բազմաչարչար...

— Հիմա էլ ինձ՞ եք մեղադրում, ինձ՞ եք կռվի հրավիրում,— տատիկին թողնելով, Վերան ուղիղ կանգնեց առաջս,— խնդրեմ, կռվենք,— բայց չհամարձակվեք տատիկիս դեմ մեղադրանքներ հարուցելու: Նա մեղքեր չունի իր անաղարտ, մաքուր, իր անբիծ հոգու վրա, իմ սուրբ, իմ աստվածային տատիկը...

— Վերա, բավական է,— շշնջաց տատը շիկնելով:

Գեղեցիկ էր Ասյա Արտեմովնան միշտ, և մանավանդ այդ րոպեին: Ես կյանքումս, մինչև այսօր նրա նման ութսունամյա գեղեցիկ կին չեմ տեսել: Հպարտ, թուխ, շողուն ճակատին՝ հանճարին վայել խորշոմներ, մեծ-մեծ, նշաձև, սև աչքեր. անհունորեն բարի, տաք հայացք, հանդարտիկ շարժուձևեր, ծերունական, փխրուն, բայց հուզիչ ձայն: Այդ ամենը վեհություն էին տալիս նրան և հարգանք, սեր ու երկյուղածություն էին հարուցում հոգուդ մեջ իր դարն արդեն ավարտող այդ կնոջ նկատմամբ, որ եկել հասել էր մեր օրերին անչափելի հեռավորություններից:

Ես առանց հուզմունքի նրան նայել չէի կարողանում:

Այդ խոսք ու զրույցի, թովռան Վերայի ուրախ կատակների ժամանակ ներս մտավ Նադեժդա Բեքութովնան՝ հոգնած, սովորականից ավելի մռայլ: Հազիվ շնորհ արեց բարևելու, զարմացած, որ իր բացակայությամբ ես մտերիմի պես իր մոր ու աղջկա կողքին էի:

Երկյուղի նման ինչ-որ բան սողոսկեց սրտիցս ներս: Ուզում էի վեր կենալ, գնալ իմ սենյակը, Վերան չթողեց.

— Միասին կնախաճաշենք, — ասաց նա՝ երկու ձեռքը սեղմելով իմ երկու ուսերին, որ նստած տեղից վեր կենալ չկարողանամ:

— Միասին նախաճաշենք, Տիգրան, մնա, մի ամաչիր,— ասաց Ասյա Արտեմովնան:

Վերան սկսեց պահարանից ուտելիքներ բերել, դասավորել սեղանին. ես չգիտեի ինչ անեմ, տեղս գտնել չէի կարողանում:

— Մոտեցեք, մոտեցեք սեղանին, Տիգրան,— հրավիրեց տատը: Աթոռս մոտեցրի ճաշասեղանին, բայց այս անգամ թվաց, թե շատ ընդհուպ եմ մոտեցել: Եկավ նաև Նադեժդան, լուռ գրավեց իր տեղը՝ իմ դիմաց:

— Հոգնած ես երևում, Նադյա,— նկատեց մայրը:

— Դա ի՞նչ կարևոր է,— պատասխանեց Նադեժդան:

— Մամա՛,— ասաց Վերան:

Ստիպեցին, որ մի կտոր ձուկ վերցնեմ, մի պատառ հաց, մի բաժակ էլ թեյ խմեցի՝ շուրթերս այրելով.

— Այ, Տիգրանը մեզ մեղադրում է, որ հայ լինելով, հայերեն չգիտենք,— կրկնեց Ասյա Արտեմովնան,— և իրավունք ունի մեղադրելու, մեղավոր ենք, պետք է իմանայինք...

— Մե՜ծ կորուստ է, շա՜տ մեծ կորուստ,— պատասխանեց Նադեժդա Բեբութովնան ակնհայտ հեգնանքով,— ինչպե՜ս կարելի է ապրել աշխարհում առանց այդ լեզուն իմանալու...

Ես ցնցվեցի: Հետո Վերան ասում էր, որ վայրկյանապես գունատվել էի նրա մոր այդ խոսքերից հետո:

— Մե՜ծ կորուստ է,— կրկնեց նա:

— Մամա՛,— կանչեց դուստրը:

— Նադյա՛, — նախատող հայացքով աղջկան նայեց Ասյա Արտեմովնան:

Երկչոտությունս բոպեապես անցավ, զարմանալի մի համարձակություն որոտաց մեջս: Առանց վարանումի ոտքի կանգնեցի:

— Ներողություն եմ խնդրում ձեզանից, Ասյա Արտեմովնա, և ձեզնից, Վերա,— ասացի դողացող շրթունքներով,– ներողություն եմ խնդրում, որ չեմ կարող այլևս նստած մնալ այս սեղանի շուրջը:

Այդ խոսքերն արտասանելով, արագ գնացի իմ սենյակը ու դուռը ներսից փակեցի։ Երկար ժամանակ հանդարտվել չէի կարողանում։ Հետո վերցրի ջութակս և մինչև ուշ երեկո նվագում էի իմ սիրած հայկական մեղեդիները. մինչև ուշ երեկո նվագում էի և բոլորն էլ հայկական եղանակներ։ Հետնյալ օրն առավոտ շուտ սկսեցի իրերս կապել։ Որոշել էի տեղափոխվել ուրիշ բնակարան։ Ի՞նչ իրեր պիտի ունենար երեսունական թվականների ուսանողը։ Մնում էր ներողություն խնդրել բարի տանտիրուհուց և մնաք բարով ասել նրան ու իր թոռնիկին։ Բայց ինչպե՞ս սկսեի ու ավարտեի այդ ծանր, բայց անխուսափելի արարողությունները։ Հո չէ՞ի կարող ճամպրուկները վերցնել ու դուրս գալ։ Դա վախկոտություն կլիներ, դա կլիներ պարտություն։ Ես այդ մասին էի մտածում, երբ թեթև թակեցին դուռս։ Շփոթվելով անակնկալից, անմիջապես չպատասխանեցի։ Թակոցները կրկնվեցին։

— Ներս մտեք,— հուզված ձայնով կանչեցի ես։

Ներս մտավ Վերան։ Տեսնելով կապոտված իրերս՝ զունատվեց։

— Այս ի՞նչ եք անումք Տիգրան, ինչո՞վ եք զբաղված,— հարցրեց նա՝ ուղիղ աչքերիս մեջ նայելով այնպես վճռական ու շեշտակի, որ ես խույս տվի նրա հայացքից։

— Այս ինչո՞վ եք զբաղված,— կրկնեց նա։

— Ոչնչով։

— Ինչո՞ւ եք ձեր իրերը կապկպել։

— Որպեսզի գնամ ուրիշ բնակարան։

— Ո՞ւր։

— Լենինգրադը մեծ քաղաք է, տեղ կճարվի, դրսում չեմ մնա։

Այդ պատասխանս երևի համբերությունից հանեց Վերային։

— Ամոթ Ձեզ,— համարյա ճչաց նա լացախառն ձայնով։

— Ո՞ր հանցանքիս համար,— հանգիստ հարցրի ես։

Չպատասխանեց։

— Կարծում եմ դուք հասկանում եք ինձ,– շարունակեցի ես,– երեկվանից հետո, հո չէի՞ կարող լռել ու մնալ այստեղ, և...

— Լա՛վ, լա՛վ, — ընդհատեց ինձ Վերան,— իհարկե հասկանում եմ ես Ձեզ, պատվասեր եք, հպա՛րտ, վիրավորե՛լ են ձեր ազգային արժանապատվությունը, ինչպե՞ս կարող եք այդ բոլորից հետո մնալ մեզ մոտ, հասկանո՛ւմ եմ...

Նրա դեմքը վառվում էր այդ պահերին։

Իր ասածն ասաց ու դուրս գնաց իմ սենյակից։ Ի՞նչ անեի հիմա։ Դրությունս ավելի անհարմար դարձավ։ Թողնեի գնայի առանց բացատրության ու առանց մնաք բարով ասելո՞ւ։ Չէր լինի։ Գնայի Ասյա Արտեմովնայի մոտ ու երկրորդ անգամ հանդիպեի Վերայի՞ն։ Չէի համարձակվում։ Այդ վիճակից նույնպես ինձ դուրս բերեց ինքը, Վերան։ Երկրորդ անգամ նա ծեծեց սենյակիս դուռը ու հանդարտված, կարծես ոչինչ չէր պատահել ձայն տվեց.

— Տատը ձեզ մի րոպեով խնդրում է իր մոտ...

Լուռ, հմայված, գնացի նրա ետևից։ Ներս մտանք Ասյա Արտեմովնայի ննջասենյակը, որ առաջին անգամ էի տեսնում։

Տատի մահճակալի վերևում պատին փակցված էր հայկական դիմագծերով, զինվորականի համազգեստով մի մարդու պատկեր։ Երևի իր ամուսինն էր, պաշտոնաթող գնդապետ Բեբութը, նույնպես իր վաղ մանկության օրերին ընտանիքի հետ Կովկասից Սանկտ-Պետերբուրգ տեղափոխված մի հայ։ Ասյա Արտեմովնան պատմել էր նրա մասին։

Ամաչելով նայել տատի, ինձ համար այդքան հարազատացած, սիրելի դեմքին, ես վերև էի նայում և հանդիպեցի այդ մարդու սուր հայացքին։

— Ուզում եք գնա՞լ մեր տնից, Տիգրան,— Հարցրեց բարի տատը,— ես կխնդրեի չանեք այդ բանը, դրանով խորապես կվիրավորեք ինձ։ Այսքանից ավելի ուրիշ բան չունեմ ձեզ ասելու։ Մնացածը ձեր գործն է...

Ես վերադարձա իմ սենյակը շվարած: Այդ օրը չգնացի կոնսերվատորիա: Մնացի տանը ու նվագեցի ամբողջ օրը: Մանավանդ օրվա երկրորդ կեսին, երբ Նադեժդա Բեբութովնան վերադարձել էր աշխատանքից: Ներշնչված նվագում էի «Կռունկը», «Մայր Արաքսի ափերով» երգերը, «Ծիծեռնակը», «Երազը»...

Մի պահ դադար տալով, ջութակահարը մեղմիկ երգեց «Երազից» երկու տող.

Ես լսեցի՛ մի անու՛շ ձա՛յն,
Իմ ծերա՛ցած մոր մո՛տ էր...

Ու շարունակեց.

— Ի՛նչ երգ է... Այդպես ուրեմն: Երեկոյան սենյակս եկավ Վերան ու խնդրեց «Поэзия Армении»-ն, որը առավոտյան տեսել էր իրերիս կապոցի վրա:

Մի խոսքով՝ մնացի հայկական ծագում ունեցող այդ ընտանիքում: Անկարող եղա Ասյա տատիկի խնդրանքին հակառակ գնալ: Երբ Նադեժդա Բեբութովնան տանը չէր լինում, առաջվա պես մեկ-մեկ էլի գնում էի տատիկի մոտ, խոսում էինք ամեն բանից, երբեմն էլ իմ սենյակն էր գալիս Վերան, կամ գիրք խնդրելու, կամ նվագս լսելու: Մի օր էլ շիկնելով, նա խնդրեց, որ ես իր համար հայերենի դասագրքեր ճարեմ, հայերեն սովորեցնեմ իրեն. «Ինձ մխիթարելու համար է անում, որ մոռացնել տա իր մոր վիրավորական արտահայտությունները»,— մտածեցի ես: Բայց հետնյալ օրերին տեսա, որ չէ՛, Վերան կատակ չի անում, գործի էր կպել ամենայն լրջությամբ:

Այսպես անցնում էին օրերն ու շաբաթները: Եկավ ձմեռը, Լենինգրադի ցրտաշունչ, մառախլապատ, խոնավ ձմեռը...

Ջութակահարը դուրս նայեց վագոնի լուսամուտից:

— Մոտենում ենք Ռոստովին, իջնենք, տեսնենք ինչ կա, հետո կգանք, կշարունակեմ:

Իջանք։ Ով եփած հավ գնեց, ով՝ տապակած միս։ Վերադարձանք վագոնի մեր խուցը։ Որմնադիրն ստիպեց, որ մի-մի բաժակ գինի խմենք։ Այս անգամ չմերժեցինք։ Երբ գնացքը սուլելով մեծ կայարանից դուրս եկավ ու հիմա սլանում էր բաց դաշտերով, և վագոնի միջանցքումն էլ անցուդարձը դադարել էր, ջութակահարը շարունակեց կիսատ թողած իր պատմությունը։

— Խիստ ցրտեր եղան Լենինգրադում այդ տարի։ Նույնիսկ Պետրոսն ու իր ձին էլ մրսում էին։

— Խնդրեմ, ներողություն,— ընդհատեց որմնադիրը,— ո՞վ է այդ Պետրոսը։

— Մի ձիավոր, որ կանգնել է Լենինգրադի հրապարակներից մեկում՝ կարգ ու կանոնին հսկելու...

Գնդապետը ժպտում էր հիմա՝ դարձյալ հանելուկային ժպիտով։ Ինձ թվաց, թե այս անգամ նա մտքում ջութակահարին ասում է այսպիսի խոսքեր. «Միշտ չէ, որ հաջողվում է քեզ սրամիտ լինել, ավելի լավ է շարունակես պատմությունդ»։

— Խիստ ցրտեր եղան Լենինգրադում,— շարունակեց ջութակահարը,— և Այսա Արտեմովնան հիվանդացավ։ Ամեն ինչից երևում էր, որ թոքերի բորբոքում է։ Թոքերի բորբոքում, այն էլ՝ այդ հասակում։ Երեքով էլ գլուխներս կորցրինք՝ Նադեժդան, Վերան և ես։ Անընդհատ ոտքի վրա էի ես, մեկ բժիշկի տնից էի վազում, մեկ դեղատները։ Կամ դասի չէի գնում, կամ դասերից անմիջապես հետո վազում էի տուն՝ իմանալու տատիկի վիճակը։

Հպարտ Նադեժդա Բեքութովնան հիմա հաշտվել էր հետս։ Ընդհանուր վախն ու սարսափը, կամ ընդհանուր վիշտն ու դժբախտությունը հաշտեցնում են իրարից խռոված մարդկանց։ Նադեժդան հիմա խոսում էր հետս մտերմորեն՝ անունս, տալով. «Տիգրան, խնդրում եմ վազեք դեղատուն»։ «Տիգրան, մայրս ձեզ է կանչում»...

Մի օր էլ, կոնսերվատորիայում դասի նստած ժամանակ, ինձ թվաց, թե Այսա Արտեմովնան ինձ է կանչում։ Հստակ, լսեցի նրա դողդոջուն ձայնը. «Տիգրան, Տիգրան»...

Մարմինս փշաքաղվեց: Նույն այդ րոպեին, հավատո՞ւմ եք, նույն այդ րոպեին լսարանի դուռը բացվեց և շեմին երևաց Վերայի այրվող, թուխ դեմքը:

— Տիգրա՛ն,— կանչեց նա հուզված:

Առանց պրոֆեսորից թույլտվություն խնդրելու, ես դուրս, թռա:

— Ի՞նչ է պատահել, Վերա:

Ամբողջ մարմնով դողում էի:

— Տատիկը բարձր տաքություն ունի... գիտակցությունը, կորցրել է... Մեզ չի ճանաչում... անընդհատ զառանցում է... քո անունն է տալիս, Տիգրան: Վազե՛նք...

Գլխապտույտ վազեցինք, ներս ընկանք տատիկի ննջասենյակը: Նադեժդա Բեբութովնան մոր մահճակալի կողքին, նստած, գլուխը կորցրած անվերջ կրկնում էր.

— Չեմ հասկանում, մայրիկ, ախար չեմ հասկանում ի՞նչ ես ասում, սիրելիս...

Տատը չճանաչեց ինձ ու Վերային: Հայացքն անորոշ մի կետի հառած, մրմնջում էր: Ինչ-որ բան էր ասում ինքն իր հոգուն, խոսում էր ինքն իր հետ: Կռացա մահճակալին, ականջ դրի ու զարմանքից շշմեցի, մարմինս փշաքաղվեց: Նա պարզ ու մեկին հայերեն բառեր էր արտասանում հայրենի Ղարաբաղի բարբառով ու առոգանությամբ. «Մնաք բարո՛վ, ա՛ խոխեք, ես գնալական ա՛մ, մնաք բարով»...

Ծանր էր շնչում, դեմքը ջերմից վառվում էր: Լռում էր մի պահ ու դարձյալ կրկնում էր.

— Ես գնալական ամ, ա խոխեք, մնաք բարո՛վ... մնաք բարո՛վ...

Ականջներիս չէի հավատում: Ավելի էի կռանում հիվանդի մահճակալին: Չէ, լսողության ոչ մի խաբկանք չկար: Ասյա Արտեմովնան հայերեն էր խոսում: Յոթանասունհինգ տարի առաջ մարած, ժամանակի ու տարածության անհունության մեջ կորած հնչյունները կենդանացել ու արձագանքվում էին հիմա նրա հոգու խորին զաղտնարաններում և այնտեղից դուրս գալով, դողում, թրթռում էին նրա ծերունական շրթունքների վրա:

— Ի՞նչ է ասում,— հարցնում էր Նադեժդա Բեքութովնան:

— Ի՞նչ է ասում տատիկը, Տիգրան,- կրկնում էր Վերան:

— Մի խանգարեք մեզ, թողեք, որ խոսի նա, ես լսեմ,— բարկացա, մոռացած ինքս ինձ:

Ասյա Արտեմովնան աստիճանաբար հանդարտվում էր: Աչքերը փակեց, երկար լուռ մնաց, ապա կրկին դողդողացին շրթունքները.

— Ծարա՜վ ամ, աղջի, ծարա՜վ ամ, քե մատաղ...

Վազեցի, ծորակից կես բաժակ ջուր բերի, մոտեցրի շրթունքներին: Մի կում խմեց, շրթունքները ետ քաշեց, մշուշոտ հայացքը մի քիչ լուսավորվեց, շշնջաց.

— Զորանաս, քե մատաղ, զորանա՜ս, զորանա՜ս...

Ու ժպտաց, ճանաչեց ինձ. «Տիգրա՜ն»... Ճանաչեց Նադեժդային ու Վերային: Եվ մի անգամ էլ, հազիվ լսելի, շշնջաց.

— Զորանաս, քե մատաղ...

Երևույթն իսկապես որ հրաշքի էր նման: Աչքերս լցվել էին արտասուքով:

— Նա հայերեն է խոսում, հասկանո՞ւմ եք, խոսում է հայերեն,– պետք եղածից ավելի բարձր ձայնով ասացի ես աղջկան, թոռնիկին ու հարևաններին, որոնք եկել ու լուռ կանգնել էին իմ թիկունքում:

— Ցածր խոսեք, Տիգրան, խնդրում եմ,— բարեկամաբար մեղմ ասաց Նադեժդա Բեքութովնան,— և խնդրում եմ ասեք, Տիգրան, թե ինչ է ասում մայրիկը:

Ասյա Արտեմովնայի շուրթերը հիմա կրկնում էին միևնույն բառերը:

Հուզմունքից թարգմանել չէի կարողանում, ոչ «քե մատաղ» արտահայտությունը և ոչ էլ «զորանաս» բառի հոմանիշներ էի գտնում ռուսաց հզոր ու հարուստ լեզվի մեջ, չնայած ես լավ ռուսերեն գիտեմ, մեծացել ու սովորել եմ Ռուսաստանում:

— Հայերեն նույնպես լավ գիտեք,– նկատեց որմնադիրը:

— Շնորհիվ հորս, նա գրաբար հայերեն էլ գիտեր։ Շարունակեմ։ Ասյա Արտեմովնան երկար ժամանակ մրմնջում էր հայերեն այդ բառերը. հետո աչքերը փակեց։ Հիմա ավելի թեթև էր շնչում։

Նադեժդա Բեբութովնան նշան արեց, որ բոլորս դուրս գանք իր մոր ննջասենյակից։ Դուրս եկանք։ Հյուրասենյակում բոլորը շրջապատեցին ինձ։

— Աստված սիրեք, ասացեք, թե Ասյա Արտեմովնան ինչ էր խոսում հայերեն...

Ուշ երեկոյան իմ սենյակը մտավ Նադեժդա Բեբութովնան։

— Մայրիկը կարծես հիմա լավ,— հաղորդեց ինձ,– առաջին անգամ հանգիստ քնել է...

Երկար լուռ մնացինք իրար կողքի նստած։ Ապա կրկին խոսեց Նադեժդա Բեբութովնան.

— Ես եկա Ձեզնից ներողություն խնդրելու այն օրվա իմ կոպիտ խոսքերի համար, Տիգրան։ Ներեցեք ինձ, խնդրում եմ։ Տրամադրությունս ուրիշ պատճառով վատ էր։ Պատահում է, որ մարդ հիմարություններ է ասում։ Ինքն էլ չիմանալով թե ինչու։ Պատահում է...

Հիմա, իսկապես, Նադեժդա Բեբութովնան աչքիս մարմնով փոքրացած էր երևում, բայց թուխ աչքերը կարծես ավելի մեծացել էին, իսկ հայացքն՝ անծանոթ էր, մտերմական, ջերմ, հստակ։

Ներս մտավ նաև Վերան։

— Տատիկը լավ է, Տիգրան,— կանչեց նա իր ամենօրյա ուրախ, զվարթ, արծաթահնչյուն ձայնով,— Բայց այդ ի՞նչ հրաշք էր, ինչ անհավատալի բան էր...

— Անբացատրելի հրաշք էր,— ավելացրեց մայրը,— յոթանասունհինգ տարի առաջ էր նա հայերեն խոսել իր տատի հետ, չորս-հինգ տարեկան հասակում, և ասում էր, որ հիմա ոչ մի բառ չի հիշում...

Դրանից հետո այդ «հրաշքն» այլևս չկրկնվեց։ Իսկ երկու շաբաթ հետո, երբ Ասյա Արտեմովնան արդեն ապաքինվում էր, երբ մենք պատմեցինք նրան, չէր հավատում, որ բարձր ջերմության մեջ ինքը հայերեն է խոսել:

— Ինչե՛ր եք հնարում,— ասում էր նա,– ես ոչ մի բան ու ոչ մի բառ չեմ հիշում...

Ես հստակ, հատ-հատ արտասանելով, կրկնեցի նրա արտասանած բառերը. «Մնաք բարով, ա խոխեք, ես գնալական ամ... Զորանա՛ս, քե մատաղ, զորանա՛ս...»:

Ութսունամյա Ասյա Արտեմովնան զարմանքից բիբերը լայնացած նայում էր ինձ, լռությունը լարած: Ես մեկ էլ կրկնեցի, ավելի դանդաղ, այն բոլոր բառերը, որ լսել էի նրա շուրթերից: Ավելի ու ավելի էին լայնանում տատի բիբերը: Հետո, հուզված, դողդոջուն ձայնով նա շշնջաց ռուսերեն, կոպերը փակած, որ ոչ միայն լսի, այլև տեսնի այն հնչյունները, որ թվում էր թե վաղուց լռել-հանգել էին նրա մեջ:

— Կարծես հիշում եմ... Հիշում եմ... այն բառերն են դրանք, որ ասաց տատս մեռնելու պահերին... Հիշում եմ...

Հիշում էր, բայց կրկնել այդ խոսքերը չկարողացավ:

— Քսանհինգ տարի է անցել այդ օրերից, բայց ես երբեք չեմ մոռանում այդ դեպքն ու այդ բարի կնոջը,— իր պատմությունն ավարտելով, եզրափակեց ջութակահարը,— հիշում եմ նրան մանավանդ, երբ խոսում են մայրենի լեզվի մասին: Այդպիսի րոպեներին կարծես լսում եմ նաև նրա դողդոջուն ձայնը. ...Ու ամեն օր այդ խոսքերն եմ ասում կնոջս՝ «զորանա՛ս, զորանա՛ս», նրա ամեն լավ խոսքի ու լավ քայլի համար: Երկուսիս սրտերին էլ հավասար թանկագին են այդ խոսքերը:

Ահա իմ պատմությունը, բարեկամներ:

Ջութակահարը հուզված լռեց:

— Ներողություն, խնդրեմ ասեք, իսկ ի՞նչ եղան այդ Տիգրանյանցները,— հարցրեց որմնադիրը:

— Այդ հարցին սպասում էի: Աստղիկ, կամ Ասյա տատը վախճանվեց այդ դեպքից երկու տարի հետո: Նրա աղջիկը՝ Նադեժդան հիմա ապրում է Երևանում, իր դստեր՝ Վերայի ընտանիքի հետ:

— Ի՞նչ եք ասում,— ուրախ զարմանքով բացա կանչեց որմնադիրը,— և հիմա դուք հանդիպո՞ւմ եք նրանց:

— Ամեն օր, որովհետև ես բախտ ունեմ Վերայի ամուսինը լինելու:

— Այգպե՛ս է: Լեզուդ էլ նույնիսկ եթե կապվի, մայրենի լեզուն կապրի հոգուդ մեջ, չի մեռնի, ներողություն,— կրկնեց որմնադիրն իր առաջին խոսքը:

Գնդապետը հիմա չէր ժպտում: Մտածմունքի մեջ էր: Հոնքերը հավաքած, աչքերը կկոցած, նայում էր մի անորոշ տարածության վրա:

— Ի՞նչ եք այդպես խոր մտածում, ընկեր գնդապետ,— հարցրեց ջութակահարը,— կասկածո՞ւմ եք պատմածիս ճշտության վրա:

— Ո՛չ երբեք,— պատասխանեց գնդապետը,— ես էլ կարող էի մի հետաքրքրական դեպք պատմել, բայց նկարագրելու շնորհք չունեմ:

— Մի նկարագրեք, միայն պատմեք,— միջամտեցի ես:

— Եթե այդպես է, ես էլ պատմելիք ունիմ,— մեջ ընկավ աշել-խոսող սիրող, մարդամոտ որմնադիրը:

— Հերթն ընկեր գնդապետինն է,— ազդարարեց ջութակահարը,— լսենք մեր հարգելի ընկեր գնդապետին: Խնդրեմ, խոսքը Ձերն է...

Գնդապետի պատմածը

— Դուք երևի լսած կլինեք քաղաքացիական կռիվների նշանավոր հերոս-զորավար Գայի մասին, այնպես չէ՞,— դիմելով մեզ, հարցրեց գնդապետը,— իր կենդանության օրով նրա կյանքը լեգենդ էր դարձել, իսկ հիմա մոռացվել է, քչերն են հիշում...

— Իմ կարծիքով չի մոռացվի նրա անունը,— ասացի ես,— Հայկ Բժշկյանի կյանքը մեր պատմությունից չի անջատվի...

Գնդապետի դեմքը լուսավորվեց: Մի ակնթարթում նա դարձավ ուրիշ մարդ, աչքերը կենդանացան, ժպիտը ջերմացավ, շարժումներն աշխույժ դարձան, ողջ մարմինը կարծես թրթռաց:

— Շնորհակալություն,— ասաց նա՝ հայացքն ինձ վրա գցելով:

— Ինչո՞ւ համար շնորհակալություն,— հարցրի ես:

— Որ ճանաչում եք Հայկ Բժշկյանին, որ գիտեք, թե ով է Գայը...

— Պատմեցեք, լսենք, խնդրեմ,— ասաց որմնադիրը:

— Այո, այո,— ավելացրեց ջութակահարը:

— Գայի հետ պատահած մի դեպքի մասին պիտի պատմեմ,— ասաց գնդապետը,— ի միջի այլոց հիշեմ, որ ես նրա... ինչպե՞ս են ասում հայերեն, հա, ես նրա եզանն եմ, քրոջ որդին: Ոչ թե հարազատ, այլ երկրորդ քրոջ, այսինքն՝ հորեղբոր աղջկա որդին եմ: Նա, ուրեմն, իմ քեռին էր: Հիշում եմ նրան, երբ դեռ հինգ-վեց տարեկան էի, հետո, ավելի լավ եմ հիշում այն օրերից, երբ սովորում էի գիմնազիայում, իսկ նա երբեմն ծպտված հայտնվում էր մեր տանը, օրերով թաքնվում էր ու ապա դարձյալ կերպարանքը փոխած անհետանում էր չգիտես ուր: Գիտեի միայն մի բան, որ քեռի Հայկը հեղափոխական է, անվախ, քաջ հեղափոխական, ինչակյան կուսակցության ճանաչված գործիչներից է, Կովկասի վատահամբավ փոխարքա Գոլիցինի ահաբեկիչներից մեկն է եղել դեռ պատանի հասակում: Հպարտանում էի նրանով, երազում էի նրա հետ միասին կյանքս վտանգների ենթարկել, նրա նման հեղափոխական դառնալ, նրա պես սիրվել բոլորի կողմից: Ամեն անգամ նրան տեսնելը երջանկություն էր լինում ինձ համար: Ի՜նչ հավատի ու երազանքների տարիներ էին...

Գնդապետի շունչը կտրվեց: Նա մի րոպե ձեռքը կրծքին

դրեց, հետո մի բաժակ ջուր վերցրեց, խմեց մի երկու կում ու բաժակն ընդհանուր սեղանիկին դնելով, շարունակեց,

— Հմայող մարդ էր: Տարերային էր, բուռն, միշտ եռացող, միշտ անհանգիստ, սիրում էր փորձությունների մեջ նետել իրեն և սիրում էր, որ հիանում էին իրենով: Զուրկ էր կեղծ համեստությունից, գուցե մի քիչ էլ սնապարծ էր թվում, բայց իր գործին ու դավանանքին ամբողջովին, հոգով ու սրտով նվիրված մարդ էր և հպարտանում էր իր կատարած գործերով: Սիրում էր պայքարի ընկերներին, հազար անգամ ապացուցել էր, որ ընդունակ է իր անձը զոհելու նրանցից ամեն մեկին դժվար վիճակներից փրկելու: Դրա համար էլ սիրում էին նրան: Նրա կողքին լինելով, մարդիկ զգում էին, որ իրենց հոգիներից հեռանում են կասկածներն ու տարակուսանքները, սրտերն ազատվում են երկյուղից: Ամուր գրկում էր ընկերոջը, ուղիղ նայում էր նրա աչքերի մեջ, ժպտում ու ասում էր. «Գնա՛նք» ...Եվ ընկերը կգնար նրա հետ, թեկուզ իմանար, որ վաղը բանտ են ընկնելու, մյուս օրը կտարվեն կախաղանի սյունի մոտ: Հմայող մարդ էր Գայը: Մանավանդ ինձ համար՝ երազ էր և ռոմանտիկա:

Ի՞նչպես եղավ, որ ցարիզմի այդ կատաղի հակառակորդի, ժանդարմների համար անմատչելի այդ հեղափոխականի ուսերին հանկարծ ցարական սպայի ուսադիրներ երևացին: Իսկ կարճ ժամանակ հետո, երբ թերթերն սկսեցին հաղորդել ռուսական բանակի քաջագործությունների մասին, առաջին հերոսների մեջ հիշվեց Հայկ Բժշկյանի անունը: Ես ցնծության մեջ էի: Գիշերները չէի քնում: Երազներիս մեջ միշտ նրա կողքին էի, նժույգի վրա նրա հետ սլանում էի դեպի մարտ ու սխրանքներ՝ Հայաստանի ազատագրության սուրբ գործի համար: Այն ժամանակ մենք հավատում էինք, որ ռուսական զենքի հաղթանակը թուրքական ճակատում ազատություն կբերի հայ ժողովրդին: Հավատում էինք ու չէինք կասկածում:

...Գնդապետը պատմում էր՝ կարճ դադարներ տալով ու ծանր շնչելով: Ամեն րոպե փոխվում էր նրա դեմքի արտահայտությունը: Մոտ հիսունվեց տարեկան կլիներ, միջահասակ, ամուր ուսերով, լայն կրծքով, դեմքն այնքան գիրացած, որ թվում էր թե մի քիչ ուռած է, մի քիչ հիվանդագին:

— Հավատում էինք ու չէինք կասկածում, որ մոտեցել են հայ ժողովրդի ազատագրության օրերը: Գուցե այդ հավա՞տը նշանավոր ազգային հեղափոխականին թելադրեց, որ համաձայնի իր ուսերին ոսկեգույն ուսադիրներ կրելու:

Մի օր մայրս նամակ ստացավ քեռի Հայկից: Գրում էր, որ փոխադրվել է հայկական կամավորական գնդերից մեկում կռվելու, որ շարժվում են դեպի Վան: Նամակում բարևել էր ինձ. «Ինչպե՞ս է իմ բարեկամ Լևոնը, որտե՞ղ է գործադրում իր երիտասարդական եռանդն ու կորովը, իր հայրենասիրական զգացմունքները»...: Այդ խոսքերից գլուխս պտույտ եկավ: Հպարտությունն ու ամոթանքը միասին եռացին մեջս: Հպարտություն՝ որ ռազմի դաշտում ինձ հիշում է հայտնի ահաբեկիչն ու հերոսը և ամոթանք, որ ես այստեղ եմ, Բաքվում և ոչ թե նրա կողքին: Չէ որ ակնհայտ հեգնանք կար նրա այդ խոսքերի մեջ: Հասկացողի համար պարզ էր, որ նա կանչում է ինձ: Այդքան բթամիտ չէի ես, որ չկռահեի պարզ ու հստակ ակնարկը:

Գնդապետը, մեկ էլ ընդհատելով, պատանու պես ամաչկոտ ժպտաց.

— Բայց ես իմ մասին եմ պատմում ու չեմ կարողանում մոտենալ բուն նյութին: Ներողություն եմ խնդրում, որ այսպես է ստացվում: Իմ դերը պատմության մեջ աննշան է, ես միայն ականատես եմ եղել...

— Պատմեցեք, պատմեցեք,— միջամտեց ջութակահարը,— մարդ իրեն հիշում է հարկադրված, դա անխուսափելի է...

Տևական դադարից հետո գնդապետը շարունակեց.

— Դա տասնհինգ թվականի ապրիլի սկզբներին էր: Գիմնազիան արդեն ավարտել էի: Տասնութ տարիս նոր էր լրացել: Ծնողներիցս ծածուկ ներկայացա ուր հարկն է, կամավոր գրվեցի ու թղթեր ստացա ներկայանալու Հայկ Բժշկյանի զորամասը: Հասա նրան, երբ բանակի հետ մոտենում էր պաշարված Վանին: Պիտի զսպեմ ինձ չծավալվելու: Վանն ու այնտեղ պաշարված հայերին ազատագրելն ինքնին հետաքրքրական պատմություն է, բայց դա ուրիշ նյութ է: Ասեմ, որ Հայկ Բժշկյանն աչքի ընկավ, և նշանավոր ռուս գեներալն իր ձեռքով Գեորգիևյան խաչ փակցրեց նրա կրծքին, և նա էլ կռանալով՝ համբուրեց այդ ծեր գեներալի ձեռքը...

Ամենածանր տպավորությունը, որ երկար ժամանակ մնացել էր մեջս, այդ պատկերն էր՝ իմ քաջ քեռին, փառաբանված Հայկ Բժշկյանը կռացած, համբուրում է ցարական գեներալի մոտ և մոմաձարպի պես սպիտակ ձեռքը...

Գնդապետը ժպտաց, գլուխը տարուբերեց: Ծանր շունչ քաշեց:

— Զարմանալի բաներ են լինում կյանքում: Չորս տարի հետո, երբ ազգային հեղափոխական Հայկ Բժշկյանն արդեն անուն հանած կարմիր զորավար էր Գայ անունով, բոլշևիկ էր ու կռվում էր Ռուսաստանում, գլխովին ջարդեց նույն այդ գեներալի զորքերը և փախուստի մատնեց զառամյալ միապետականին: Ընդամենը չորս տարի հետո...

Վանում ես տեսա Անդրանիկին: Հիշում եմ նրա բարի հայացքը, բարի ժպիտը: Լսում եմ նրա ձայնը. «Բժշկյան, խոսելիք ունեմ հետդ, միայն քեզի կհավատամ»...

Այս անգամ գնդապետի ժպիտի մեջ թանձր դառնություն կար: Նա ներողություն խնդրեց դադարի համար, ինչ-որ հաբեր նետեց բերանը: Խցից «մի քանի րոպեով» դուրս գնաց: Վերադարձավ ու կրկին ներողություն խնդրելով, որ «նկարագրել» չի կարողանում, շարունակեց կիսատ թողած պատմությունը:

— Թուրքական ճակատում ցարական գեներալներն անխղճորեն, անողորմ կերպով սպանեցին Հայկի հավատը: Տեսավ, հասկացավ ու վերջնականապես համոզվեց, որ

Ցուղենիչներին պետք է Հայաստանն առանց հայերի: Հիշում եմ, ինչպես Անդրանիկի հետ խոսելիս, ասում էր.

— Խաբված ենք, մեծ հայդուկ, բոլորս միասին, ազգովին խաբված ենք, դաժանորեն, անաստված կերպով խաբված ենք...

Կայծեր էին ցայտում աչքերից, շրթունքները դողում էին:

Օրերով չէր քնում: Ինձ էր միայն վստահում իր մտքերը, հասուն մարդու, բարեկամի ու ընկերոջ տեղ ընդունելով ինձ:

— Ի՞նչ անենք, Լևոն, եղբայրս, ասա, ի՞նչ անենք...

Մտքով ու կենսափորձով դեռ հում, բնավ չեփված, կակաչ պատանի, ես ի՞նչ կարող էի ասել նրան: Սոսկալի էին նրա հուսահատության պահերը: Միայն ես էի տեսնում նրան այդ պահերին և միայն ես էի լավ ճանաչում իմ փառաբանված քեռուն: Պառկում էր փայտե թախտին, կամ խոտի վրա փռված անկողնուն, դեմքը բարձի մեջ թաղելով, ու մղկտալով՝ լաց էր լինում: Լաց չէր լինում, այլ բառաչում էր, թոքերը կարծես այրվում էին կրծքի ներսում և չդիմանալով, տրորվում, մղկտում ու մռնչում էր վառվելուց-մոխրանալուց առաջ:

Առաջին անգամ այդպես տեսնելով նրան, ես գլուխս կորցրի, բայց երկրորդ, երրորդ անգամից հետո ընտելացա: Սիրտս խիստ ցավում էր, հոգիս ճմլվում էր այդ հերոսական մարդուն այդպիսի նկուն վիճակում տեսնելով, բայց այլևս տագնապի չէի ենթարկվում: Անձնական վիշտ ու ձախորդություն չուներ, տանջվում էր միայն իր խաբված հույսերի, իր փշրված երազանքների համար, տանջվում, տառապում, հոգին մաշվում ու տրորվում էր, տեսնելով, որ իր ընտրած ճանապարհը փրկության եզերքներ չի տանում:

Հիմա էլ երբ հիշում եմ նրան այնպես՝ դեմքի վրա պառկած, երկաթե ձեռքերի մեջ բարձը, կամ զինվորական պայուսակը տրորելիս, երբ լսում եմ նրա մռնչյունները, մարմինս փշաքաղվում է: Բայց դա, կրկնում եմ, ուրիշ ոչ ոք չէր տեսնում, բացի ինձանից: Պատահում էր, որ հենց այդպիսի րոպեներին նրան հանկարծ շտապ կանչում էին՝

կամ բարձր պետերը, կամ գնդի իր օգնականները: Վայրկյանապես վեր էր թռչում տեղից, մի ակնթարթում կարգի էր բերում հագուստը, գլխարկն ուղղում էր, շփում էր բարակ, շիկավուն բեղերը, ամրացնում էր գոտին ու ներս էր հրավիրում իր ետևից եկած կապավոր սպային: Եթե ինքն էր դուրս գալիս սենյակից կամ վրանից, դուրս էր գալիս այնպես կորովի քայլվածքով, խրոխտ, ամուր կուրծքը դուրս ցցած, դեմքին՝ աշխարհի վրա սիրահարված մարդու հմայիչ ժպիտ, որ պարզապես հաճույք էր նրան նայելը: Միջահասակից բարձր էր, քիչ շիկավուն մորթով, դեմքը՝ քիչ երկարավուն, ճակատը շողուն ու լայն, հայացքը... Օ՛, դժվար է նկարագրել նրա հայացքը: Մի անգամ մի երիտասարդ սպա ասաց, թե ինքը սոսկում է նրա հայացքից: «Երբ նայում է քեզ, թեկուզ բարի տրամադրությամբ, ճազարի պես դողում է մարմինդ, որովհետև նա օձի աչքեր ունի»: Գայի համեմատությունը օձի հետ՝ ճիշտ չէր: Օձը չար է, նա չար չէր, իսկական մարդ էր նա, բայց հայացքը, ճիշտ է, ուներ մարդկանց հմայելու, նրանց կամքը թուլացնելու ուժ: Կարելի է հակառակն էլ ասել նրանց կամք ու արիություն ներշնչելու մոգական ուժ: Նրան համարում էին երբեք չընկճվող, արիակամ, երբեք չհուսահատվող, հավատավոր, երբեք չհիասթափվող մարդ: Ես լսում էի այդ գնահատականները ու ժպտում էի ինքս իմ մեջ: Երբեմն էլ հավատում էի, հիացմունքով նայելով, թե ինչպես արժանավայել հպարտությամբ կանգնած գեներալների առաջ, պատասխանում է նրանց հարցերին՝ դեմքը ողողված ինքնագոհ մարդու ժպիտով: Հավատում էիր, որ դա երկաթե մարդ է, մանավանդ այն րոպեներին, երբ սպիտակ բծերով կապույտ իր նժույգին նստած, օձային հայացքով նայում էր հեռուն ու նժույգի վրնջոցի հետ պատյանից քաշում էր սուրը ու սարսափազդու ձայնով գոռում. «Գայլխեղդնե՛րք ի՛մ ետևից»...

Ու սլանում էր թշնամու վրա՝ արծվային կռինչներ արձակելով: Եվ դա կատարվում էր ահեղ հուսահատության այն ամոթալի պահերից հաճախ մի օր, կամ մի քանի ժամ հետո: Ինչ որ արտիստական բան կար նրա մեջ: Բայց արտիստ չէր: Իրար անհարիր բոլոր այդ հոգեվիճակներում էլ ամեն անգամ անկեղծ էր, ինքն իր խղճից անբաժան:

Տարերային էր: Որոտից ու կայծակից հետո հաճախ անմիջապես պարզում էր նրա երկինքը, հորիզոնին երփներանգ ծիածան էր կապում, արևը շողում էր՝ տաքացնելով շրջապատի օդը: Մի անգամ մոռացել էի կատարել նրա մի հանձնարարությունը: Գոռաց վրաս, մոլեգնեց, որոտաց ու ապտակեց ինձ: Ես տեղիցս չշարժվեցի, չնայած ապտակն այրեց ամբողջ էությունս: Հազիվ պահեցի ինձ ոտքի վրա:

— Շնորհակալ եմ,— շշնջացի՝ ուղիղ նրա դեմքին նայելով ու զինվորականի պես հարցրի,— թույլ կտա՞ք հեռանալ, պարոն գնդապետ...

Նա զարմացած նայեց ինձ, կարծես ինչ-որ մղձավանջային երազից արթնացած:

— Լևո՛ն, Լևոնի՛կ...

Ես կտրուկ ետ դարձա ու քայլեցի դեպի դաշտային վրանները: Մի կես ժամ հետո ներս մտավ, անխոս մոտեցավ, գրկեց ինձ, համբուրում է աչքերս, ձեռքերս:

— Լևոն, եղբայրիկս, վիրավորվեցի՞ր: Վիրավորվեցի՞ր, իմ սիրելի՛ զարմիկ: Բայց չէ՞ որ օտար մարդ չէր քեզ խփողը, քո «սիրելի հերոս քեռի Հայկ Բժշկյանն էր»...

Հիշեցնում էր իմ նամակների խոսքերը: Բաքվից ես այդպիսի խոսքերով էի դիմում նրան իմ նամակներում...

Գնդապետը վերստին դադար տվեց: Զննող հայացքով նայեց մեզ:

— Իսկապես որ չգիտեմ, թե ինչու եմ այս բոլորը պատմում...

Երեքս էլ միաբերան վստահեցրինք, որ լսում ենք մեծ հետաքրքրությամբ:

— Նրան կարելի էր զգալ և զգալով՝ սիրել,— ասաց գնգապետը,— իսկ պատմել նրա մասին՝ դժվար է... Բայց քանի որ սկսել եմ, պիտի ավարտեմ: Թույլ տվեք միայն ընկողմանեմ բարձին...

— Խնդրեմ, ներողություն, պառկեք,— ասաց որմնադիրն ու շտկեց բարձը,— աջ կողքին պառկեք, հարմար կլինի...

— Կարելի՞ է, ուրեմն։

— Վերցրեք իմ բարձն էլ,— ասաց ջութակահարը՝ պարզելով գնդապետին իր բարձը։

— Հիմա լավ կլինի,— ասաց որմնադիրը՝ օգնելով գնդապետին։ Գնդապետն աջ ուսով հենվեց բարձերին, դեմքը մեր կողմը դարձրած։

— Շնորհակալ եմ,— շշնջաց նա,— այսպես հանգիստ կլինեմ... Ուրեմն այդպես՝ պատմեմ.

... Անհասկանալի նահանջներ էին լինում թուրքական ճակատում և անսպասելի հարձակումներ, դարձյալ նահանջներ ու կրկին՝ հարձակումներ։ Այդ բոլորից ոտի տակ էր գնում ժողովուրդը։ Հայկ Բժշկյանը զոռում ու մռնչում էր, զալարվում էր՝ գետինը գրկելով և էլի՝ կտրիճի կերպարանքով, ժպիտը դեմքին երևում էր զնդի առաջ։ Եթե այդպես շարունակվեր, չգիտեմ ինչ կկատարվեր նրա հետ։ Համենայն դեպս, կամ իր ճակատին կկրակեր մի օր, կամ Յուդենիչի ու կամ Նիկոլայ Նիկոլաևիչի կրծքին, որոնց հանդիպելու հնարավորություն կգտներ ճանաչված հերոսը... Մի անգամ քայլում էի ես իր կողքին, մի ժայռի եզրով պիտի ցած իջնեինք կածանի վրա, մի ակնթարթ նայեց ժայռից ներքև ու ցած թռավ։ Ժայռի բարձր պռունգից ցած թռավ ու թևը կոտրեց...

Ինչո՞ւ արեց դա, չհասկացա ես։ Հիմա եմ հասկանում, որ դա սկիզբն էր այն մեծ խելագարության, որ պիտի բռներ նրան, եթե այդ օրերին մեզ չհասներ թագավորի գահընկեցության լուրը։ Այդ ուրախ լուրը փրկեց նրան։ Բայց քիչ ժամանակ հետո կրկին սկսվեցին մտատանջությունները։ Հիմա նրանք երկար չէին տևում։ Ամպում էր ու պարզում, մթնում էր ու լուսավորվում։ Մի օր էլ ինձ հարցնում է.

— Լևոն, դու լսե՞լ ես Վլադիմիր Ուլյանով Լենինի անունը...

Երեկվա ամպամածությունից հետո այսօր դարձյալ պարզվել էր նրա երկինքը:

— Լսել եմ,— ասացի ես,— գլխավոր բոլշևիկն է:

— Գիտե՞ս ուրեմն,— ժպտաց նա:

— Իսկ ինչո՞ւ ես ժպտում,— հարցրի ես:

— Հենց այնպես, Լևոն, հենց այնպե՜ս...

Այդ օրը սիրած երգերն էր սուլում, կատակներ էր անում զինվորների հետ, վստահ շարժում էր կոտրված ձախ թևը, ձգում ու կծկում էր, ձգում ու կծկում:

— Գիտես ինչ, Լևոն,– դիմեց ինձ մի անգամ էլ շատ մտախոհ,— մենք խաբվեցինք, խաբեցին մեզ ամեն մեկիս առանձին և բոլորիս միասին: Եվ հիմա չկա ուրիշ փրկություն: Մենակ ենք, ջարդված, վիրավոր, արյունաքամ: Մեկ էլ որ խաբվենք, իսպառ ջնջվելու ենք աշխարհի երեսից: Մենակ ենք, իսկ մենակները կործանվում են: Ուրեմն, ո՞ւմ հավատանք, սիրելի Լևոնիկ: Ասա, ո՞ւմ հավատանք, ո՞ւմ դիմենք, ո՞ւմ միանանք...

Երեխայի պես զգայուն մարդ էր: Այդ խոսքերն արտասանելիս աչքերում արտասուքներ շողացին:

— Մենք ծնվել ենք ծառայելու մեր հայ ժողովրդին,— շարունակեց նա տխուր ձայնով,— փրկելու նրան գերությունից, փրկելու նրա կյանքը, պատիվը, մեռնելու նրա համար, եթե պետք է: Ասա, Լևոն: ինչպես ծառայենք, ինչպե՞ս մեռնենք, որ նա ապրի, մենք հայ ենք, և մեռնողը հայ ժողովուրդն է...

Սկսեց խոսել ցածրաձայն: Հիմա մռնչում էր՝ երկու ձեռքերի բռունցքները գլխին դրած:

Հոգու այդ ծանր վիճակից էլ նրան հանեց մի նոր լուր, կենդանություն, հույս ու փրկություն խոստացող, աշխարհը և մարդկանց հոգին ու մտքերը տակն ու վրա անող մի լուր: Մեծ Ռուսիայի մայրաքաղաքում որոտացել էին Ավրորայի հրանոթները ցարերի ձմեռային պալատի վրա: Իշխանությունն անցել էր Վլադիմիր Ուլյանով Լենինի ձեռքը...

Սկսվեցին վեճեր ու խլրտումներ, փոխադարձ անվստահություն զինվորների ու սպաների միջև: Եղան միտինգներ, ճառեր: Մի օր էլ տեսա նրան զինվորների հոծ մի ամբոխի մեջ, բռունցքներն օդում թափահարելով, խոսում էր: Ապա պոկեց իր ոսկե ուսադիրները և ամբողջ ուժով կանչեց. «Կեցցե Ռուսաստանի աշխատավոր ժողովրդի իշխանությունը, կեցցե Վլադիմիր Ուլյանով Լենինը...»:

Ռուս ու հայ զինվորները նրան ճոճեցին օդի մեջ: Դեպքի վայրը հասան մի խումբ սպաներ մի գնդապետի հետ՝ մերկ ատրճանակները ձեռքներին: Զինվորները դիմավորեցին նրանց՝ սվինավոր հրացանները պատրաստ պահած:

Սպաների խումբը մոտենալով, կանգ առավ:

— Ի՞նչ է կատարվում այստեղ,— հարցրեց գնդապետը:

— Այստեղ բանակն արձագանքում է մայրաքաղաքում հաղթած հեղափոխությանը, պարոն գնդապետ,— պատասխանեց Հայկ Բժշկյանը,— դա հաճելի է ձեզ թե չէ, դա իրականություն է:

— Իսկ դո՞ւք ով եք,— հարցրեց գնդապետն արհամարհանքով:

— Դուք ինձ լավ եք ճանաչում: Ես գնդի հրամանատար Բժշկյանն եմ: Հայ եմ ես և հեղափոխական: Հեղափոխական անունով՝ հայերեն Հայ, ռուսերեն՝ Գայ...

Երկու տարի հետո այդ մականունը հայտնի դարձավ ամբողջ Ռուսաստանում: Կրկնվում էր նա ցարական գեներալների շտաբներին հաղորդվող ծածկագրերում և կարմիր բանակի հրամանատարության ստացած զեկույցներում, զինվորների շուրթերին և Վոլգայի ափերի գյուղերում ու քաղաքներում:

Հայկ Բժշկյանը դարձավ Գայ աշխարհի ու պատմության համար, խիզախ զորավարի անուն վաստակեց և կրակաշունչ հռետոր դարձավ: Ես, որ դասական գիմնազիա էի ավարտել, զարմանում էի, թե Պարսկաստանում ծնված, Արևմտյան Հայաստանում ու Կովկասում ծպտյալ կյանք վարած, հայ կամավորական խմբի հրամանատար եղած այս հայը, որ որևէ համալսարանի դիպլոմ չուներ, ե՞րբ հռետորական արվեստի այդպիսի բարձունքների հասավ: Խոսում էր անթերի ռուսերեն, հիանալի առոգանությամբ: Խոսքը համոզիչ էր՝ ճշմարտապատում, անկեղծ, վարակող:

Լենինով էր լցվել էությունը, և Լենինի ոգին էր կայծկլտում նրա խոսքի մեջ: Հմայվող էր ինքն էլ, ինչպես որ հմայում էր ուրիշների: Այստեղ էլ, Հայաստանից հեռու, Վոլգայի ափերին, նույն ընդհանուր կարծիքը կար նրա մասին՝ որ անընկճելի է, չհուսահատվող, չվարանող, երկաթե կամքով մարդ է...

Մայրաքաղաքից բանակ էր եկել մի գեղեցկուհի, Պետերբուրգի համալսարանը նոր ավարտած, քսանչորս-քսանհինգ տարեկան մի չքնաղ աղջիկ: Եկել էր կռվելու հակահեղափոխության դեմ: Գաղափարական աղջիկ էր և քաջ միաժամանակ, հիանալի ձի քշել գիտեր: Չերկարացնեմ: Առանց այդ էլ շատ երկարեց պատմությունս: Աղջկա անունը Զոֆա էր՝ ազգով լեհուհի, Զոֆա Միխալսկա: Գայն ու իր կոմիսարը սիրահարվեցին: Երկուսն էլ, կրակի ու բոցերի միջով անցած այդ մարդիկ, պատանիների պես սիրահարվել էին: Մարտերից, առաջ ու մարտերից հետո, մենակության պահերին հերոս Գայը տանջվում ու հառաչում էր Զոֆայի համար, չէր քաշվում իր զգացմունքների մասին ինձ պատմելուց:

— Մտել է այդ աղջիկը հոգուս մեջ ու դուրս չի գալիս,— խոստովանում էր ինձ հասակակից ընկերոջ պես,— ամոթ է գուցե, Լևոն, և դու գուցե ծիծաղում ես ինձ վրա, բայց ի՞նչ անեմ, ասա՛, ես բնավորությամբ թույլ մարդ եմ...

Մի օր էլ նրա մոտ եկավ Զոֆան ու ասում է. «Գիտես ինչ, Գայ, դու հայտնի հերոս ես, ուժեղ մարդ ես, երկաթե կամք ունես, դու կարող ես քեզ ձեռքդ հավաքել: Խնդրում եմ ներես ինձ, ես քո ընկերոջ, քո կոմիսարի կինը կլինեմ, նա տանջվում է, հուսահատվում է, նրան խղճում եմ... Երկուսիդ էլ սիրում եմ ես: Քեզ սիրում եմ ինձ համար, նրան սիրում եմ իր համար: Ավելի լավ է անձնազոհություն անել, քան անձնազոհություն պահանջել։ Հասկացիր ինձ, մեծահոգի եղիր և ներիր, Գայ։ Դու արժան ես ավելի մեծ սիրու»։

Եվ Գայը, որ ընդունել էր նրան կտրիճի տեսքով, ժպտաց ու ասաց.

— Քեզ ու Վասիլևին երջանկություն եմ ցանկանում, Զոֆա, ամբողջ հոգով շնորհավորում եմ...

Նրանց հարսանիքին ուրախ էր, թառ նվագեց, պարեց և ուշ գիշերին իր սենյակը վերադառնալով, մինչև լույս չքնեց, մի կողքից մյուսի վրա էր շուռ գալիս՝ հառաչում ու մռնչում էր։

Գեղեցիկ էր Գայը, տեսքով, մարմնով, հոգով, հասակով։ Երիտասարդ էր, ընդամենը երեսունչորս տարեկան։

Անընդմեջ մարտերն աստիճանաբար թեթևացրին այդ վերքի մրմուռները։ Առաջվա պես կրակված հոգով խոսում էր միտինգներում, մարտի էր առաջնորդում իր երկաթե զորամասը, առաջվա պես իր քաջարի հեծյալի տակ վրնջում էր նրա նժույգը։

Դրանից հետո միայն մի անգամ արտասուք տեսա նրա աչքերին, երբ էսերուհի Կապլանը կրակել էր Լենինի վրա։ Գայն արտասվեց իր ամբողջ զորամասի առաջ։ Երդվեց մինչև արյան վերջին կաթիլը ծառայել Լենինի գործին, ազատագրել առաջնորդի ծննդավայր Սիմբիրսկ քաղաքը, որի մատույցներին էինք մոտենում այդ օրերին...

Ավարտելով իր խոսքը, նա թարմ տախտակներից շինված ամբիոնին բռունցքը խփելով, ասաց.

— Իլյիչի արյան ամեն մի կաթիլը հզոր ուժ կդառնա մեր հոգիներում...

Երբ ցած իջավ, լեհուհի Զոֆան շշնջաց.

— Դյուցազուն է Գայը, իսկական ռուս դյուցազուն...

— Բայց նա հայ է ազգով,— ասացի ես։

— Մի՞ թե...

Չգիտեր և շատերը չգիտեին, այնքան կատարյալ էր խոսում ռուսերեն, այնքան փոթորկուն հոգով։

Իսկ ազնիվ հոգիների գույները համամարդկային են։

Երբ մենակ էինք լինում, հիշում էինք Հայաստանը, հայ ժողովրդին: Ամեն ծանր լուր թուրքական արշավանքների մասին այրում էր մեր էությունը: Գայը երկար ու ծանր խորհրդածություններից հետո ասում էր.

— Լենինը ապաքինվի, այն ժամանա՛կ...

Ապա ավելացնում էր.

— Հաղթե՞ց հեղափոխությունը՝ կապրի հայ ժողովուրդը, պարտվեց՝ կմեռնի: Հեղափոխությունը չի պարտվի: Կգան ժամանակներ, երբ բոլոր ազգերը կեղբայրանան, և հայ ժողովուրդն էլ այդ ազատ ու համերաշխ ընտանիքում...

Գայը և կռվել գիտեր և երազել: Եվ այնպես էր հավատում իր երևակայության տեսիլներին...

— Գուցե հոգնեցի՞ք արդեն, գնդապետ,— հարցրի ես, նկատելով, թե ինչպես կրկին սկսեց ծանր շնչել,– ընդմիջում տվեք, հանգստացեք...

— Լուսամուտները բացե՞մ,– հարցրեց որմնադիրը:

— Ես հիմա ձեզ մի հեղուկ տամ, գնդապետ, — ասաց ջութակահարը,— մի անմահական էլիկսեր, որ անմիջապես կթարմացնի ու կհանգստացնի ձեզ...

Ու ճամպրուկից հանեց դեղին հեղուկով լի մի շիշ: Թեյի բաժակը լիք լցրեց ու պարզեց գնդապետին:

— Խմեք առանց վախենալու, գնդապետ, օրանժ է, ապելսինի հյութ... Ձեզ էլ կտայի, ընկեր մայրենի լեզվի դասատու, բայց դուք՝ և՛ ինձ, և՛ ձեզ համար ի բարեբախտություն, առողջ եք, իսկ քեզ չեմ տա, շինարար եղբայրս, որովհետև դու գինի ես խմում, իրար խառնել օրանժն ու գինին, որքան որ ես հասկանում եմ բժշկականությունից, չի կարելի: Հավատա ինձ, որ այդպես է, շինարար եղբայրս:

— Ներողությո՛ւն, շնորհակալ եմ,— պատասխանեց որմնադիրը:

— Չարժի,— ասաց ջութակահարը:

Գնդապետը կում-կում, դանդաղ խմեց: Լրիվ բացված լուսամուտներից մաքուր օդ էր ներս հորդում, լուսամուտի դիմացից ետ էին փախչում դաշտերն ու անտառները: Հարևան կուպեում երգում էր մի կին, դուրեկան ձայնով:

Каким ты был, таким остался,
Орёл степной, казак лихой!...

Լսեցինք, մինչև այդ երգն ավարտվեց, հետո անծանոթ կինը մի երկու ուրիշ երգ էլ երգեց, ապա բարձրաձայն, աշխույժ խոսակցությունը մարեց հարևան կուպեում: Գնդապետը պատրաստվեց շարունակելու կիսատ մնացած պատմությունը: Երևում էր, որ նա հիմա չի կարող չպատմել այն դեպքը, որ խոր տպավորություն էր թողել նրա վրա և որին դեռ չէր հասել:

— Շարունակե՞մ,— հարցրեց գնդապետը և պատասխանի չսպասելով, շարունակեց.

...Մի քանի շաբաթ շարունակ Գայն իր շտաբին հանգիստ չէր տալիս: Գիշեր ցերեկ աշխատում էր, պատրաստում էր զորքերին գետանցի ու գրոհի՝ Սիմբիրսկի վրա, ուր դեռ նստած էին սպիտակգվարդիական զորքերը: Լուսադեմին քնում էր ու երկու-երեք ժամից արթնանալով, կրկին գործի էր անցնում: Եվ ինձ էլ իր հետ ուժասպառ էր անում: Երբեմն թվում էր ինձ, թե մոռացել է Հայաստանը, հայ ժողովրդին, նրա վիճակը, նրա գլխին կախված ահավոր վտանգը, նույնիսկ հայոց լեզուն, քանի որ ինձ հետ էլ ռուսերեն էր խոսում հիմա, տեսնելով որ ես ռուսերենով ավելի ազատ եմ արտահայտում ինձ: Թվում էր թե Գայ դառնալով, մոռացել է ինքը, և ես էլ եմ մոռացել, որ նա Հայկ Բժշկյանն է՝ ծնված հայ ժողովրդի ազատության համար մեռնելու: Եթե մի տարի առաջ չգիտեր, թե ինչպես մեռնի ինքը, որ իր ժողովուրդն ապրի և հոգով տանջվում էր դրա համար, հիմա չէր հարցնում այդ մասին և մեռնելու անխուսափելիության մասին էլ չէր մտորում: Սիմբիրսկի վրա հարձակվելու օրերին մանավանդ՝ ամբողջովին մի մտքով էր կլանված հափշտակված, տարված էր միայն մոտավոր այդ երազանքով՝ ազատագրել Սիմբիրսկը և հաղորդել այդ մասին Լենինին, մաղթելով, որ շուտ ապաքինվի...

Մոտեցավ գրոհի օրը։ Նախօրյակին զարմանալի հանգիստ էր։ Գոտիներն արձակեց, զենք ու զրահը հանեց վրայից, դրեց կողքի աթոռին, պառկեց երկաթե մահճակալի վրա ու ինձ խնդրեց նստել կողքին.

— Նստիր, մի քիչ խոսենք, Լևոն...

Նայում է ինձ ու ոչինչ չի ասում։

— Խոսենք, մի քիչ, Լևոն,— կրկնում է ու լռում։

— Խոսենք,— ասում եմ ես ու խոսք չենք գտնում խոսելու։

Այդ երեկոն հիշում եմ հիմա էլ, հիշում եմ Գային, մեջքի վրա պառկած, ծնծրակը դրած երկու ափերի մեջ։ Դեմքը խաղաղ էր, աչքերը լի էին երազանքով։

— Թերթերն ի՞նչ են գրում Կովկասի վիճակի մասին,— հարցնում է ինձ։

Իր հետ միասին ես էլ այդ շաբաթներին ազատ րոպեներ չէի ունեցել։

— Եվ Հայաստանի մասին,— ավելացնում է նա, ու երկուսս էլ լռում ենք։

Քիչ հետո խոսում է ինքն իր հետ.

— Կուզեի ողջ մնալ, տեսնել ապագան։ Նա շա՜տ, շա՜տ գեղեցիկ պիտի լինի, Լևոն, գեղեցիկ, խաղաղ, ներդաշնակ... Եվ մեր Հայաստան երկիրն էլ պիտի ապրի, մեր կապույտ երկնքի տակ պիտի շողան, փայլփլան մեր լեռների գագաթները...

— Բանաստեղծ ես դու քեռի,— ասացի ես։

— Ամեն մարդու հոգին էլ երազում է աշխարհը տեսնել բանաստեղծական գույների մեջ,– ասաց նա թախծալի ձայնով։

Ես հետո իմացա, որ նա պատանեկության օրերին հայերեն բանաստեղծություններ է գրել, սիրային ու հայրենասիրական բանաստեղծություններ։

Այդ գիշեր նա զարմանալի հանգիստ քնեց։ Բայց առավոտ կանուխ ոտքի վրա էր, հագած-կապած։ Որոշված ժամին հարձակման հրաման տվեց։ Հրանոթները որոտացին, գնդացիրները խոսեցին։ Հարյուրավոր հրանոթներ ու գնդացիրներ։ Սեփական կրակի ալիքների ետնից գնալով, սակրավորները հասան գետին ու պոնտոններ գցեցին նրա վրա։ Երեք կողմից գրոհեցին քաղաքի վրա Գայի բանակի զորամասերը, հետևակն ու հեծելազորը, գնդացրային վաշտերն ու հրետանին։ Բանակի հրամանատարը հետևում էր մարտի ընթացքին, հրամաններ էր արձակում և վճռական պահին հանկարծ իր հրամանատարական կետից վազեց դեպի գետը, իր ետնից կանչելով համհարզին ու ինձ։

— Անմիջապես նավակ գտնել, և ինձ անցկացնել մյուս ափը, դեպի քաղաք,– հրամայեց համհարզին։

Գետն անցանք։ Հարյուրավոր կարմիր զինվորներ տեսան նրան։

— Գա՛յը,

— Գայը նույնպես անցել է։

— Գայը մեզ հե՛տ է...

Կանչում էին զինվորներն ամեն կողմից։

Սպիտակների դիմադրությունը կատաղի էր, բայց ի վերջո ընկճվեց։ Օրվա երկրորդ կեսին Վլադիմիր Իլյիչի ծննդավայրն ազատագրված էր։ Սիմբիրսկի կենտրոնում տարերայնորեն կուտակվեցին զորքերն ու բնակչությունը, երբ քաղաքի հեռավոր արվարձաններից էլ հեռու էին փախել ջախջախված թշնամու վերջին մնացորդները։ Գնալով ավելի ու ավելի էր ստվարանում ժողովուրդը, լցվում էին հրապարակը մանավանդ պատանի տղաներն ու աղջիկները, գալիս էին ու գալիս, նույնիսկ՝ ծերերը, կին, տղամարդ։ Բանվորներն ու պարտիզանները հրապարակ էին քաշում բարիկադների սեղաններն ու նստարանները։

— Գայը պիտի գա...

— Գայը պիտի խոսի...

Ձայն էին տալիս իրար, կանչում էին միմյանց, սուլում: Նվագում էին բայանններն ու ակկարդիոնը, երգում էին «Смело мы в бой пойдём», «Մարսելյոզ» երգերը:

— Գա՛յը,

— Գա՛յը,

— Եկա՛վ...

Հավաքված հոծ բազմությունը հանկարծ մի պահ լռեց: Կարծես ծովը ճեղքվեց երկու մասի: Արանք բացվեց: Գայն ու բանակի ռազմահեղափոխական խորհրդի անդամները խրոխտ քայլերով այդ արանքով անցան հրապարակի կենտրոնը, բարձրացան նոր սարքված փոքրիկ բեմի վրա:

Բազմությունը պապանձվեց: Որոտացին ինտերնացիոնալի հնչյունները:

Ի՛նչ հանդիսավոր պահ էր, ի՛նչ վեհ ու սրբազան ակնթարթեր էին: Ամբողջ բազմությունը երգում էր, ծեր ու պատանի, քաղքենի ու զինվոր: Բայց ահա թրթռացին օդում «Ինտերնացիոնալ»–ի վերջին հնչյունները: Բազմությունը դարձյալ պապանձվեց

— Գա՛յը, Գա՛յը...

Նա մի քայլ առաջ եկավ: Դեմքը ոգեշնչված էր, հայացքը հուրհրատում էր, ամբողջ մարմինը պրկված, ձգված: Ես Գային, իմ քեռուն, այդքան ուժգին, այդքան զորեղ շարժման մեջ և այդքան երջանիկ երբեք չէի տեսել մինչ այդ ոչ մի անգամ, և ասեմ, որ դրանից հետո էլ չտեսա: Կարծես տեսնում էի, թե ինչպես կրծքի ներսում բաբախում է նրա հերոսական սիրտը, ինչպես նրա հոգին, արծվի կերպարանք առած, սավառնում է բազմության գլխավերևում: Նույն այդ վսեմ զգացմունքներն ուներ երևի նաև Զոֆան, որ հմայված նայում էր նրան:

Ուռաները դադարեցին և Գայը խոսեց, դիմեց ամբոխին մի բառով և մի կարճ պահ դադար տվեց: Հազարավոր մարդիկ տարակուսանքով նայեցին իրար: Այդ բառը անհասկանալի էր նրանց:

— Եղբայրնե՛ր... Եղբայրնե՛ր...

Կրկնում էր Գայը ու բազմությունն անհանգստանում էր: Նա չգիտեր, որ Գայը հայերեն է խոսում և Գայն էլ չգիտեր, որ բազմությունը չի հասկանում իրեն: Ու շարունակեց.

— Եղբայրնե՛ր... Մենք կատարեցի՛նք մեր երդումը... Կատարեցինք սրբությամբ... Իլյիչի ծննդավայրն ազատագրված է... եղբայրնե՛ր...

Զոֆա Միխալսկան մոտեցավ նրան, թևքից քաշեց, ինչ-որ բան շշնջաց: Գայի դեմքն ավելի շառագունեց: Նա բազմության կողմը պարզեց ձեռքերը, խնդրելով ուշադրություն: Ու խոսեց դարձյալ, բայց այս անգամ բոլորին հասկանալի ռուսերենով.

— Եղբայրնե՛ր... Թանկագին ընկերներ ու եղբայրնե՛ր... Ես ձեզ դիմեցի նույն այս խոսքերով, բայց այն լեզվով, որով մայրս երգեր է երգել իմ օրորոցին... Հուզմունքից ես հայերեն խոսեցի ձեզ հետ, խոսեցի այն բազմաչարչար ու բազմատանջ ժողովրդի լեզվով, որի որդին եմ ես...

Հրապարակը որոտաց ծափերից:

Հրապարակով մեկ շշնջյուններ անցան:

— Գայը, ուրեմն, հա՛յ է:

— Գայը հա՛յ է...

— Հայ է...

— Իմ մորից, իմ հորից և իմ ծնող ժողովրդից ժառանգածս լեզվով,— շարունակեց Գայը,– ես ասացի ձեզ, որ մենք կատարեցինք մեր երդումը, սրբությամբ կատարեցինք... Իլյիչի ծննդավայրն ազատագրված է... Թող այս լուրը սպեղանի լինի նրա վերքին, թող շուտ ապաքինվի Իլյիչը: Մեզ փրկության ճամփա ցույց տվող առաջնորդ-մարգարեն

Այսպիսի խոսքերը նոր էին այն ժամանակ և հոգիներ էին բոցավառում:

Այդ մեկ օրում Գայը յոթ անգամ մեծացավ իմ աչքում ու այդպես էլ մինչև հիմա մնում է քանդակված մտքիս մեջ՝ Սիմբիրսկի հրապարակում բազմության առաջ կանգնած:

— Եղբայրնե՛ր... Եղբայրնե՛ր...

Այդ օրվանից հետո ես կամ միշտ Գայի հետ էի լինում կամ հաճախ հանդիպում էի: Նրա հետ էի, երբ քշելով սպիտակ լեհերին, մտավ Վարշավա ու անցավ Գերմանիա իր բանակով, նրան հաճախ տեսնում էի, երբ դասավանդում էր զինվորական ակադեմիայում և նրա հետ էի հազար իննհարյուր երեսունյոթ թվականի աշնանային մի երեկո, երբ եկան, հայտարարեցին, որ նա ժողովրդի թշնամի է ու բանտ տարան, և ինձ էլ մի քանի օր հետո՝ նրա ետևից, որովհետև հայտարարեցի, որ չեմ հավատում, թե Գայը կարող է դավաճան լինել: Հիմա ահա, ես ողջ եմ, ապրում եմ, իսկ նա, ինչպես ասում են հիմա՝ «դարձավ զոհ թշնամական գրպարտության»: Անցածը չես վերադարձնի: Բայց թե ինչու այդպես եղավ, դա՛ էլ ուրիշ հարց է...

Գնդապետը ձախ ձեռքի ափով ծածկեց աչքերն ու շշնջաց.

— Ամեն անգամ, երբ այսպես փակում եմ աչքերս ու ջանում եմ երևակայությամբ տեսնել նրան, տեսնում եմ Գային դարձյալ ու դարձյալ Սիմբիրսկի հրապարակում, բազմության կենտրոնում կանգնած պարթևական իր հասակով, հաղթական, երջանիկ, և լսում եմ նրա հնչեղ, կենսաթրթիռ, հարազատ ձայնը. «Եղբայրնե՛ր, եղբայրնե՛ր»...

Ինչ շառաչո՛ւն, փոթորկահո՛ւյզ, հավատով լի, հերոսական ժամանակներ էին, և ի՜նչ դյուցազնական սերունդ էր կովի ելել մարդկային երջանկության համար:

Գնդապետը գունատվել և հուզմունքից դողում էր:

— Ներեցեք, որ չկարողացա կանոնավոր պատմել և անընդհատ նյութից շեղվեցի,— ցածրաձայն ասաց նա ու ընկողմանեց բարձերին:

Որմնադիրի պատմածը

— Իմ բաժինս փոքր է,- սկսեց որմնադիրը,— մի դեպք պիտի պատմեմ մեծ եղբորս մասին: Ու այդ պատմածս պիտի հաստատե այն խոսքս, որ ասացի սկզբին, թե՝ լեզուդ էլ եթե համրանա, մայրենի լեզուն կմնա հոգուդ մեջ, կսպասե, մինչև մի օր բացվի լեզուդ: Իսկապես որ այդպես է, եղբայրս, ճշմարիտ որ այդպես է...

Շատ ժամանակ է անցել, բայց այսօրվա պես հիշում եմ այդ եղելությունը: Տասնչորս տարեկան էի: Այդ հասակի մեջ տեսածն ու լսածը չի մոռացվի: ...Մենք Շաբին-Գարահիսարցի ենք: Անշուշտ լսել եք: Ճարտարապետ Թորոս Թորամանյանի և հայդուկ Անդրանիկի հայրենիքն է: Հարմար չէ ինձ համար գովել, գովաբանել ծննդավայր քաղաքս, բայց իրավ որ լավ քաղաք էր: Լեռների մեջ, թիկունքին՝ Բերդասար, մեջը և շուրջը բերքատու, գեղեցիկ այգիներ, բնակիչներն արհեստավորներ և այգեգործներ էին: Եվ քարավաններ կգային ու կերթային մեր քաղաքով, Տրապիզոնից՝ Ստամբուլ, Էրզրում, նաև Վանի ու Բիթլիսի կողմերը: Քարավանապետները նույնպես մեր Շաբին-Գարահիսարցիներ էին, քաջ մարդիկ, որ կռվի կբռնվեին մեծ ճանապարհների մոտ, ձորերի և կիրճերի մեջ թաքնվող ավազակների դեմ: Անշուշտ լսած կլինեք Ղուկասի մասին: Գիրք էլ կա գրված, հազար իննիհարյուր տասնիինգին զինված տղամարդկանց խմբով Բերդասարի վրա երկար դիմադրեց թուրք զորքերին ու նահատակվեց: Շատ պատմություններ կան մեր քաղաքի մասին: Իմ պատմելիքս ուրիշ բան է: Հերոսությունների վերաբերյալ չէ: Մեծ եղբորս հետ պատահած մի դեպք պիտի պատմեմ: Քարագործ որմնադիր էր մեծ եղբայրս, մեծ հորս հետ շենքեր կշիներ տասնվեց տարեկան հասակի մեջ: Մեծ հայրս յոթանասուն տարեկան մարդ էր այն ժամանակ: Շատ սիրում էր իր թոռնիկին և փափագում էր, որ նա իր արհեստի մեջ վարպետանա: Եվ կուրախանար՝ Գառնիկի, այսինքն մեծ եղբորս, շնորհքը և ուշիմությունը տեսնելով...

— Ի՞նչ կնշանակե մեծ հայր, շինարար եղբայր,– հարցրեց ջութակահարը,— փոքր հայրե՛ր էլ կան...

—Խնդրեմ,ներողություն,–պատասխանեց որմնադիրը,— մեծ հայր մենք պապին էինք ասում, իսկ հորը ասում են պարզապես հայր, փոքր հայր չի լինում:

— Հասկանալի է, շարունակեք...

— Շնորհալի էր Գառնիկ եղբայրս, ուրախություն և երջանկություն էր մեծ հորս համար: Իսկ հայրս Ղուկասի հետ հեռու քաղաքներ էր գնացել, որ քարավանով ապրանքներ բերեր Շաբին-Գարահիսարի վաճառականների համար: Քիչ էր տանը լինում հայրս, մեծ հայրս էր միշտ գերդաստանի հետ: Շատ արհեստներ գիտեին մեր քաղաքի մարդիկ՝ դերձակներ և կոնդոռուջիներ, այսինքն՝ կոշկակարներ կային, քարագործներ և նեջարներ, այսինքն՝ դուրգարներ կային, կտավագործներ և գորգագործներ, օճառ շինողներ և մոմջիներ, այսինքն՝ մոմ շինողներ, և ինքնուս ճարտարապետներ կային, որ կրթություն, վկայականներ չունեին, բայց քյոշք ու սարայներ կկանգնեցնեին: Այդպիսի արհեստավոր էր արդեն մեծ հայրս, և Գառնիկ եղբայրս կերազեր նրա վարպետությունը ժառանգելու:

— Գառնուկս շնորհաշատ է,— կուրախանար մեծ հայրս՝ ամեն անգամ տեսնելով թոռնիկի եռանդը,— որովհետև Հաջի Հակոբին թոռնիկն է...

Հաջի Հակոբը ինքն էր, մեծ հայրս: Անունը Հակոբ էր, բայց Հաջի Հակոբ էին ասում, որովհետև անկեղծ հավատացյալ էր, ոտքով գնացել էր Երուսաղեմ ու ոտքով վերադարձել վեց ամսվա մեջ: Ու յոթ տարի աշխատել էր մեր քաղաքի Սուրբ Հակոբ եկեղեցու վրա, մինչև նրա ավարտի ու առաջին ժամերգության օրը: Է, այն ժամանակ այդպես էր, հիմի ուրիշ է, լուսավորություն կա, գիտություն կա հիմի:

— Եթե պիտի քարի վրա աղավնի քանդակես, սիրելի

Գառնուկս,— խրատում էր նա եղբորս,— այնպես քանդակե, որ թռչունը բերանիկը բաց երգե, և նայողը նրա երգը լսե... Եթե եղնիկ պիտի քանդակես, այնքան կենդանի պիտի ըլլա, որ խրտնչի, սարի կողը փախչի գնա: Այնպես թվա նայողին, թե կփախչի...

Մեծ հայրս այդպիսի քանդակագործ էր: Ճարտարապետ Թորոս Թորամանյանը ճանաչում ու հիշում էր նրան: Երբ ինձ Թամանյանի մոտ տարավ հազար իննհարյուր երեսունին՝ Ժողովրդական տան վրա աշխատելու, ասավ. «Վարպետ, այս որմնադիրը հանճարեղ վարպետի մը թոռ է մեր քաղաքեն, քարագործությունը ժառանգական էր անոնց տոհմի համար»:

Այդ խոսքերի ժամանակ իմ հայրենակից Թորամանյանն, անշուշտ, դարձյալ Հաջի Հակոբին հիշեց:

Իսկապես մեծ վարպետ էր պապս: Հարուստ հայերն ու թուրք փաշաներն աշխատանքի էին կանչում նրան՝ մեծ գումարներ առաջարկելով: Գնում էին աշխատանքի ու Գառնիկ եղբորս էլ իր հետը կտաներ արհեստը կատարելագործելու:

Մեր քաղաքը նաև ամառանոց էր: Ամառը շատ տեղերից գալիս էին՝ Շաբին-Գարահիսարի մաքուր օդը շնչելու, այգիների մեջ զբոսնելու ու շրջակայքը որսի գնալու: Այդ տարի էլ հովեկներ էին եկել: Եվ նրանց մեջ Ստամբուլից մի թուրք փաշա, որի մեծ հայրը Շաբին-Գարահիսարցի էր եղել և երբեմն-երբեմն ժառանգները կգային իրենց հին հայրենիքը: Այդ փաշան, որի անունը Գահրաման էր, մի օր կանցնի այն շենքի մոտով, որի վրա կաշխատեին մեծ հայրս ու Գառնիկ եղբայրս: Մի հարուստ հայ Խոջայի համար շենք կշինեին: Փաշան կանգ կառնե դեռ կիսատ շենքի առաջ, շուրջը կպտտի, կհավանի, կհիանա: Հետո ցած է կանչում մեծ հորս:

— Անունդ ի՞նչ է, վարպետ,— հարցնում է Գահրաման փաշան:

— Հաջի Հակոբ է, ձեզի ծառա,— կպատասխանե մեծ

հայրս,— Ձեր հանգուցյալ պապը, Օզման բինբաշին ինձ կճանչնար, Գահրաման փաշա...

— Ի՞նչ կըսե՞ս, վարպետ, պապս էլ կճանաչնա՞ր քեզի,— կզարմանա փաշան,— իսկ այս տղան ո՞վ է, վարպետ, գեղեցիկ, ուշիմ տղա կերևի...

— Թոռնիկս է, նմանապես ձեզի ծառա, Գահրաման փաշա...

— Եվ քո վարպետությո՞ւնդ կսովորի:

— Արդեն սովորել է, փաշա: Նա ինքն էլ արդեն վարպետ է:

— Ինչ կըսե՛ս, արդեն վարպե՞տ է: Անունդ ի՞նչ է, օղլում...

— Գառնիկ է,– պատասխանում է եղբայրս:

— Գառնիկ,— կրկնում է փաշան,— հայացքդ բարի է, տղաս, բայց բնավորությունդ պաղ կերևի...

— Ջահիլ է դեռ, փաշա,— միջամտում է մեծ հայրս:

Գահրաման փաշան մյուս օրը դարձյալ գալիս է այդ շենքի կողմերը, դարձյալ խոսք ու զրույց կբանա մեծ հորս հետ, կգովաբանե նրա վարպետությունը: Գառնիկ եղբորս աշխատանքը կհավանի, կատակներ կանե եղբորս հետ ու հետո կհարցնե:

— Իսկ դու Ստամբուլը տեսե՞լ ես, Գառնիկ օղլում:

— Չեմ տեսել, փաշա,— կպատասխանե եղբայրս:

— Իսկ տեսնել չէի՞ր փափագի,— կհարցնե փաշան:

Մեծ հորս ու եղբորս սրտերը վախ կընկնի: Ի՞նչ նպատակ ունի Գահրաման փաշան, ինչի՞ համար են այդ հարց ու փորձը: Իսկ փաշան կշարունակե խոսակցությունը:

— Չե՞ք ցանկանար Սաամբուլ գալ աշխատելու, Հաջի Հակոբ, ինձ համար աշխատելու: Բոսֆորի ափերի մոտ տուն պիտի շինեմ, Պալյան անունով հայ ճարտարապետ ունիմ: Նա կծրագրե, կգծագրե, դուք կշինեք: Անշուշտ պիտի հավանի ձեր աշխատանքը, և ես կրկնապատիկ պիտի վճարեմ ձեզի: Համաձայնիր և արագ ավարտիր այս շենքը ու գնանք Ստամբուլ, Հաջի Հակոբ, գնանք Գառնիկ որդուս հետ...

— Բայց ես գերդաստան ունիմ այստեղ, փաշա,– պատասխանում է մեծ հայրս,— ես եմ գերդաստանիս տերը, ինչպե՞ս թողնեմ նրան գամ Ստամբուլ, փաշա:

— Իսկ ես կիրամայեմ, որ գերդաստանիդ լավ նայեն, մինչև ձեր վերադարձը,— ասում է փաշան,— պիտի հարստացած վերադառնաք, և Գառնիկ զավակս պիտի տուն գա այնպես հագնված-զուգված, որ Շաբին-Գարահիսարի բոլոր մայրերը նրան իրենց փեսա տեսնալ ցանկանան: Մի մերժիր հայրենակից փաշայիդ, Հաջի Հակոբ:

Փաշան այնպես է համոզում ու խնդրում մեծ հորս ու եղբորս, որ մերժել անկարելի է դառնում: Մանավանդ որ թուրք փաշայի խնդիրքը ֆերման, այսինքն հրաման կնշանակեր:

Ամառը կանցնի, կավարտվին հայ խոջայի շենքի աշխատանքները և ուշ աշնանը, դեռ հայրս քարավանի հետ տուն չվերադարձած, Ստամբոլեն Շաբին-Գարահիսար եկան Գահրաման փաշայի երկու ձիավոր ծառաները՝ մեծ հորս ու Գառնիկ եղբորս տանելու: Մեր տունը սուգ մտավ: Մայրս իրեն պատեպատ էր զարկում, լաց էր լինում, Գառնիկին կխնդրեր, որ սարերը փախչի, գնա հասնի Անդրանիկին, որ տեղեկություն կար, թե հիմա Սասնա լեռներն է:

— Սիրտս վատ բան կվկայե, յավրում, սիրտս կվախնա փորձանքեն, Գառնուկս, մի գնա այդ փաշայի քով,– խնդրում էր մայրս:

Բայց հեշտ բան չէր տնից փախչել: Լեռները գնալ, կնշանակե թե ողջ կյանքիդ ընթացքին օջախեդ հեռու մնաս, տուն ու ընտանիք չունենաս, թափառական լինես, որսորդներից հալածական գայլի պես մի սարից մյուսը փախչես:

Երկու օրով ժամանակ խնդրեց մեծ հայրս: Այդ երկու օրը Գահրաման փաշայի ծառաներն ու մեր քաղաքում ապրող նրա ազգականները կամ մեր տունն էին, կամ դռան առջև նստած՝ կսպասեին: Մի անգամ նույնիսկ գայմագամն էլ իր ոտքով մեծ հորս մոտ եկավ, շնորհավորելու նրան, որ

Գաhրաման փաշայի պես մարդու իրավերով պիտի Ստամբոլ գնա: Իսկապես, մեծ պատիվ կհամարեին շատերը, նույնիսկ նախանձողներ էլ կային մեծ հորս ու Գառնիկ եղբորս:

Բայց մայրս սուգի մեջ էր ու աչքերը չէին չորանում արտասուքներից:

Վերջապես ճամփա ընկան մեծ հայրս ու Գառնիկը՝ փաշայի ծառաների հետ: Մայրս ուշաթափվեց, ուշքի բերին, սիրտ տվին, մխիթարող խոսքեր ասեցին:

Ես գնացի նրանց ետևից մինչև վերջին այգիները ու արտասուքներն աչքերիս՝ վերադարձա տուն: Մեր տունը դատարկ թվաց ինձ: Մայրս վշտից հիվանդացավ: Քաղաքում լուր տարածվեց, որ Գաhրաման փաշան Գառնիկին տարել է մահմեդականություն ընդունել տալու, որ իրեն փեսա դարձնի: Փաշան երկու աղջիկ ունի, ասում էին, արու զավակ չի ունեցել: Մորս սիրտը կտրտվում էր այդ խոսակցություններից, այնպես էր ողբում Գառնիկի համար, կարծես թե, հեռի եղբորիցս, նա ոչ թե մեծ քաղաքն աշխատանքի էր գնացել, այլ մեռել էր տանից հեռու, օտարության մեջ:

Ղուկասի քարավանի հետ վերադարձավ հայրս: Լուրը լսելով, մռայլվեց, աչքերն արնոտվեցինք տուն մտավ ու ծխել սկսավ, մի շաբաթ դուրս չեկավ տնեն: Մի շաբաթ հետո ճամփա ելավ դեպի Ստամբուլ: Մայրս մի քիչ հանգստացավ:

— Որ հայրդ գնաց, դատարկաձեռն չի վերադառնա,— ամսում էր նա ինձ,— մի բան կանե հայրդ, սիրտս հանգիստ է...

Ուժեղ ու քաջ մարդու համբավ ուներ հայրս, դրա համար էլ իմ միամիտ, խեղճ մայրը կհավատար, թե՝ որ ամուսինը գնացել էր Ստամբուլ, անպայման պիտի վերադառնա՝ Գառնիկին հետը առած:

Սպասեցինք, սպասեցինք: Երեք ամիս սպասեցինք հորս, և նա վերադարձավ՝ մենակ: Փաշան պայման էր կապել տվել, որ մեծ հայրս ու Գառնիկը պիտի երեք տարի նրա մոտ մնային, դոյակն ավարտեին, ապա նոր իրավունք առնեին տուն վերադառնալու: Մեծ հայրս ու Գառնիկն ստորագրել էին այդ պայմանը և խախտել ու տուն գալ չէին կարող: Փաշան հորս լավ էր ընդունել, պատիվներ էր տվել, քաղցր խոսքեր էր ասել: Հայ ճարտարապետ Պալյանը նույնպես վստահեցրել էր հորս, որ վատ բան չկա գործի մեջ, մեծ հայրս ու եղբայրս պիտի Ստամբուլեն զոհացած տուն վերադառնան, որ մեր հայրենակից Գահրաման փաշան լավ մարդ է ու լավ կվերաբերվի հայերին:

Եվ հայրս հավատացել ու վերադարձել էր տուն: Տրամադրությունը լավ էր, հաստ, սև բեղերի տակ իր սիրելի երգերը կերգեր, կատակներ կաներ, մայրիկիս ու ինձ նվերներ էր բերել, որ ուղարկել էին մեծ հայրս ու Գառնիկ եղբայրս: Հայրս կպատմեր նրանց մասին և կուրախանար, որ լավ են ու գործերն էլ հաջողակ:

— Այդ ամենը ճշմարի՞տ է, Միհրան,— կհարցներ մայրս:

— Ճշմարիտ է, Անգին, հոգ մի բրե,– պատասխանում էր նա:

Մայրս հիմա հանգիստ էր, բայց երգերը, որ կերգեր խալիչա գործելու ժամանակ, հիմա տխուր էին, որովհետև գնալով, կարոտը կմեծանար: Այդ ձմեռ մի գորգ գործեց, ավարտեց գարնանը: Գորգի վերևը գրել էր՝ «Իմ Գառնուկին, Անգին մայրիկեն»:

Երկու-երեք ամիսը մի անգամ նամակներ էին գալիս Ստամբուլեն Շաբին-Գարահիսար, հետո սկսան ավելի ուշ-ուշ գալ նամակները: Մի տարի հետո էլ հայ ճարտարապետ Պալյանից նամակ առինք, որ մեծ հայրս հիվանդացել ու վախճանվել է: Թաղել են պատվով և քրիստոնեական բոլոր արարողություններով՝ Իսկյուտարի հայկական գերեզմանոցի մեջ: Այդպիսի թաղ և գերեզմանոց կա Ստամբուլ: Այդ լուրը շատ ծանր եղավ մեր ընտանիքի ու բոլոր ազգականների համար, և կարող եմ ասել նաև ամբողջ Շաբին-Գարահիսարի համար, որովհետև մեր քաղաքում բոլորը կսիրեին ու կհարգեին Հաջի Հակոբին:

Բայց մեծ հորս մահվան ծանր բոթեն հետո հիմա առավել մտահոգված պիտի լինեինք Գառնիկ եղբորս համար: Տասնյոթ տարեկան մանչը մենակ ինչպե՞ս պիտի ապրեր Ստամբուլի մեջ, ո՞վ պիտի պահապան լիներ նրան, պահեր-պահպաներ չար աչքեն ու չար փորձանքեն, չնայած Պալյան ճարտարապետն իր նամակի մեջ կվստահեցներ, որ Գառնիկին իր հովանիի տակ էր առել:

Մայրս կրկին սուգ շիվան սկսեց:

— Բավական է, Անգին,— կբարկանար հայրս,— ողջ, ապրող մանչի համար այդպես չեն ողբար:

— Ողջ է զավակս, բայց պանդուխտ է,— լաց լինելով կպատասխաներ մայրս,— ողջ է, բայց հեռու է, յոթը սարեն և յոթը ձորեն անդին է, հիվանդանա, չենք հասնի, փորձանքի մեջ ընկնի՝ չենք տեսնի...

— Բավական է, Անգին,– կրկնում էր հայրս:

— Բավական չէ, Միհրան, գնա զավակնիս վերադարձուր...

Դրամ փոխ առանք: Դարձյալ հայրս Ստամբուլ գնաց և դարձյալ վերադարձավ մենակ: Գահրաման փաշան չէր տվել Գառնիկ եղբորս: Պայմանի ժամանակը չէր լրացել: Հայրս երևի ոչինչ անել չէր կարողացել: Իր հոր գերեզմանի վրա էր գնացել մի քանի անգամ, համբուրել էր Գառնիկին, խրատներ էր տվել, որ զգույշ լինի, ծնողներին, հարազատներին, մեր Շաբին-Գարահիսարն ու մեր սուրբ հավատը չմոռանա, խրատել էր, համբուրել ու վերադարձել:

Հիմա տխուր էր հայրս, տխուր, մռայլ, լուռ: Բոլորը զարմացել էին, թե ինչպես Հաջի Հակոբի որդի Միհրանն իր զավակին փրկել ու Ստամբուլից ետ բերել չկարողացավ: Անհավատալի բան էր: Ես ու մայրս էլ չէինք հավատում:

— Մի բան կա, որ չես ըսեր մեզի, Միհրան, չեմ հավատար, որ Գառնուկս իր մորը մոռնար,– կրկնում էր մայրս:

— Չի մոռցեր,— բացատրում էր Հայրս,— պայման է կապեր ու գերի է, իր տերը չէ, Գահրաման փաշայի գերին է, հասկցիր, Անգինս...

Խեղճացած էր զորեղ հայրս:

Մի տարի էլ անցավ: Դարձյալ խոսակցություններ եղան, թե Գահրաման փաշան ուզում է մահմեդականացնել Գառնիկ եղբորս, իր տանը պահել որպես փեսա: Խոսողները կպնդեին, որ տեղեկությունները հաստատ են, որ Գառնիկը սիրահարվել է արդեն փաշայի աղջկան և շուտով պիտի պսակվի, մոլլաները կպատրաստեն մահմեդական կրոնին դարձնելու, որ իրավունք տան փաշայի աղջկան առնի:

Հարկավ, որ ծանր էին այդ լուրերը: Մեր կողմերը կրոնափոխության լուրը մահվան բոթեն ծանր բան էր: Մահմեդական դարձող հայը պիտի անպատճառ հայի գնդակով ընկներ: Երբեմն նույնիսկ՝ իր հարազատների, իր եղբոր, կամ հոր գնդակով: Ծանր բան է, չէ՞...

Որմնադիրի ձեռքերը ներվային կերպով ինչ-որ բան էին փնտրում: Ծխել էր ուզում նա: Բացեց տուփը ու կրկին փակելով ետ դրեց գրպանը, հիշելով, որ վագոնի խցում մեզնից ոչ մեկը ծխող չի:

— Ծխեք, ոչինչ, ծխեք,— ասացի ես ու անմիջապես զղջացի՝ նայելով գնդապետին, որ առաջվա պես ծանր էր շնչում:

— Խնդրեմ, ներողությո՛ւն, կարող եմ չծխե՛լ,— ասաց որմնադիրը:

— Շարունակեցեք, եղբայր սիրելի, շարունակեցեք,— ասաց ջութակահարը, որ հենց սկզբից մտերմական եղանակով էր խոսում տարեց որմնադիրի հետ:

— Շարունակեմ: Ուրեմն ծանր լուրեր կգային Ստամբուլեն: Մի քանի ամիս շարունակ կամ մեր տունը ոտք դնող չէր լինում, կամ կգային բարեկամները՝ անժպիտ դեմքերով, լուռ, ինչպես անպատիվ մահով մեռած հարազատի ընտանիքին են այցելում: Հայրս ամոթից ցերեկով ոտը շեմից դուրս չէր դնում, խանութները, քաղաքամեջ չէր գնում, մայրս շարունակ արտասուքն աչքերին էր: Չէինք հավատում, որ Գառնիկը կարող է փաշայի ընտանիքը մտնելու ու հարուստ կյանքով ապրելու համար դավաճան դառնալ, ուրանալ ընտանիք, հավատ, ծնողներ, ազգություն: Չէինք հավատում մենք, բայց ուրիշներին ինչպե՞ս հավատացնես, որ լուրերը սուտ են և ի՞նչ ապացույց ունիս հակառակը հաստատելու, հավատդ միայն բավական չէ:

— Եթե ճիշտ լինի, ես իմ ձեռքով պիտի սպանեմ անոր, որդեսպան լինել դավաճան որդու հայր լինելուց ավելի լավ է,— ասում էր հայրս բարկության բոպեներին:

Օ՜, դաժան էր հայրս, եթե հարցը տոհմային և ազգային պատվին կվերաբերվեր:

— Լռե՛, մա՛րդ, ի՞նչ բաներ մտքովդ կանցնին,— վախեցած, լաց լինելով ասում էր մայրս:

Վերջապես, նամակ էինք գրել ճարտարապետ Պալյանին և պատասխան ստացանք, որ Գառնիկը, փառք աստծո, ողջ և առողջ, կարոտել է հայրենիքին ու հարազատներին, բայց Գահրաման փաշային հակառակ գնալ չկարողացավ ու նոր պայման ստորագրեց, որ երկու տարի էլ մնա նրա դղյակի վրա աշխատելու: Պալյան ճարտարապետը իր նամակի մեջ ոչինչ չէր գրում Գառնիկի հավատափոխության և փաշային փեսա դառնալու լուրերի մասին, միայն գովում էր եղբորս շնորհքները, նրա բարի, խոնարհ բնությունը, հոգու ազնվությունը: Փաշան խնդրել է, աղաչել, խոստումներ է արել, որ մնա իր դղյակի վրա աշխատելու: Չկարողանալով դիմադրել, հիմա ամաչում է մեզ նամակներ գրել: «Հավատացեք, եղբայր, որ բարի ու ազնիվ զավակ ունիք, այսքանը կարող եմ վկայել», գրում էր Ստամբուլից հայ ճարտարապետը:

Մեր կասկածները մեղմացան, բայց չփարատվեցին, մորս արցունքները քչացան, բայց չցամաքեցին, հորս մռայլությունն էլ պակասեց, բայց ուրախություն չեկավ դեմքին:

Այդպես անցան երկու տարիներն էլ ու ահա «Հուռյաթ» եղավ Թուրքիայում, սուլթանը գահընկեց արվեց, սահմանադրություն հաստատվեց: Ամեն տեղ կգոռային

«Հուռյաթ, ադալյաթ, մուսաֆաթ», այսինքն՝ հեղափոխություն, ազատություն, հավասարություն: Հայերն էլ ուրախացան՝ հավասարություն էր: Է՜, քանի որ հավասարություն ենք հռչակել, ասաց կառավարությունը, հայրենիքն էլ բոլորին հավասար կպատկանի: Ուրեմն՝ միասին պաշտպանենք հայրենիքը, բոլոր ազգերն էլ պիտի զինվոր տան: Եվ Գառնիկից Ստամբուլեն նամակ ստացանք, որ զինվորագրված է ինքը, թուրքական բանակը կտանեն ծառայելու: Հինգ տարվա բացակայությունից հետո հիմա էլ զինվոր գնաց Գառնիկ եղբայրս: Հիմա միայն, քանի որ ազատություն էր, ճշմարտությունը հայտնեց մեզ: Իրավ որ Գահրաման փաշան առաջարկել էր նրան իսլամն ընդունել իր գեղանի աղջկա վրա կարգվելու համար: Եղբայրս էլ գեղեցիկ տղա էր: Բայց չէ որ հայ էր: Եվ հասարակ արհեստավոր: Զարմանալով զարմանում էինք, թե ինչո՞ւ թուրք փաշան պիտի այդպիսի նպատակ ունենար: Բայց իրողություն էր: Սակայն դիմադրել էր եղբայրս, զանազան ձևերով ձգձգել էր. ոչ ուղղակի մերժում, ոչ ուղղակի համաձայնություն, մինչև որ եկել էր հուռյաթն ու փրկել Գառնիկ եղբորս: Ուրեմն թուրքական հուռյաթն էլ օգնեց: Եվ քանի որ մերժել էր, Գահրաման փաշան այնպես էր արել, որ տուն չվերադառնա եղբայրս, որ զինվոր տանեն նրան: Ու տարան: Բանակից նամակներ էին ստանում: Առողջ էր, հաջողակ էր: Նամակ կարդացողները վկայում էին, որ ընտիր թուրքերենով է գրում Գառնիկը: Կրտսեր սպա էր դարձել, երկու տարի հետո էլ գրեց, որ արժանացել է սպայական կոչումի: Միամիտ եղբայրս հավատացած էր, թե ծնողները պիտի ուրախանան այդ լուրերի համար: Բայց հակառակն էր լինում: Հայրս վրդովվում, իր ափերեն դուրս էր գալիս, որոտում, գոռում էր, հայհոյում, անիծում: Մայրս լաց էր լինում, հալվում, մաշվում էր:

— Բավական է, Միհրան, խնայե քեզի, մեղք ես,— ասում էր իմ մայրիկս հայրիկիս ալեկոծ տրամադրության պահերին:

— Մի լար, Անգին, բավական է, արցունքդ ետ չի բերե զավակիդ,— մխիթարում էր հայրիկս մայրիկիս, երբ կրկին արցունք էր թափում նա՝ դեռ ողջ, կենդանի, բայց հեռավոր, կորած զավակի համար:

Ու իրար սիրտ տալով, իրար մխիթարելով, երկուսն էլ ծերանում էին իմ աչքի առաջ: Կծերանային ու կփոքրանային մարմիններով, կխեղճանային հոգիներով:

Ուղիղ տաս տարի էր անցել Գառնիկ եղբորս բացակայության առաջին օրից: Այն օրերից, երբ Գահրաման փաշայի ծառաները Ստամբուլեն եկան մեծ հորս ու եղբորս տանելու, տաս տարի էր անցել: Նամակ ստացանք, որ պիտի շուտով տուն գա Գառնիկը: Լուրը տարածվեց ամբողջ քաղաքով մեկ: Կգային մեր տունը հորս ու մորս շնորհավորելու: Ուրախությունը վերադարձավ մեր հարկի տակ տաս տարվա բացակայությունից հետո, պաղած բարեկամները տաքացան, հեռացածները մոտեցան:

Գառնիկը եկավ: Ի՜նչ ուրախություն: Պատմել չեմ կարողանա, թե ինչպես ուրախացանք: Կարծեք թե տաս տարի առաջ մեռած, խոր թաղված մեր հարազատը գերեզմանից վեր էր կացել, հողը թափ էր տվել իր վրայից, լվացվել, մաքրվել էր, գեղեցիկ հագուստներ հագել ու վերադարձել էր տուն:

Չճանաչեցինք Գառնիկ եղբորս: Տասնվեց տարեկան հասակի մեջ, աղջկա պես սիրուն, բայց նիհարավուն պատանին, հիմա քսանվեց-քսանյոթ տարեկան, ամրացած, քարակոփ երիտասարդ էր, սպայական հագուստների մեջ գեղեցիկ, հաղթական տղամարդ:

Մեր քաղաքի համարյա բոլոր հայ բնակիչները թափվեցին եկան Հաջի Հակոբի թոռնիկին տեսնելու: Հայր ու մայրս հուզմունքից համրացել էին, լաց կլինեին ու կփաթաթվեին Գառնիկին:

— Աղլամա, բաբամ,— ասում էր Գառնիկը հորս, այսինքն՝ մի լար, հայրս:

— Աղլամա, սեվգյուլի անամ,— ասում էր մորս, այսինքն՝

մի լար սիրելի մայրս: Անվերջ համբուրում էր մորը, ու գրկելով, նայում էր աչքերի մեջ: Ու դարձյալ շուռ կգար հորս կողմը, ապա դարձյալ մորս կգրկեր:

— Անամ:

— Բաբամ:

— Անամ...

Ինձ մոռացել էր, թե չէր ճանաչում: Հանկարծ նայեց ինձ.

— Արմենակն է, օղլում, —ասաց մայրս՝ իմ աչքերն էլ համբուրելով:

— Սա՞ն սըն, քյուչուկ կարդաշըմ,— կանչեց Գառնիկն ու իր գիրկն առավ ինձ,— դո՞ւն ես, ասավ, փոքրիկ եղբայրս ու իր գրկի մեջ առավ ինձ:

— Բոյուլկյամիշ սըն, ազիզ կարդաշ,— ասել է թե մեծացել ես, սիրելի եղբայրս...

Ողջագուրանքի առաջին րոպեներին չհասկացանք, որ Գառնիկը միայն թուրքերեն է խոսում մեզ հետ: Մենք էլ պատահում էր, թուրքերեն էինք իրար պատասխանում: Մեր քաղաքի բնակչության մի մասը թուրքեր էին: Թուրքերեն խոսելը պախարակելի չէր մեր քաղաքում, նույնիսկ պարծանք էր ընտիր թուրքերեն խոսելը: Ամոթ էր ու պախարակելի՝ մայրենի լեզուն մոռանալը և հանցանք էր՝ ուրանալը: Երբ բազմությունը նվազեց և երբ առաջին բացականչություններից հետո դիմելով նրան, հայրս ասաց.

— Դե, մանչս, պատմե, ինչպե՞ս եղավ այս ամենը:

Եվ երբ մայրս էլ ավելացրեց.

— Պատմե, Գառնուկս, աս ի՞նչ հրաշք էր: Ինչպե՞ս հայտնվեցար, կորած զավակս...

Այն Ժամանակ Գառնիկն սկսեց խոսել: Եվ դարձյալ թուրքերեն: Ու նկատելով, որ բոլորս զարմացած իրենա ենք նայում, ինքն էլ զարմացավ:

Ինչ-որ բան էր ասում, ընդհատեց, գրկեց մայրիկին ու լաց եղավ, մղկտալով, հոնգուր-հոնգուր:

Հիմա մայրս էր նրան հանգստացնում.

— Մի լար, զավակս, մի լար, մանչս:

— Տղամարդ ես, Գառնիկ, ամոթ է,– ասաց հայրս:

Առաջին օրը հայերեն խոսք չլսեցինք Գառնիկի բերանից:

Ծնողներս, ես, մեր բոլոր բարեկամները տխրեցինք, բայց առաջին օրն էր, ոչ ոք չուզեց սիրտը կոտրել: Խիստ հայրս էլ չբարկացավ: Մյուս օրը նախաճաշին հորս ու մորս հարցերին դարձյալ թուրքերեն է պատասխանում Գառնիկը:

— Աղ ի՞նչ օյիններ են, տղաս, ինչո՞ւ հայերեն չես խոսիր,– սրտնեղած հարցրեց հայրս: Գառնիկը խեղճացած նայեց նրան: Երկար այդպես լուռ, մտածկոտ նայում էր և ցածրաձայն, խեղճացած ասաց.

— Էրմանջա տանշմազ բիլմիրում, բաբամ,— այսինքն՝ հայերեն խոսել չեմ կարողանում, հայրս:

Հայրս բարկացավ.

— Խենթցե՞ր ես, ի՞նչ է...

Մայրս այդ պահին կնայեր Գառնիկին շատ զարմացած աչքերով, կարծես թե կմտածեր, «Չլինի՞ սա մեր տղան չէ, ուրիշ է»...

Հետո գրկեց նրա գլուխը, դրեց կրծքին:

— Հայերեն խոսե, անուշ զավակս...

Քիչ հետո գլուխը մայրիկի կրծքի վրայեն ետ տանելով, Գառնիկը նայեց նրան, նույնպես երկար լռեց մտածկոտ, ու նույն խոսքերն ասաց.

— Էրմանջա տանշմազ բիլմիրում, անամ...

Ի՞նչ էր պատահել Գառնիկին: Երեխա չէր, երբ գնաց: Եվ գրագետ էր, առաջին աշակերտն էր եղել Շաբին-Գարահիսարի հայոց դպրոցի մեջ: Ինչո՞ւ պիտի իսպառ հայերենը մոռանար:

Ես տեսնում էի, թե ինչպես տանջվում է եղբայրս, ինչպես խեղճացած է նայում ծնողներիս ու ինձ: Չէ, ձև չէր, դերասանություն չէր անում եղբայրս: Լեզուն բռնվել էր, տաս տարի հայերեն բառեր չարտասանող լեզուն կապվել էր և հայերեն խոսելու համար չէր շարժվում բերնի մեջ:

Տեսնված ու լսված բան չէր, բայց եղելությունն այդպես էր:

Առաջին օրն էլ անցավ։ Երկրորդ օրը նույն վիճակը կրկնվեց.

— Էրմանջա բիլմիրում, բաբամ։

— Էրմանջա բիլմիրում, անամ...

Դաժան հայրս որոտաց.

— Դո՛ւրս այս տունեն, դուն մեր զավակը չե՛ս, դո՛ւրս։

Մայրս լաց ու կոծ անելով, երկուսի մեջտեղը կանգնեց, որ հորս բարկությունը մեղմի։

— Դո՛ւրս մե՛ր տունեն,— գոռում էր հայրս։

— Նե՞ իչուն, բաբամ, նե՞ իչուն,— հարցնում էր Գառնիկը, այսինքն՝ ինչի համար, հայրս, ինչի՞ համար,— բայց այդ թուրքերեն հարցերն ավելի էին բորբոքում հորս բարկ կրակը։

Գլուխը կախ տնից դուրս եկավ Գառնիկը, գլուխը կախ ցած իջավ աստիճաններով։ Ես էլ նրա ետևից դուրս եկա, տեսնելու թե ուր է գնում։ Ներսում հայրս ու մայրս վիճում, կռվում էին իրար հետ.

— Տաս տարի է անցեր, զուցե մոռցեր է,— ասում էր մայրս։

— Ազգիդ լեզուն չպի՛տի մոռնաս,— գոռում էր հայրս։

Գլուխը կախ, խեղճացած, քայլեց Գառնիկը դեպի մարագը։ Տնից մի քիչ հեռու մարագ ունեինք, ուր կովերի ու ձիերի համար խոտ էինք պահում։ Դանդաղ քայլերով գնաց, մոտեցավ մարագին։ Կանգնեց, մտածեց, մտածեց ու ներս մտավ մարագը։ Ես էլ գնացի, ներս նայեցի նեղլիկ լուսամուտից։ Գառնիկը, դեմքի վրա պառկած խոտին, լաց էր լինում։ Ամբողջ մարմինը ցնցվում էր լացից։

Վազեցի տուն ու հայտնեցի ծնողներիս։

— Մարագի մեջ, խոտի վրա պառկած, կուլա Գառնիկը...

— Թող լա, մոտը չե՛րթաք,— հրամայեց անողորմ հայրս։ Բայց կես ժամ հետո, երբ հայրս գործով էր զբաղված, մայրս դուրս եկավ տնից։ Ես հասկացա, որ Գառնիկի մոտ պիտի գնա։ Եվ ճշմարիտ որ, շուրջը նայելով, մայրս դեպի մարագը քայլեց։ Երբ մտավ մարագը, ես գնացի ու նեղլիկ լուսամուտից կրկին նայեցի ներս: Ցերեկ էր, մարագի չորս երկարավուն, նեղլիկ լուսամուտներից արևի շողքի սյուներ էին ընկել ներս, խոտի վրա: Խոտը վառվում էր բոցերով ու չէր այրվում: Մի սյունն էլ ընկել էր Գառնիկի մազերին: Դեմքի վրա պառկած, նա քնել էր: Մայրս եկել, զգույշ նստել էր նրա մոտ ու լուռ, արցունք էր թափում: Այդպես էլ մորս ու Գառնիկ եղբորս պատկերները մնացել են իմ հոգու մեջ:

Երկար այդպես լուռ նստած մնաց մայրս մարագում, խոտի վրա, կորած ու գտնված իր որդու կողքին, ես էլ երկար նայում էի, լասամուտից չհեռանալով:

Մեկ էլ տեսնեմ լուսամուտից ընկած շողքը կխաղա մորս ճակատին: Նա էլ նայեց շողքին, աչքերը կկոցվեցին ու կամացուկ սկսեց երգել: Այդ երգը ես լսել էի երևի ծնվելուս առաջին օրից, երևի Գառնիկի օրորոցի վրա նույնպես նա երգել էր այդ երգը: Երգում էր մեղմիկ ձայնով, տխուր... Երգում էր ու արցունքի կաթիլները շողում էին դեմքի վրա, աչքերի մեջ: Խեղճ մայրիկ,— ասացի ես մտքիս մեջ: Ուզում էի ներս թռչել լուսամուտից, գրկել իմ մայրիկին, խնդրել, աղաչել, որ լաց չլինի, զարթնեցնել Գառնիկ եղբորս, ասել, որ բավական է տանջի մայրիկին, բայց չէի համարձակվում տեղիցս շարժվել, քանի դեռ մայրս մեր օրորոցի երգն էր երգում...

Ձայնը գնալով լացի էր նմանվում և աղաչանքի ու պաղատանքի, խոսքի ու երգի մեջ լալիս էր իմ մայրիկի սիրտը: Մեկ էլ տեսնեմ Գառնիկը շարժվեց, շուռ եկավ կողի վրա, աչքերը բացեց: Զարթնեց ու զարմանքով նայում է մայրիկին: Իսկ նա երգում է, և դեմքին, գոմի լուսամուտից ընկած շողքի տակ շողում են արցունքները: Նայում է մայրիկը Գառնիկին ու երգում է: Գառնիկը նայում է մայրիկին, ու աչքերը լցվում են, և նա նմանապես արտասվում է:

Եվ այդ րոպեին էր, որ հրաշքով բացվեց Գառնիկ եղբորս փակված լեզուն, կապերը արձակվեցին: Եվ նա փաթաթվելով մայրիկին հայերեն կանչեց.

— Մայրի՛կ, մայրի՛կ... Մի՛ լար, հոգի՛դ սիրեմ, մայրի՛կ...

Կհամբուրեր, ամուր կսեղմեր կրծքին մեր մայրիկին ու կկրկներ.

— Մի՛ լար, մայրիկ... Ես արդեն զարթնեցա՛, մի լար, հոգիդ սիրեմ, խոր քնած էի, զարթնեցա...

Այդ րոպեից եղբայրս սկսեց խոսել մայրենի լեզվով, դանդաղ, մտածելով, հիշելով, բայց խոսում էր: Իսկ մի շաբաթ անց, արդեն մեզ նման ու ավելի լավ:

Հորս ուրախությանը սահման չկար:

Այդպես եղավ: Եվ այդ եղելությունը հիշելով է, որ ես ասում եմ. «Լեզուդ էլ եթե համրանա, մայրենի լեզուն կապրի հոգուդ մեջ»...

Որմնադիրն ավարտեց իր պատմությունը: Մի րոպե լռեցինք բոլորս: Հավանորեն մյուսներն էլ ինձ նման մտածում էին. «Հնարավո՞ր է այդպիսի բան»: Կարծես լսելով մեզ, որմնադիրն ասաց.

— Շատերը չեն հավատում, բայց ճշմարիտ եղելություն է, դեպքը կատարվեց իմ եղբորս հետ և իմ աչքերիս առաջ, հազար իննհարյուր տասնչորս թվականին...

— Իսկ ի՞նչ եղավ եղբայրդ, սիրելի բարեկամ,— հարցրեց ջութակահարը,– ո՞ղջ է...

— Ոչ, նահատակվեց,— պատասխանեց որմնադիրը,— այդ դեպքից մի քանի ամիս հետո սկսվեցին պատերազմն ու եղեռնագործությունները: Գառնիկ եղբայրս Ղուկասի հետ Բերդաասար քաշվեց, քաջաբար կռվեց և նահատակվեց դիմադրության ժամանակ...

Շատերը կոտորվեցին, շատերն էլ ազատվեցին մեր քաղաքի բնակիչներից: Մեր կողմերի թուրքերը գնահատում էին մեզ, որպես լավ այգեգործների ու արհեստավորների: Եթե համաձայնվեինք թրքություն ընդունել և մայրենի լեզուն ուրանալ, ձեռք չէին տա մեզ: Բայց Շաբին-Գարահիսարցին ազգի ու լեզվի համար կնախընտրեր մեռնել:

Մեր ընտանիքից միայն ես ազատվեցի՝ պահվելով լեռներում, մի քուրդ ընտանիքի մոտ: Երբ 1919-ին ընկա

Պոլիս, գտա հայ ճարտարապետ Պալյանին: Նա ցույց տվեց ինձ Հաջի Հակոբ մեծ հորս գերեզմանը և Գահրաման փաշայի այն դղյակը, որ շինել էին մեծ հայրս ու Գառնիկ եղբայրս: Հեռվից տեսնողը, եթե ճարտարապետությունից հասկացողություն ուներ, մի անգամ նայելով կասեր, որ այդ դղյակը հայ ճարտարապետի մտքի և հայ վարպետի ձեռքի գործ է: Ստամբուլում շա՜տ հարյուրավոր այդպիսի շենքեր կան...

Որմնադիրն ավարտեց իր պատմությունը:

— Ամեն հայ մարդու կյանքը մի վեպ է, — ասաց ջութակահարը հուզված,— փոթորկալի դեպքերով լի վեպ... հիմա տեսնենք վաղն ինչ կպատմի մեզ մայրենի լեզվի ընկեր դասատուն: Վաղը, հիմա ուշ է արդեն:

— Այո, ուշ է,— համաձայնեց գնդապետը,— վաղը հաճույքով կլսենք:

Ես գոհ մնացի, որ այդպես եղավ: Ժամանակ կունենայի մտաբերելու հուզիչ դրվագներ:

Արդեն ուշ երեկո էր, մոտենում էինք Խարկովին: Կրկին բացեցինք լուսամուտը, որ օդը թարմանա և հանգցրինք լույսերը: Ուղեկիցներս պառկեցին քնելու:

ՈՒՍՈՒՑԻՉԸ

Գնացքը կանգ առավ Խարկովի կայարանում: Իմ ուղեկիցներն այնպես խոր էին քնել, որ նրանցից ոչ մեկը չարթնացավ, չնայած խիստ ցնցվեց գնացքը կանգնելիս և հիմա էլ կառամատույցում աղմուկ ու վազվզոց կար:

Մինչև լուսաբաց այդ մարդիկ պիտի վազվզեին կայարանում, իրեր տանեին սայլակներով նոր եկած գնացքներից, իրեր բերեին հեռու քաղաքները գնացող վագոններին բարձելու: Նրանք աշխատում էին և մինչև արևածագ պիտի արթուն մնային: Իսկ ես կարող էի հենց հիմա քնել, մոռանալ հոգս, կարիք, պարտք, պարտականություն, նպատակներ, երազանքներ:

Կարող էի քնել հանգիստ, երանավետ քնով: Ասում եմ՝ կարող էի, որովհետև կամքս ազատ էր այդ րոպեին՝ անելու ցանկալին: Բայց չէի կարողանում, որովհետև միտքս չէր դադարում գործելուց, չէր պարտվում ցերեկվա խոնջանքներից, չէր ընդարմանում:

Հուզված էի լսածս պատմություններից և հուզմունքս ավելանում էր, երբ հիշում էի, որ վաղը պիտի առաջարկեն ինձ որևէ եղելություն պատմելու:

Ի՞նչ պատմեի, որ տպավորություն թողներ, զգացմունքներ շարժեր, խորհրդածությունների առիթ տար, մանավանդ ջութակահարի ու գնդապետի և որմնադիրի պատմածներից հետո:

Պարտքս մեծ էր և հատուցելը թվում էր շատ դժվարին: Ջանում էի մտաբերել հետաքրքրական դրվագներ իմ վաղ պատանեկության օրերից, իմ թափառիկ, աստանդական կյանքի բոլոր տարիներից, երբ կա՛մ ամբողջապես կործելու, կա՛մ անցյալդ, ներկադ, ինքնությունդ ու դեմքդ կորցնելու վտանգի տակ էիր: Մտաբերում էի հետաքրքրական դրվագներ, հուզիչ դեպքեր, բայց դրանք պատմել չէի կարող, որովհետև աչքովս չէի տեսել ու ականջովս չէի լսել այն մարդկանց, որոնց հետ կատարվել էին այդ բոլորը: Միևնույնը կլիներ, որ ես պատմեի կարդացածս որևէ գրքի բովանդակությունը: Թեկուզ այդ պատմելիքս շատ հուզիչ լիներ, ուրիշի պատմած էր, ես պիտի կրկնեի միայն:

Գնացքը, վերջապես, շարժվեց կայարանից: Վերջին լույսերը ետ փախան լուսամատի մոտով ու հիմա սլանում էինք մութ տարածությունների միջով: Ճակատս սառն ապակուն դրած, մտածում էի մայրենի լեզվի նվիրականության մասին և հանկարծ հիշեցի իմ մի ուսուցչին, որը կենդանացավ, զատվեց հազարավոր, տասնյակ հազարավոր ճանաչածս ու տեսածս դեմքերից ու կանգնեց մտքիս առաջ: Այնքա՜ն կենդանի ու այնքան իրական, շոշափելի, որ հուզմունքից դողացի ամբողջ մարմնով:

Մեսրոպ էր անունը և որովհետև թուրքերենի ուսուցիչ էր, Մեսրոպ էֆենդի էին ասում բոլորը, և բազում աշակերտներն ու պաշտոնակիցները՝ դպրոցներում ու Ստամբուլի համալսարանում և հասարակության մեջ, ուր նա հավասարապես ճանաչված էր թե՛ հայ, և թե՛ թուրք միջավայրում:

— Հարցրու Մեսրոպ էֆենդիին կարծիքը,— ասում էին իրար հայկական դպրոցներում կամ խմբագրություններում որևէ գրական կամ լեզվական հարցի մասին վիճելու ժամանակ:

— Մեսրոպ էֆենդինին սոզո՛ւ դըր,— հիշեցնում էր որևէ թուրք լրագրող, կամ գրասեր, եթե իր կարծիքը հավանություն չէր գտնում:

— Եթե հավատ չեք ընծայում իմ կարծիքներիս, հարցրեք Մեսրոպ էֆենդիին,— ավելացնում էր մի ուրիշը՝ դարձյալ այդպիսի վեճի կամ ասուլիսի ժամանակ:

— Մեսրոպ էֆենդին ասաց...

— Մեսրոպ էֆենդին գրել է, որ...

— Մեսրոպ էֆենդիից պիտի հարցնեմ:

— Մեսրոպ էֆենդիին հարցրի, բացատրեց, որ...

Անառարկելի, ընդհանուրի կողմից ճանաչված ու ընդունված հեղինակություն էր, ամեն տեղ հաճելի զրուցակից, բոլոր գրասերների, լեզվագետների ու լրագրողների համար՝ խորհրդատու, հայտնի ընտանիքներում ցանկալի հյուր: Հայ ամիրա թե խմբագիր, թուրք փաշա թե հայտնի շահիր, այցելում էին նրան, կամ ետնից իրենց այցետոմսերն էին ուղարկում, խնդրելով շնորհ անել այսինչ կամ այնինչ օրը այցելելու իրենց տունը, կամ իրենց ընտանեկան նավակով զբոսանք անելու Բոսֆորի վրա: Եվ ամեն տեղ ու ամենուրեք հաճույքով, խորին բավականությամբ ու հիացմունքով ունկնդրում էին նրա թուրքերեն խոսակցությունը, լսում էին նրա գեղեցիկ, նրբին, դասականորեն ճիշտ առոգանությունը: Հաճախ նա հիշեցնում էր, թե արաբական կամ պարսկական ինչ դարձվածքներ, ինչ բառ ու բան էին մտել թուրքերենի մեջ, ինչով էին նրանք հարստացնում օսմանների ցեղի լեզուն և ինչով էին խաթարում նրա գեղեցկությունները: Մեղրեսե ավարտած արաբի պես նաև արաբերեն գիտեր և պարսիկ գիտուն ախունդի պես՝ ֆարսերեն:

...Սուրում էր գնացքը մութ դաշտերով: Բոլոր ուղևորները քնած էին խոր քնով: Միջանցքում միայն ես էի կանգնած, ծխում էի ու ճակատս պաղ ապակու վրա պահած հիշում էի պատանեկությանս օրերը, աշակերտությանս տարիները Կոստանդնուպոլսի մեր ազգային վարժարանում:

Նա մեր թուրքերենի ուսուցիչն էր և մենք, որ նախավերջին դասարանն էինք հասել, դեռ ոչ մի անգամ նրա բերանից հայերեն մի խոսք չէինք լսել: Հարգում էինք նրան, հպարտանում էինք նրանով, բայց չէինք սիրում: Նույնիսկ ակնածանքով էինք նայում նրան, բայց սիրո զգացմունք չէինք տածում:

Դրանք տարբեր բաներ են:

Բարձրահասակ էր, տոհմիկ իշխանի կերպարանքով: Խոշոր սև աչքեր ուներ, միֆական հելլենացու դեմք, ուժեղ կամք արտահայտող ծնոտ, լայն կուրծք, երկար թևեր, մեծ, բայց գեղեցիկ ձեռքեր: Եվ ամենից գեղեցիկն այդ սպարտական մարմնի վրա նրա հոյակապ, կոթողական, հպարտ գլուխն էր:

Գեղեցիկ տղամարդ էր և ի վերուստ օժտված շատ շնորհներով: Ինքն էլ գիտեր իր այդ բոլոր արժանիքներն ու առաքինությունները և շատացնում էր դրանք ու առավել գեղեցկություն էր տալիս իրեն: Կենսագետ լինելով, նաև գեղագետ էր: Հագնում էր կոկիկ, ընտիր կտորներից վարպետ դերձակների ձեռքով կարած հագուստներ: Փողկապը միշտ օսլայած, անարատ սպիտակությամբ շողում էր, կոշիկների վրա երբեք փոշու հատիկ չէր երևա:

Քայլում էր ոչ արագ՝ գործնական մարդու պես, ոչ էլ ծույլերին ու անբաններին հատուկ դանդաղ քայլվածքով։ Հանդիպողները հարգանքով հանում էին գլխարկները նրա առաջ, ծանոթ-անծանոթի բարևն ընդունում էր հարգալիր, հպարտ գլուխը թեթև խոնարհելով։

— Մեսրոպ էֆենդին այսօր ինձ բարևեց։

— Մեսրոպ էֆենդիին բարևեցի ես, բարևս առավ, առողջությունը հարցրեցի, շնորհակալություն հայտնեց։

— Մեսրոպ էֆենդին մենակ կզբոսներ այսօր։

— Մեսրոպ էֆենդիին Բոսֆորի վրա տեսա, սուլթանի որդուն հետ։

— Մեսրոպ էֆենդին Գրիգոր Զոհրապի ու Դանիել Վարուժանի հետ Բերայի վրա կզբոսներ...

Ամեն մեկը հաղորդում էր, թե որտե՞ղ է տեսել նրան, ո՞ւմ հետ է տեսել, նրա ի՞նչ խոսքն է լսել, ուրիշներն ի՞նչ են ասել նրա մասին։ Եվ բնական էին համարում, որ սուլթանի որդին Մեսրոպ էֆենդու ընկերակցությունն է փափագում, որ հայ մեծ գրող, իրավագետ ու մեջլիսի ոսկեբերան պատգամավոր Գրիգոր Զոհրապի ու բանաստեղծ Դանիել Վարուժանի ընկերը, սրտակիցն ու բարեկամն է Մեսրոպ էֆենդին։

Ամեն մեկի բարեկամությունը պարգև էր մյուսի համար։ Մեջլիսի վեճերից հետո, երբ Զոհրապի ճառերը՝ թուրք կնոջ ազատության մասին, կատաղություն էին հարուցում խավարամիտ մեհպուսների մեջ, դռանը ծաղկեփնջերով հայ գրողին ողջունելու էին սպասում նաև այն վեզիրների ու փաշաների կանայք, որոնք Զոհրապի մոլի հակառակորդներն էին մեջլիսում։ Հայ վիպագիր մեհպուսի ամեն խոսքը տպվում էր թերթերում և բերնեբերան էր անցնում թուրքական մայրաքաղաքի հասարակության մեջ։

Բանաստեղծ Դանիել Վարուժանն էլ իր ազգի սիրտն էր ու նրա լեզունէ։ Նրա սիրելի զավակն էր, նրա հոգու հետ խոսող։

Եվ Մեսրոպ էֆենդին երկուսի մեջտեղ, հասակով երկուսից էլ բարձր, սրտով հավասար ու խոնարհ, քայլում էր՝ մտերմիկ զրույցներին նվիրելով թանկագին ժամեր իր բազմազբաղ առօրյայից: Բայց նա ո՞ր լեզվով է խոսում հայ վիպագրի ու հայ բանաստեղծի հետ զբոսանքների այդ պահերին, կամ ընտանեկան սեղանի շուրջ: Մի՞թե դարձյալ թուրքերեն,— մտածում էինք մենք ու չէինք պատկերացնում ականավոր թուրքագետին հայերեն խոսելիս, որովհետև չէինք լսել երբեք, ո՛չ մի անգամ, ոչ դասարանից ներս, ոչ էլ դրսում:

— Այդպիսի հայից ի՞նչ օգուտ ունի հայ ազգը,— ասում էր որևէ մեկը մեր ընկերներից, երբ խոսք էր բացվում Մեսրոպ էֆենդու մասին:

— Լավ չէ՞, որ հայ մարդն ուրիշ-ուրիշ ազգերի մեջ մեծ պատիվ ու հարգանքի կարժանանա:

— Բայց հայ ազգն ի՞նչ օգուտ ունի այդ պատվից ու հարգանքից:

— Հպարտություն չէ՞, որ Մեսրոպ էֆենդին, հայ լինելով, թուրք լեզվի ամենից գիտական քերականությունն է կազմել, թուրք սուլթանի ընտանիքի անդամներին էլ թուրքերեն է ուսուցանում:

— Բայց հայ ազգն ի՞նչ օգուտ ունի այդ փառքից...

Անվերջ էին մեր վեճերը, ու որևէ տրամաբանական եզրակացության չէինք հանգում:

Մեսրոպ էֆենդին իսկապես Ստամբուլի թուրք համալսարանի զարդն էր, իսկապես հեղինակն էր թուրք լեզվի քերականության ամենից լուրջ դասագրքի, իսկապես մաքուր թուրքերեն խոսելու և թուրքական առոգանության դասատու էր եղել սուլթանի որդիներին: Նաև հայատառ թուրքերեն թերթ էր հրատարակում նա: Ասում էին հայ տառերով թուրքերեն կարդալն ավելի դյուրին է, քան արաբական տառերով: Մեսրոպ էֆենդին հայատառ թուրքերենով տպվող իր թերթի մեջ հրատարակում էր ֆրանսիական, իտալական, ռուս և հայ գրականությունից հուզիչ պատմվածքներ, բանաստեղծություններ և հոդվածներ լուսավորության մասին, ավանդություններ, որ ցույց էին տալիս, թե աստծու ստեղծած բոլոր մարդիկ, որ արարչի կերպարանքն ունեն, նրա զավակներն են, եղբայրներ են, ինչ լեզվով էլ խոսեն և ինչ կրոն էլ դավանեն: Եվ ասում էին, որ նրա թերթը կարդում էին շատ փաշաների և նույնիսկ՝ մեծ վեզիրի ընտանիքում և թուրք երևելիների կանայք նամակներ էին գրում նրան՝ հայտնելով իրենց երախտագիտությունը Մեսրոպ էֆենդիի ազնիվ գործունեության համար: Նույնիսկ թուրք մոլլաները լավ ճանաչում ու խորապես հարգում էին նրան: Երիտասարդ կրոնավորներին նա արաբերեն և պարսկերեն էր ուսուցանում, բացատրում էր Ղուրանի խրթին դարձվածները, սովորեցնում էր հասկանալ պարսկական հնամենի իմաստությունները՝ պարսիկ ձեռագրերը կարդալով և իսլամի աղանդների պատմությունը: Ասում էին, որ գլխավոր կրոնապետը Մեսրոպ էֆենդուն սիրելով է, որ բարյացակամ է հայերի հանդեպ ու միշտ սուլթանից գթասրտություն է հայցում հայ ժողովրդի համար. «Քո այդ հպատակներն օգտակար են տերությանդ համար, ամենակալ ու հզոր սուլթան,— ասել էր նա,— մեղք է սուր բարձրացնեք այն ազգի վրա, որի զավակները նույնիսկ թուրքերին թուրքերեն են սովորեցնում, իսլամին՝ Ղուրանի առեղծվածներն են մեկնում»...

Ինչե՛ր ասես չէին ասում Մեսրոպ էֆենդու մասին: Մենք հպարտությամբ էինք լսում այդ պատմությունները, որովհետև այդ երևելին հայ էր և մեր ուսուցիչն էր, բայց չէինք սիրում, որովհետև ոչ մի անգամ նա մեզ հետ հայերեն չխոսեց ու ոչ մի անգամ նույնիսկ չժպտաց մեզ հայերեն: Չէինք սիրում, բայց հպարտ էինք զգում մեզ, որ թուրքական պետության մեջ կան այդպիսի հայեր, մեր ժողովրդի անունն ու համարումը պահպանող այդպիսի անձնավորություններ: Պատահում էր, որ վեճի էինք բռնվում թուրք տղաների հետ: Հազար իննհարյուր ութի հուլիսից և հազար իննհարյուր իննի՝ սուլթան Համիդի գահընկեցությունից հետո հնարավոր էին դարձել այդպիսի վեճերը: Թուրք տղաները, որ մի քիչ մտքով զարթնած՝ անիծում էին համիդյան բռնակալությունը և իդիհաթական էին, հայերին ազատություն տալու մտքից բարկանում ու բորբոքվում էին:

— Դուք հպատակներ եք, և լավ կլինի, որ այդ բանը հիշեք միշտ ու չմոռանաք, որպեսզի հետո, երբ զղջաք, ուշ չլինի,— ասում էին նրանք մեզ:

— Բայց չէ՞ որ «հուռյաթը» եղբայրություն ու հավասարություն է հռչակել,— հիշեցնում էինք մենք:

— Մի բաժանվեք մեզնից, ազգային ինքնավարություն մի պահանջեք, համարեցեք ձեզ օսման թուրքեր և այն ժամահակ ձեզ վրա էլ կտարածվի եղբայրության ու հավասարության ազնիվ սկզբունքը,— պատասխանում էին նրանք ու ավելացնում.

— Իսկ եթե ուզում եք հայ մնալ, մի՛ մոռացեք, որ մենք տիրող ենք, դուք՝ հպատակներ...

Մենք էլ էինք զարթնել: Զարթնել էինք և՛ մտքով, և՛ հոգով: Այդպիսի խոսքերը բորբոքում էին մեր հոգու կրակը, որի վրայից ժամանակի ձեռքը հեռացրել էր մոխիրների շերտը:

— Մենք հպատակներ ենք,— պատասխանում էինք մենք,— բայց մեջլիսում մտքերը լուսավորվում են հայ գրող ու մեհպուս Զոհրապի ճառերից, և ձեր մայրերը նրան են շնորհակալություն հայտնում, որ պահանջում է ազատություն տալ թուրք կնոջը, որպեսզի ձեր կրտսեր եղբայրները ձեզ նման ստրկուհիների որդիներ չլինեն... Մենք հպատակներ ենք, բայց մենք ենք ձեզ համար քյոշկ ու սարայներ և մզկիթներ կառուցանում, հայ Մեսրոպ էֆենդու գրքերով եք դուք ձեր լեզուն սովորում...

Սնապարծությունը զենք էր մեզ համար՝ ստորացումներից պաշտպանվելու: Միամիտ ու կործանարար զենք, որի կրակոցը չէր խոցում հակառակորդին, այլ գրգռում ու գազազեցնում էր նրան: Չկարողանալով տիրել մեզ բանականության զենքով, նա հետագայում պիտի վրեժխնդիր լիներ զենքի բանականությամբ...

...Խաղաղ գիշեր էր: Գնացքը զիլ սուլում էր՝ փոքրիկ կայարաններին հասնելով ու դղրդալով անցնում էր առաջ, շունչ առնելու մեծ քաղաքների մոտ: Ոտքերս արդեն ցավում էին լուսամուտի առաջ կանգնելուց, բայց քունս փախել էր հեռու, շատ հեռու: Կենդանացել էր մեջս վաղուց մեռած, կորած պատանեկության աշխարհը: Հարություն էին առել հոգուս մեջ նահատակված հարազատներս ու ընկերներս, և իր գեղեցիկ, ինքնավայել կերպարանքով կանգնել էր մտքիս մեջ Մեսրոպ էֆենդին, այնպես, ինչպես վերջին անգամ ծանրաքայլ մտավ մեր դասարանը...

«Հայ Մեսրոպ էֆենդու գրքերով եք դուք ձեր լեզուն սովորում...»

Այդ խոսքերն էինք նետում մենք թուրք տղաների երեսին: Ասում էին, որ Մեսրոպ էֆենդին բարկանում էր, լսելով, որ մենք իր գործն ու գործունեությունը թուրքերի երեսովն էինք տալիս: «Ես ամեն ինչ կընեմ, որ թուրք ու հայ իրարու հասկնան, համաձայն ըլլան միմյանց ու համերաշխ ապրին իրարու հետ: Իմ անունովս ու գործովս վեճի մտնիլ և թեկուզ խոսքով՝ բզկտիլ իրարու՝ հակառակ է նպատակիս»,– ասել էր նա ինչ-որ ընկերության տարեկան ժողովի մեջ: Մենք լսել էինք այդ խոսքերը մեծերից ու տարօրինակ էինք համարում, որ նա արգելում է մեզ իր անունը զենքի տեղ գործածել՝ պաշտպանվելու համար. «Այդ բանը հակառակ է նպատակիս»...

Ինչո՞ւ պիտի հակառակ լիներ իր նպատակին իր իսկ աշակերտների հպարտությունն՝ իրենց ուսուցչի անունով ու գործով: Իսկ նրա գործերն ամեն տարի ավելանում ու շատանում էին: Պատմում էին, որ նոր գրքեր է գրել, որոնք շուտով պիտի տպագրվեն, «Օսմանյան պետության պատմությունը», «Օսման ժողովուրդը և անոր բարքերն ու հատկությունները»: Այդ երկու գիրքն էլ գրել է հայերեն՝ հայերի համար և երկու գիրք էլ թուրքերի համար՝ «Հայերը, նրանց ծագումն ու պատմությունը» և «Հայերն օսմանյան պետության մեջ»:

Ամեն բան, որ ասվում, խոսվում էր Մեսրոպ էֆենդու մասին հասարակության մեջ, գալիս, հասնում էր մեզ, նրա աշակերտներին և դարձյալ առիթ էր դառնում բուռն վեճերի: Հակառակորդները, ճիշտ է, առաջվա պես անվերապահ ժխտական դիրք չէին բռնում, «հայ ազգն ի՞նչ օգուտ ունի»... Բայց հիացմունք ու ցնծություն էլ չէին արտահայտում: Թե ինչ էր անում նա մեզնից հեռու, մեզ անմատչելի շրջանակների մեջ, դա մենք չէինք տեսնում, միայն պատմություններ էինք լսում նրա մասին, իսկ ինչ որ տեսնում էինք և լսում իրենից, չէր շոյում մեր ազգային ինքնասիրությունը: Չնայած այդպիսի գրքեր էր գրել նա թուրքերեն՝ հայերի մասին ու թուրքերի համար և հայերեն՝ թուրքերի մասին ու հայերի համար, բայց առաջվա պես դասարան էր մտնում իր վսեմափայլ կերպարանքով, իր խոշոր-խոշոր սև աչքերով նայում էր մեզ ու բարևում թուրքերեն.

— Սալամ, չոջուկլարըմ...

Կամ՝

— Սաբահինիզ խեյր, ուշագլար...

Ինչ էին պետք մեզ նրա գրած այդ գրքերը, նրա փառաբանված հմտությունը՝ արաբերենի ու պարսկերենի, Ղուրանի ու հին-հին թարիխների մեկնության մեջ: Գոնե մի անգամ մեզ հայերեն «Բարի լույս» ասեր, ասեր՝ «Բարև, տղաք», լսեինք, որ նրա շուրթերը հայերեն բառեր են արտասանում, տեսնեինք, որ նրա աչքերը ժպտում են մեզ այն պայծառ, լուսեղեն ժպիտով, որ հեռվից տեսնում էինք նրա դեմքին, երբ Բերայի վրա զբոսնում էր Զոհրապի, Վարուժանի ու Կոմիտասի հետ:

Մեզ համար նա միայն թուրքերենի ուսուցիչ էր և թուրքի պես միշտ մռայլադեմ էր մեր աչքում:

— Սալամ, չոջուկլարըմ...

— Սաբահինըզ խեյր, ուշագլար...

Սրտներիցս արյուն էր գնում: Դրա համար էր, որ չէինք սիրում օսմանյան պետության մայրաքաղաքի այդ երևելի մարդուն, չնայած հարգում էինք նրան՝ հայ լինելու համար և հաճախ էլ պարծենում էինք նրա անունով: Մի անգամ քիչ մնաց լսեինք, թե ինչպես է նա հայերեն խոսում: Մեզանից մեկը նույնիսկ լսեց: Բայց միայն մեկը: Խմբով դուրս էինք եկել Բոսֆորի ափերը զնալու: Քայլում էինք ուրախ խոսելով: Գարուն էր, օրը հստակ, օդը թափանցիկ: Քաղաքն ուրախ շողշողում էր: Հանկարծ մեզնից մեկը շշնջաց. «Տղաք, Մեսրոպ էֆենդին՝ Կոմիտասի, Վարուժանի ու Զոհրապի հետ կզբոսնեն»:

Մեզնից առաջ քայլում էին նրանք՝ դանդաղ, հանդարտ: Հակառակ մայթով առաջ վազեցինք, որ դեմքերը տեսնենք: Եվ տեսանք: Տեսանք Կոմիտասին, Վարուժանին, Գրիգոր Զոհրապին և նրանց մեջ մեր թուրքերենի ուսուցիչ Մեսրոպ էֆենդիին, որ հասակով բոլորից բարձր էր: Տեսանք: Հիմա էլ աչքիս առաջ քայլում են նրանք միասին, կենդանի, ուրախ, լույս ու ջերմություն, վեհություն ու վսեմություն տարածելով իրենց շուրջը: Երբե՜ք, երբե՜ք, երբե՜ք չեմ մոռանա այդ սրբազան պահը, երբ նայում էի հայ հանճարի այդ չորս կոթողներին՝ երկյուղածությամբ, սրտի թրթիռով, սքանչացումով, ինքնամոռացությամբ: Հիմա էլ, քառասուն տարի հետո, ուշ գիշերին, Երևան-Մոսկվա երկաթուղով սլացող գնացքի մեջ, ճակատս լուսամատի սառ ապակուն հպած, հիշում էի այդ պահերը և հոգիս համակվում էր բուռն երջանկությամբ, որ տեսել եմ Կոմիտասին ու Զոհրապին, Վարուժանին և Մեսրոպին: Ինքս իմ աչքին բարձրանում, պատմական նշանակություն էի ստանում հենց նրա համար, որ սեփական աչքով տեսել էի մեր ազգային հանճարներին և միաժամանակ տանջահար հոգիս համակվում էր սոսկումով ու ահավոր զգացումով, երբ հիշում էի նրանց ողբերգական բախտը:

Քայլում էին չորսով՝ բարի հայացքներով գրկելով մարդկանց, քաղաքը, երկինքը, ծովը, աշխարհը: Գիտեի՞ն նրանք արդյոք այդ րոպեներին, որ հիացքով իրենց նայող հայ պատանիների մեջ կա մեկը, որ պիտի ապրի դեռ շատ տասնամյակներ ու իր հոգու մեջ մինչ ի մահ պիտի պահի նրանց պատվերները, նրանց ոգին, որ մայրենի լեզվի ուսուցիչ դառնալով և ուսուցիչ մնալով իր ողջ կյանքի ընթացքին, այդ պատանին այդ օրն իրեն համակած մեծ զգացմունքը պիտի փոխանցի նորանոր սերունդներին, որոնք այդ պահերին դեռ աշխարհ չէին եկել:

Գնացքը կանգնեց ինչ-որ կա յանում, կարծես հոգնած, ծանր շնչելով, ծանր փնչալով: Կառամատույցը դատարկ էր, լուռ, կիսախավար: Ուշադրություն գրավող ոչ մի բան չկար կես գիշերային այդ անեզր ու անսահման խաղաղության մեջ: Ես քայլում էի վագոնի միջանցքում, զգույշ, հուշիկ քայլելով, որ խցերում ոտնաձայներ չլսվեն: Վաղը, ուրեմն, պիտի խնդրեն ինձ որևէ եղելություն պատմելու՝ մայրենի լեզվի նվիրականության մասին: Երբ բարձրաձայն պատմում ես, մարդկանց դեպքերն են հետաքրքրում, և դու չես կարողանում հաղորդել այն տպավորությունները, որ հարուցել են մեջդ այդ դեպքերը և այն խորհրդածությունները, որ ծնել են նրանք մտքիդ ու հոգուդ մեջ: Ինչպե՞ս պատմեմ ես նրանց, որ տեսա մեր թուրքերենի ուսուցչին Կոմիտասի հետ բարեկամաբար, թև թևի քայլելիս, Վարուժանի հետ, մեծ Գրիգոր Զոհրապի հետ, տեսա և հետո՞...

...Մեր ընկերներից մեկն ասաց.

— Տեսնաս Կոմիտասի հետ ա՞լ Մեսրոպ էֆենդին թրքերեն կխոսի...

Այդ հարցը բոլորիս շուրթերի վրա էր, նա կանխեց մյուսներին: Որոշեցինք ետ ընկնել: Մեզնից մեկը թող ետևից կամացուկ մոտենա լսելու, թե ինչ լեզվով է Մեսրոպ էֆենդին խոսում: Ետևներից անձայն, ոտքերի մատների վրա մեր ընկերը մոտեցավ նրանց, այնքան մոտեցավ, որ մեզ թվում էր թե կպավ լայնաթիկունք Մեսրոպ էֆենդուն: Ու մի քանի րոպե այդպես գնալով նրանց ետևից, հանկարծ շուռ եկավ ու վազեց մեր կողմը: Ուրախացած էր, մեզ էլ ուրախ լուր պիտի բերեր: Դեռ մեզ չմոտեցած՝ ձայն տվեց.

— Հայերեն կխոսեր, տղա՛ք, և այնպես աղվո՛ր հայերեն...

Մենք խմբվեցինք շուրջը.

— Ի՞նչ բսավ, պատմե, ի՞նչ բսավ...

Հուզմունքից շիկնել էր մեր ընկերը:

— Ի՞նչ լսեցիր, ի՞նչ խոսքեր բսավ...

Մի պահ հանգստանալով, որ շունչ քաշի, արագախոս մեր ընկերը հաղորդեց մեզ, որ պարզ լսել է Մեսրոպ էֆենդու խոսքերը: Նա պարզ հայերենով ասել էր. «Նողկանք կզգամ ես ազգային թշնամանքե: Ազգերու համերաշխությունն իմ երազս է, և ուխտած եմ ծառայելու այդ գաղափարին ու չպիտի շեղվիմ իմ ուխտես»: Զոհրապն ասել է. «Կփափագիմ հաջողիս ազնիվ նպատակիդ ճանապարհին»: Կոմիտասն ավելացրել է. «Ճշմարիտ է Մեսրոպի գաղափարը և ճանապարհը ճիշտ է. իրար հարգելու համար ազգերը պիտի ճանաչեն իրար, ճանաչելու համար պիտի գիտնան միմյանց լեզուներն ու մշակույթը, Մեսրոպը ճիշտ է ասում»: Մեր ուսուցիչը Կոմիտասի այդ խոսքի վրա ասել է. «Քաջալերանք է ինձի համար հավանությունդ, հայր սուրբ»...

Հետևյալ օրը մեր դպրոցի բոլոր աշակերտները գիտեին, որ մենք լսել ենք Մեսրոպ էֆենդու, Կոմիտասի, Զոհրապի ու Վարուժանի զրույցներից մի պատառիկ և լսել ենք, թե ինչպես Մեսրոպ էֆենդին հայերեն է խոսել: Բոլորը մեր խմբին երջանիկ էին համարում, իսկ մեր մեջ ամենաերջանիկը մեր ընկերն էր, որ լսեց իր ականջներով: Նա բոլորի նախանձի առարկան էր հիմա:

Բայց ահա, հետևյալ օրը կրկին մեր դասարանը մտավ մեր թուրքերենի ուսուցիչ Մեսրոպ էֆենդին, ինչպես միշտ՝ պատկառելի, ազդու կերպարանքով, ինչպես միշտ՝ թուրքավարի՝ մռայլադեմ և ինչպես միշտ՝ արտասանեց բարի լույսի նույն թուրքերեն խոսքերը, որ լսում էինք տարիներ շարունակ.

— Սալամ չոջուկլարըմ...

Ու այնուհետև միշտ էլ այդպես.

— Սաբահինըզ խեյր, ուշագլար:

— Սալամ չոջուկլարըմ...

Հիմա արդեն սկսում էինք ակնհայտ, անզուսպ ատելություն տածել դեպի այդ արքայատեսք մարդը, որ, ասում էին, ծնվել է հայ դարբնի ընտանիքում և հիմա էլ հայրը դարբնություն է անում: Օտարանում էր նա մեզ համար իր համառությամբ, իր հաստատած անխախտելի կարգապահությամբ ու խստապահանջությամբ: Չէինք սիրել նրան, բայց բոլոր առարկաներից առավել լավ՝ թուրքերեն էինք սովորում, հիմա էլ օտար էր մնում նա մեզ համար, բայց բոլոր ուսուցիչներից առավել՝ դարձյալ նրանից էինք ակնածում:

Այդպես անցնում էր ժամանակը: Ամեն օր նորություններ էին լինում երբեմնի բյուզանդական կայսրերի, հիմա օսմանյան պետության շքեղ ու աղքատիկ, փայլուն ու աղտոտ մայրաքաղաքում: Մեկ՝ եվրոպական նշանավոր դերասաններն ու դերասանուհիներն էին հայտնվում Բոսֆորի ափերին ու ընդհանուր հետաքրքրություն ստեղծում, մեկ՝ քաղաքը հուզվում էր չգիտես որ աղբյուրից բխած «հավաստի» լուրերով, թե արյունոտ սուլթան համիդի կողմնակիցները հեղաշրջում են պատրաստում, մեջլիսում սուր վեճեր էին լինում՝ հասնելով երբեմն իրար զենքով սպառնալու, մեկ՝ հանճարեղ Կոմիտասը համերգներ էր տալիս, հմայելով մարդկանց սրտերը, կամ Գրիգոր Զոհրապը նոր ճառ էր ասում մեջլիսում՝ զգոելով արյունռուշտ խավարամիտներին: Տագնապին հաջորդում էր խաղաղությունը, խաղաղությանը՝ նոր տագնապ: Ոգևորությունն ու հիասթափությունը փոխարինում էին իրար ամեն ամիս ու ամեն շաբաթ:

Իսկ դպրոցական մեր առօրյան համարյա նույնն էր մնում՝ մի քիչ տեղեկություններ գիտությունների մասին և վարժություններ՝ լեզուների մեջ՝ հայոց նոր լեզվի ու գրաբարի քերականությունը, ֆրանսերեն և անխուսափելի Մեսրոպ էֆենդին ու նրա թուրքերեն ողջույնները ամեն առավոտ, առաջին դասին. «Սալամ չոջուկլարըմ»...

Այդպես հասանք մենք վերջին դասարանին, երբ պատերազմը պայթեց: Գուցե միայն նրա համար, որ «աղալյաթ, մուսաֆատ»՝ «հավասարություն, ազատություն» հռչակողները կոտորեն, մոլուցքով ջանան իսպառ ոչնչացնել մեր ժողովրդին: Հազար իննհարյուր տասնհինգի գարնանը օսմանական կայսրության հեռավոր ծայրագավառներից տեղահան էին անում ամբողջ գյուղերի ու քաղաքների հայ բնակչությանն ու քշում դեպի հարավ, դեպի Իրաքի ու Սուրիայի անապատները: Ինչպես հետո գաղտնագրերը ցույց տվին, վաղուց ծրագրված ու պատրաստված ժողովրդասպանություն էր դա, պատմության մեջ չեղած ու չլսված: Վաղուց ծնված ու հիմա այնպես դաժանորեն գործադրվող թուրք պետական մտայնությունն էր հաղթանակում: Ամեն օր մեկը մյուսից առավել սոսկումնալի, ավելի անհավատալի ու ավելի սահմռկեցուցիչ, լուրեր էին լսվում: Տեղահան ժողովրդին զանգվածաբար սպանում էին տարագրության ճանապարհներին՝ ձորերը լցվում էին երեխաների, կանանց ու ծերունիների դիակներով, գետերը կարմրում էին նրանց արյունից:

Մենք արդեն մանուկներ չէինք և հասկանում էինք ժամանակի ահավորությունը, վտանգի անկշռելի չափը, մեր ժողովրդի ու ամեն մեկիս բախտի ողբերգականությունը:

Հիմա հերթը մայրաքաղաքի մտավորականությանն էր հասել...

...Եվ տագնապով, ահով, սարսափով, ողբերգականությամբ լի, անհուսության այդ օրերին կատարվեց այն, ինչ որ պիտի վաղը պատմեի վագոնի իմ ուղեկիցներին՝ ջութակահարին, գնդապետին ու որմնադիրին:

Մի օր, վաղ առավոտ, ծանրաքայլ ու պատկառելի դասարան մտավ Մեսրոպ էֆենդին: Նրան տեսնելով, մենք սոսկումով իրար նայեցինք, մեր մարմինները փշաքաղվեցին: Եկել է մեզ թուրքերենի քերականությունը սովորեցնելու: Թուրքերեն մեզ «Բարի առավոտ» մաղթելու: Ինձ այնպես էր թվում, թե հենց որ բերանը բացի ու առաջին բառն արտասանի, տեղից վեր կթռչեմ ու եղունգներով կչանգռեմ նրա խոշոր-խոշոր, սև աչքերը, կգոռամ, կճչամ, ու բոլորս կթափվենք այդ թուրքամոլ հայի վրա, մեր իսկ դասարանում կխոշտանգենք նրան: Պատրաստ էի ես այդպիսի վայրենության և դասարանի մյուս ընկերներս՝ նույնպես:

Ահավոր էր այդ զգացումը:

Բայց ահա ծանրաքայլ, գլուխը լայն կրծքին հակած, մոտեցավ ամբիոնին Մեսրոպ էֆենդին, սովորականից ավելի մռայլ: Ամբիոնը նրա կրծքից ցածր էր: Լուռ մոտեցավ, կրթնեց նրա վրա, որ երբեք չէր անում ու նայեց մեզ: Նայեց խելագարի հայացքով, որից բոլորս սարսռացինք: Եվ սկսեց խոսել: Օ՜, զարմանք, նրա շրթունքները հայերեն բառեր էին արտասանում:

— Սիրելի հայորդիներ... անուշի՜կ զավակներս...

Այդ խոսքերը շշնջաց ու շրթունքները դողացին, աչքերը լցվեցին, կրծքով հենվեց ամբիոնին: Վայելչատես, վսեմաշուք Մեսրոպ էֆենդին փոքրացել էր կարծես, փոքրացել ու խեղճացել էր:

Նայում էինք նրան, և թվում էր մեզ, թե սարսափը գիշատիչ թռչունի կերպարանքով սավառնում է մեր գլխավերևում:

Մեսրոպը չէր կարողանում շարունակել իր խոսքը: Ահավոր լռություն էր տիրում դասարանում: Թվում էր, թե բոլորս այդպես լուռ ու քարացած պիտի մնանք: Վերջապես մեր ուսուցիչը շտկվեց, ամբողջ փառահեղ հասակով մեկ կանգնեց ամբիոնի առաջ ու շարունակեց իր կիսատ խոսքը.

— Զավակնե՜րս,— կրկնեց նա զուսպ մոլորված,— անողորմ է իրականությունը մեզի համար... Ազգովին նահատակվելու և պատմութենեն հեռանալու սև վտանգն է կախվեր հայոց ազգի վերա: Զավակնե՜րս, հայորդիներ՝ այս գիշեր կալանքի են առնվեր Կոմիտաս, Զոհրապ, Սիամանթո, Վարուժան և բազում, բազում այլք... կեռ յաթաղանը պիտի անոնց հանձարեղ գանգերն ալ փշրե...

Փլվեց ամբիոնին, երկու ափերով աչքերը ծածկեց։ Մենք, որ ժպիտ չէինք տեսել նրա հայկական աչքերում, նրա հայերեն լացը տեսանք։ Դասարանում լսվեցին հեծկլտոցներ։ Ես հեկեկում էի ջղաձիգ ցնցումներով։

Քիչ հետո Մեսրոպ էֆենդին սթափվեց, վշտով և հուսաբեկ հայացքով նայեց մեզ։

Ու խոսեց.

— Հիմա ոչինչ չունինք մենք, զավակներս, ոչ հույս ու ապավեն, ոչ զենք ու զորություն։ Ունինք միայն հայ լեզու և հայ գիրն... Պահպանեցեք, որ չկորնչին, պահպանեցեք հայ լեզուն և հայ գիրն, եթե փրկվինք այս եղեռնեն։ Եթե իմ հիշատակս հարգել ցանկանաք, սիրեցեք և գալոց սերունդներուն ավանդեցեք հայ լեզուն ու հայ գիրն...

Լռեց։ Մտացրիվ նայում էր մեզ, մենք շնչահեղձ նրան էինք նայում։ Հիմա զսպում էր իրեն։ Կանգնել էր հոյակապ մի կոթողի նման և կարծես ոչ մի հողմ ու փոթորիկ չպիտի կարողանային տեղից շարժել այդ կոփածո հուշարձանը։

Դարձյալ դողացին շրթունքները, դարձյալ աչքերը լցվեցին, խոշոր-խոշոր, սև աչքերը ու վերստին խոսեց։

— Մնա՛ք բարյավ, զավակնե՛րս... Մնաք բարյավ։ Այլևս երջանկություն չպիտի ունենամ ձեզի տեսնելու...

Դարձյալ հեծկլտանքներ ու հեկեկոց լսվեցին դասարանում։

Այս անգամ, նահատակության գնացող առաքյալի պես, հանդարտ՝ աջ ձեռքը վեր բարձրացրեց ու կրկին քարացավ՝ այդ կեցվածքի մեջ։

— Գիտցեք միայն, զավակնե՛րս,— շարունակեց, զարմանալի հանգիստ ձայնով,— որ ձեր թուրքերենի խիստ ուսուցիչը խիստ սիրտ չուներ։ Ան կսիրեր ձեզի և բոլոր մանուկներուն, կսիրեր բոլոր ազգերու լեզուները և ամենեն ավելի՝ հայոց նվիրական լեզուն։ Գիտցեք, որ ան հայ էր ծնվեր, հայ ապրեցավ և հայ ալ պիտի մեռնի հպարտությամբ: Իսկ դուք՝ չմոռնաք վերջին խնդիրքս՝ ապրեցուցեք հայ լեզուն ու հայ գիրն: Մնա՛ք բարյավ...

Եվ երբ այդ խոսքերից հետո նա ծանրաքայլ ու լուռ դուրս եկավ դասարանից, հասկացանք, որ գնում է մեռնելու, որ վաղը, կամ գուցե հենց այսօր աշխարհը կկորցնի այդ մեծ մարդուն:

Թվաց թե կյանքը մեկեն դատարկվեց, կանգ առան բոլոր սրտերը, որ տրոփում էին, ներս խուժեց մահվան պաղ շունչն ու պարուրեց մեր հոգիները...

* * *

Գնացքը թափ առած, հևիհև սլանում էր ընդարձակ դաշտերով: Բացվում էր վճիտ, հստակ, գեղեցիկ մի առավոտ: Գինովցածի պես երերալով, ես ներս մտա վագոնի մեր խուցը: Ջութակահարն ու որմնադիրը հանգիստ քնած էին, գնդապետն անկողնու մեջ նստած ծանր շնչում էր: Ինչ-որ հաբեր կուլ տվեց: Ես մի բաժակ ջուր բերի նրան: Երկու կում խմեց, շնորհակալություն հայտնեց ու բաժակը սեղանիկի վրա դնելով, նկատողություն արեց ինձ.

— Ինչպե՛ս կարելի է ամբողջ գիշերն արթուն մնալ, ի՞նչ եք անում...

Պառկեցի քնելու: Երևի գնդապետը թույլ չէր տվել, որ ինձ արթնացնեն: Քնել էի մինչև օրվա երկրորդ կեսը: Արթնացա, գնացի լվացվելու, վերադարձա մեր խուցը:

— Մի բաժակ օղի տամ,— ասաց որմնադիրը,— կհանգստացնի:

— Շնորհակալ եմ,— պատասխանեցի ես: Չունեի ոչ խմելու, ոչ ուտելու ախորժակ ու տրամադրություն:

— Գունատ եք,— նկատեց ջութակահարը:

Մի քանի ժամ հետո պիտի հասնեինք Մոսկվա:

— Իսկ դուք մտադիր չե՞ք ձեր պարտքը հատուցելու, մայրենի լեզվի ընկեր դասատու,— հարցրեց ջութակահարը:

Գնդապետը նայեց ինձ ժպտալով: Շողքեր ու ջերմության կային այսօր նրա ժպիտի մեջ:

— Կխնդրե՛նք, ներողությո՛ւն,— կրկնեց որմնադիրը:

Եվ ես պատմեցի նրանց այն ամենը, ինչ հիշել էի ողջ գիշերը ոտքի վրա արթուն մնալով, ճակատս լուսամուտի պաղ ապակուն դրած:

Երբ ավարտեցի, վագոնի մեր խցում երկարատև լռություն տիրեց: Հետո, ծանր շնչելով, գնդապետը հարցրեց.

— Ձեզ էլ նույն հարցը տանք. ի՞նչ պատահեց հետո Մեսրոպ էֆենդուն:

— Այո՛, ես էլ պիտի հարցնեի,— ասաց որմնադիրը...

Եվ ես լրացրի կիսատ մնացած պատմությունը.

Նշանավոր թուրքագետն ընդունելություն է խնդրում ներքին գործերի մինիստր Թալեաթ փաշայի մոտ:

— Գայլի որջն է գնացել, — ասաց որմնադիրը:

— Այո՛: Գայլի որջը, ամենակատաղի գայլի: Գնում է Թալեաթի մոտ ու դեռ ոտի վրա, հուզմունքով ու զայրույթով դիմում է ներքին գործերի ամենազոր մինիստրին.

— Եկել եմ հարցնելու Ձեզ, Թալեաթ փաշա, այս ի՞նչ է կատարվում: Ինչո՞ւ եք վերադարձրել զուլումի տարիները, և ավելի ահավոր չափերով, քան տեսել էինք...

— Նստեցեք խոսենք, ուսուցիչ,— հանդարտ ժպտալով ու մոտենալով նրան, ասում է հսկայատիպ Թալեաթը,— նստեցեք, մալում...

— Այս ի՞նչ է կատարվում,— կրկնում է Մեսրոպ էֆենդին,— ես եկել եմ Ձեզնից բացատրություն պահանջելու...

— Դուք այդ իրավունքը չունե՛ք, — պատասխանում է Թալեաթը,— բայց որպես հին բարեկամի, ես կարող եմ Ձեզ բացատրություն տալ: Օսմանցիների տերության մեջ պիտի միայն օսմանցիներ ապրեն: Այդպես է մեր պետական կամքը: Հայերդ չուզեցիք օսմանցիներ համարվել, ուրեմն չպիտի ապրեք... այս երկրում: Այդպես որոշված է Աստծու և Մարգարեի ողորմածությամբ: Չպիտի՛ ապրեք: Որոշումն անխախտելի է և ինձանից ու իմ գլխից բարձր...

Մեսրոպը շշմել էր: Նա այդքան բացարձակ խոստովանություն չէր սպասում նույնիսկ Թալեաթից:

— Իսկ ո՞ւր մնացին երեկվա Ձեր խոստումները, Ձեր ջերմեռանդ երդումները...

— Երեկ են ասում անցած օրվան, ուսուցիչ, — անայլայլ պատասխանում է Թալեաթը,— հիմա օրն ուրիշ է...

Վերջին ուժերը հավաքելով, Մեսրոպը վերջին հարցն է տալիս.

— Իսկ ինչո՞վ եք Դուք տարբերվում արյունոտ Սուլթան Համիդից, Թալեաթ փաշա, և ինչո՞ւ մենք միասին գահընկեց արինք Սուլթանին...

— Շատ բանով ենք տարբերվում, մալում, շատ ու շատ բանով: Նա միամիտ, հիմար ու վախկոտ մարդ էր՝ երեսուն տարի սուլթանական գահին նստած: Կարծում էր, թե հայերին մեկ-մեկ, կամ խումբ-խումբ կոտորելով կարող է գլուխն ազատել, այսպես կոչված «հայկական հարցի» գլխացավանքից: Այդպես էր կարծում այդ սուլթանը: Իսկ մենք այդքան միամիտ ու այդպես վախկոտ չենք: նրա փորձից մենք հասկացանք, որ ճիշտ միջոցը հայերին ազգովին վերացնելն է: Չլինեն հայեր, չի լինի և «հայկական հարց»: Հասկանո՞ւմ եք ինձ, մալում: Ինչո՞ւ եք գունատվել, ինչո՞ւ եք դողում այդպես: Ձեզ համար կարող եք չանհանգստանալ: Ես կարգադրություն կանեմ, որ՝ նկատի ունենալով Ձեր ծառայությունները...

Պատմում էին, որ Մեսրոպը կտրուկ ընդհատում է բռնակալի խոսքը.

— Հիմի պատիվ չէ ինձի համար ձեր հարգանքն ու գնահատությունն, հիմի կանպատվեք զիս՝ կյանքս ինձի թողնելով...

Թալեաթն այդ ժամանակ սեղանին է պարզում իր գերանաչափ թևերը, իրար վրա է դնում իր խոշոր, մսոտ թաթերը և բռնակալի լայն դեմքին խաղում է միայն իրեն հատուկ դիվական ժպիտը:

Ասում են՝ Թալեաթի այդ կեցվածքը սարսափ էր ազդում նույնիսկ օտարերկրյա դեսպաններին: Մի անգամ Մորգենթաուն նրան ասում է. «Ետ քաշեք ձեր թևերը սեղանի վրայից, Թալեաթ փաշա, որպեսզի կարողանանք հանգիստ խոսել»...

— Մալում,— ասում է Թալեաթը՝ թաթերը երկարելով դեպի Մեսրոպ էֆենդին,— Դուք մեծ ծառայություններ ունեք օսման ցեղին, և մենք կարող էինք մոռանալ, որ դուք հայ եք, որոնց մենք պիտի ոչնչացնենք մեր ցեղի բարգավաճման համար: Բայց դուք խնդրում եք, որ չտարբերենք ձեզ մյուս հայերից: Ձեր նկատմամբ ունեցած իմ խորին հարգանքը թելադրում է ինձ չմերժել ձեր խնդիրքը, ուղարկել ձեզ Զոհրապ էֆենդու մոտ, որին անձնապես համակրում էի, բայց որպես օսմանցի, պարտավոր էի ոչնչացնել: Օսմանցին իմ մեջ գերազանցում է մարդուն...

Թալեաթ փաշան համհարզի միջոցով շտապ իր մոտ է կանչում Ստամբուլի ոստիկանապետին.

— Փեթրի բե՛յ,– դիմում է նրան բռնակալը,— Մեսրոպ էֆենդին վիրավորված է, որ ուրիշ ականավոր հայեր չկան արդեն Ստամբուլում, իսկ ինքը ապրում է ողջ, առողջ: Մեռնելն իր համար պատիվ է համարում նա... մի՛ զրկիր նրան այդ պատվից, Փեթրի բեյ: Ես չեմ կարող մերժել Մեսրոպ էֆենդու նման հարգելի մարդուն...

— Օ՜, ինչ մեծահոգությո՜ւն, փաշա՛... ձեզի՛ միայն արժանի մեծահոգությո՜ւն,— ասում է Մեսրոպ էֆենդին,— օսման պատմությունը ձեզի պես մեկի մը դեռ չի ծներ: Հավատացեք ինծի, որ դուք իսկապես բոլորեն գերազանց եղաք, փաշա՛...

Պատմում էին, որ Մեսրոպ էֆենդին շատ ուրիշ ծանր խոսքեր է նետել ամենազոր Թալեաթի երեսին և այդպիսով արագացրել իր նահատակությունը...

...Գնացքը մոտենում էր Մոսկվային, արդեն երևում էին մեծ մայրաքաղաքի լույսերը:

ԳԵՆԵՐԱԼԻ ՔՈՒՅՐԸ

Երբ գեներալի՝ անցյալներում համեստ անունը լայն ժողովրդականություն ստացավ պատերազմի տարիներին, բախտի դաժան խաղով աշխարհով մեկ ցրված պանդուխտ հայերից նամակների անվերջ հեղեղ էր հոսում դեպի նա:

Մի անգամ էլ սովորականի պես համհարզը բերեց օրվա փոստը: Հանդարտ ու անշտապ, գեներալը բացում էր ծրարները, կարդում ու մի կողմ էր դնում: Դուստրը, որ այդ ժամանակ հյուր էր եկել հոր մոտ, հանկարծ նկատեց նրա զուսպ հուզմունքը, երբ խորասուզված՝ գեներալը կարդում էր կանացի մանր ձեռագրով գրված երկար մի նամակ:

Ավարտելով ընթերցումը՝ գեներալը լուռ քայլում էր սենյակում, ապա մոտեցավ աղջկան.

-Դու էլ կարդա այս նամակը, Մարգարի՛տ ...

Հարգելի հայրենակի՛ց , բարեկա՞մ , թե՞ եղբայր: Ե հայրենակից, բարեկա՛մ, թե՞ եղբայր: Չգիտեմ ինչպես Ձեզ... Ե

Այսպես էր սկսվում այդ նամակը:

... Դուք ինձ չեք ճանաչում, թեև վաղուց է որ հարազատ մարդ եք դարձել ինձ համար: Դուք իմ գոյության մասին էլ ոչինչ չգիտեք, իսկ ես սկսած այն օրից, երբ լսել եմ ձեր անունը, ապրում եմ երանելի երազների ու պատրանքների մեջ: Կարծես թե իմ հոգում հարություն է առել վաղուց կորած մի ողջ աշխարհ, կարծես թե գիշերվա թանձրացյալ խավարի մեջ շողաց հանկարծ արևը՝ երջանիկ ու փառավոր ճաճանչներով ողողելով աշխարհին ու իմ էությունը: Մի տարուց ավելի է, որ ես փորձում եմ գրել ձեզ այս նամակը և չեմ կարողանում: Վախենում եմ փշրել ինքս իմ ձեռքով այն երազանքները, որոնցով լցվել է հոգիս այնպես անսպասելիորեն: Ես նման եմ այն դեռատի աղջկան, որը սրտի թրթռումով իր ձեռքին պահում է բյուրեղյա ծաղկամանը, սքանչանում է նրա ծիածանային փայլփլանքներով և վախենում է դնել սեղանին, որ չփշրվի հանկարծ: Ավելի լավ էր ապրեի իմ երջանիկ պատրանքների աշխարհում, քան դառն հիասթափության հանդիպեի: Այսպես էի մտածում ես: Բայց ոչ, չեմ հիասթափվելու: Ճակատագիրն իրավունք չունի անվերջ շարունակելու իր քմահաճ խաղերը ... Մի՞թե կյանքում կարող են լինել այդքան երջանիկ զուգադիպություններ, այդքան զարմանալի պատահականու թյուններ: Չի կարող այդպես լինել, ես հավատում եմ, որ այդպես լինի , ու դրա համար երկարատև ու տանջալից վարանումներից հետո որոշեցի գրել ձեզ այս նամակը : Ի՛նչ էլ որ լինի, դուք պետք է ճանաչեք ինձ ,ես չպիտի մնամ ձեզ համար անհայտ ու անծանոթ մի կին, դուք պետք է իմանաք իմ գոյության մասին :

Ո՞վ եմ ես, և ի՞նչն է հուզում ինձ: Օ՛, քիչ է, եթե ասեմ , որ ես ամերիկացի հայուհի եմ, որը սիրում է Խորհրդային Հայաստանը, որը Խորհրդային Միության բարեկամն է, աղոթում է ձեր կյանքի համար: Դա պանդխտության մեջ ապրող ամեն ճշմարիտ հայի և ամեն գիտակից հայուհու պարտքն է: Դա շատ քիչ բան կասի ձեզ իմ մասին: Ես կցանկանայի, որ դուք իմանայիք իմ տխուր կյանքի պատմությունը: Խոսքեր չեմ գտնում գրելու: Ձեռքերս դողում են, բառերը՝ խառնվում:

... Ծնվել եմ ես Վանա ծովի ափին ընկած փոքրիկ մի գյուղում: Բոլորը, բոլորը հիշում եմ ես, ինչպես այսօրվա պայծառ առավոտը, և՛ մեր կապույտ լեռները, ձորերը, մեր դրախտային պարտեզները , և՛ մեր գեղեցիկ լիճէի և՛ Աղթամարի վանքը կղզու վրա, ուր ամեն տարի ուխտի էինք գնում մեծ ու փոքր միասին: Կա՞ աշխարհում մի ուրիշ չքնաղ երկիր, ինչպես որ մերն էր, որից զրկեց մեզ այնքան դաժան ու անողորմ և այն քան անհեթեթ բախտը: Հիշու՞մ եք դուք այդ ամենը, հիշու՞մ եք, թե ինչպիսի՛ աննման բարձրաքանդակներով էր զարդարված Աղթամարի վանքը . Չգիտեմ, կարո՞ղ եք դուք հիշել :

Երեսուն տարի է անցել այդ օրերից: Ես այն ժամանակ յոթ տարեկան էի: Բայց կարծես երեկ էր դա...

Լսում եմ ես հիմա էլ կրակոցները մեր գյուղի փողոցներում, սև ծուխը պատում է աչքերս և զգում եմ վառողի հոտը, տեսնում եմ իմ վիթխարահասակ հորը, որ բռունցքները սեղմած, օրորվելով ընկավ թշնամու գնդակից արնաշաղախ դեմքով, տեսնում եմ արյան լճի մեջ փռված իմ մոր մազերը: Այս հուշերը սարսափելի են: Նրանք՝ իմ ծնող հայրս ու մայրս, շարունակ աչքիս առաջ ընկած են եղել արյան մեջ՝ սուրբ նահատակների պես:

Այդ օրը ես ճչալով փախա հայրենական տնից դեպի ազատ ու բաց դաշտը: Այն ժամանակ չէի հասկանում, թե ինչու են մեզ սպանում: Այնքանը գիտեի, որ հայ քրիստոնյաներ ենք մենք, և դրա համար էլ կարող են սպանել: Թուրքերի սրից ընկավ մեր ողջ նահապետական ընտանիքը, ամբողջ գյուղը: Փրկվեցինք ես և յոթ եղբայրներիցս մեկը միայն. որ ինձնից մեծ էր ութ տարով: Թաքնվեցինք մենք քարայրներում: Գիշերները փոքրիկ գազանների նման դուրս էինք գալիս մեր թաքստոցներից թափառում էինք գյուղերում ուտելիք որոնելու, անցնում էինք մեր հարազատների դիակների միջով: Հիշում եմ այդ ամառային գիշերները... ոչ մի կենդանի շունչ չկար գյուղերում, բացի անտուն կատուներից, որ տխուր ու խեղճ մլավում էին խոտով ծածկված հողե կտուրների վրա:Երկու ամսից ավելի մենք ցերեկներն ապրում էինք քարանձավներում, գիշերները թափառում էինք մեռելների աշխարհում: Ոչինչ չէինք սպասում ու չէինք որոնում ոչ մի ճանապարհ: Եվ ահա մի օր հանկարծ հայտնվեց ռուսական բանակը: Եղբայրս դուրս եկավ նրանց դիմավորելու: Կազակները վերցրին մեզ իրենց թամբերի վրա, ման ածեցին, հաց ու շաքար տվին:Տեսանք մենք ուրախ դեմքեր, կենդանի ծիծաղ լսեցինք: Այդ օրերին ես սովորեցի ռուսերեն առաջին բառերը՝ «խլեբ», «բրատ»... Ինչքա՜ն կյանք կար այդ բառերի մեջ մեր մանկական հոգիների համար: Չեմ հիշում միայն, թե որքան տևեց մեր երջանկությունը: Սկսվեց նահանջը, ջարդերից փրկվածների գաղթը: Իմ ականջներում մինչև հիմա էլ հնչում են բազմությունների ճիչերը, նրանց ողբն ու կոծը, լսում եմ ճանապարհների վրա մեռնողների աղոթքի մրմունջը: Ո՞ւր էին շարժվում այդ հալածական մարդիկ, մայր ու մանուկ, ծեր ու պատանի, մի ողջ տեղահան ժողովուրդ, ինչո՞ւ էին թողել իրենց դաշտերն ու հանդերը, ձորերն ու լեռները, իրենց այգիներն ու պարտեզները, թողել էին ցորենով լի իրենց ամբարներն ու մեռնում էին քաղցից, օտար ճամփաների վրա: Դեպի Ռուսահայաստա՜ն... բոլո՛ր ճամփաները տանում էին դեպի Ռուսահայաստան, դեպի փրկություն... Եվ երկար ու անվերջ էին թվում այդ ճանապարհները: Ես հոգնում էի. ոտքերս ուռել էին և խոցերով պատվել: Խե՜ղճ իմ եղբայր, ինչքա՜ն տառապանքներ կրեցիր դու ինձ համար: Այդ բոլորը հիշում եմ ես այսօր, բոլո՛րը, ոչինչ չի կորել իմ մտքից: Մենք անցանք գեղեցիկ, կանաչ մի հովիտով, ուր քարաշեն եկեղեցիներ կային՝ սիրուն գմբեթներով: Եղբայրս ասաց, որ դա Ալաշկերտն է, որտեղ ծնվել է մեր մայրիկը: Հասանք մեծ մի քաղաք: «Սա Կարսն է»,- ասած եղբայրս: Իմ թափառ կյանքի ընթացքին, իմ հասուն տարիներին շատ քաղաքներում եմ եղել ես, շատ ճանապարհորդել: Շուտ են ջնջվում բոլոր թե՛ վառ, թե՛ մռայլ տպավորությունները, մանկության տարիներն են միայն անմոռաց մնում: Կարսում գաղթականները կանգ առան հանգստանալու: Դա արդեն Ռուսահայաստանն էր: Ուրեմն ոչ ոք այլևս չի հալածելու մեզ: Բայց թշնամին հասավ նաև այդ քաղաքին, և եղբայրս հրացան վերցրեց գնաց կռվելու: Այնուհետև այլևս երբեք չտեսա նրան: Կորցնելով եղբորս ես զգացի ինձ ամբողջովին որբ ու անպաշտպան: Փախչում էի անծանոթ մարդկանց խմբերի հետ, որոնում նրանց մեջ եղբորս ու չէի գտնում:

Կռիվը դադարեց: Մերկ ու բոկոտն, երկու տարի թափառեցի գյուղամիջյան ճանապարհներով, ողորմություն էի խնդրում՝ չամաչելով իմ մերկությունից, չամաչելով մի կտոր սև հաց վերցնել ինձ պարզած ձեռքից: Ամերիկյան այս մեծ քաղաքում, որտեղից գրում եմ ձեզ այս նամակը, ինձ շրջապատող բարեկամներից ոչ ոք չգիտե իմ կյանքի այդ մանրամասնությունները: Եվ իմ որդին էլ չգիտե, որ իր մայրիկը մանկության տարիներին մուրացիկ է եղել...

Թափառում էի ես գյուղամիջյան ճանապարհներով և սպասում, որ հանկարծ լեռնային կածաններում իմ առաջ ելնի իմ եղբայրը, հորս նման հսկա դարձած, հրացանը ուսին: Բայց նա չերևաց: Ես վստահ էի, որ կգտնեմ նրան, որ նա կդառնա մեծ զորավար, և ինքս էլ նրա հետ միասին կգնամ վրեժ լուծելու մեր ծնողների արյան համար:

Արդյոք ոչինչ չե՞ն ասում ձեզ իմ այս հիշողությունները: Ոչի՞նչ: Ուզում էի տեսնել ձեզ, տեսնել հեռվից այն պահին, երբ դուք կարդում եք այս տողերը... Այն ժամանակ ես ձեր դեմքի վրա կտեսնեի ամեն բան և կհասկանայի ամեն ինչ...

...Ամերիկացիները շատ հայ որբերի այս օտար ափերը բերին: Ինձ էլ նրանց հետ: Անցան տարիներ: Անցավ մանկությունս: Շատ բան, որ ծածկված էր առեղծվածի մշուշով, հասկանալի դարձավ: Ես իմացա, որ նորից ռուսները օգնության ձեռք են մեկնել մեր մեռնող ժողովրդին, ոտքի կանգնեցրել մեր քայքայված Հայաստանը, մենք ունենք Հայրենիք, որի կյանքն ու ապագան փրկված են: Նա մեր հույսն է, մեր բոլորիս՝ դժբախտ տարագիրներիս հույսը: Ես հետաքրքրվել եմ այն բոլորով, ինչով ապրում է մեր երկիրը: Քուն թե արթուն, Հայրենիքը միշտ կանգնած է եղել իմ աչքերի առաջ, տեսել եմ բիբլիական Արարատյան դաշտավայրը, ալեհեր Մասիսի հպարտ գագաթը, արծաթյա ալիքները Արաքս գետի, որն սկսվում է Բինգյոլյան լեռների աղբյուրներից: Ես գիտեմ, թե որքա՛ն դպրոց, համալսարան ու թատրոն կա Խորհրդային Հայաստանում, գիտեմ հարազատ հայրենի երկրի դերասաններին, գրողներին , գիտնականներին, գիտեմ անունները մեր նոր նախարարների, որոնք հավատով ու ճշմարտությամբ ծառայում են Հայրենիքին:

Ամերիկայում ես գտա հայրենակիցների: Ամուսնացա հայի հետ, իմ որդուս տվի իմ եղբոր անունը՝ հույս ունենալով, որ երբևէ կգտնեմ նրան: Ինչե՜ր ասես չեն լինում կյանքում:

Եվ ահա սկսվեց այս նոր, սարսափելի պատերազմը: Ինձ թվում էր, թե իմ Հայրենիքի երեխաների համար կրկնվում են իմ սև մանկության սարսափները: Ես՝ իմ ընտանիքի մայրը, այլևս չէի կարող տանը նստել: Հեռավոր Ռուսաստանից ինձ էին հասնում թշվառների ճիչերը, գերմանական գազանների ճիրաններում տանջվողների հառաչանքները: Կարմիր բանակի և մարտերում զոհված խորհրդային ռազմիկների երեխաների համար նվիրեցի իմ մանյակը, ոսկե մատանին, այն բոլորը, ինչ որ ունեի, և աղոթում էի, որ սև ուժերը չքվեն իմ հեռավոր Հայրենիքից: Իմ խնայողությունները նվիրեցի «Սասունցի Դավիթ» տանկային շարասյուն կառուցելու ֆոնդի օգտին:

Պատերազմի առաջին տարիներին շունչս կտրվում էր, կարծես թէ սիրտս դադարում էր բաբախելուց, պայծառ օրը ծածկվել էր խավարով: Ազատ շունչ քաշեցի այն օրը միայն, երբ ռադիոն հաղորդեց Ստալինգրադում կարմիր բանակի տարած մեծ հաղթանակի մասին: Ռադիո՜, մարդու սքանչելի՜ ստեղծագործություն... Ռադիոյով առաջին անգամ ես լսեցի քո անունը, իմ հեռավոր եղբայր, իմ հարազատ... Չե՞ս հիշում դու ինձ, քո փոքրիկ, դժբախտ քրոջը՝ Անահիտին, որին դու թողիր Կարսում, պառավ Հռիփսիմեի մոտ և գնացիր կռվելու... Նրա ամուսինն ինձ ասաց, որ այնուհետև քեզ տեսել են Սարդարապատի կռվի օրերին... Պատասխա՛ն տուր, մի՛ լռիր: Մի թե դու չէիր դա... Ո՜հ, ներեցե՛ք, ներեցե՛ք, թերևս ես շտապում եմ, թերևս կյանքում իրոք լինում են այդպիսի զուգադիպություններ... Մեր ազգանունները նույնն են, և իմ եղբոր անունն էլ Հովհաննես էր... Մի՞ թե դուք իմ եղբայրը չեք: Անհնարին է, որ այդպես չլինի, չի կարող պատահել, որ չիրականանան իմ երազները: Ահա թե ինչու ես վախենում էի գրելու ձեզ այս նամակը, վախենում էի փշրել իմ պատրանքների բյուրեղյա ծաղկամանը...

Իմ գլխավերևում կախված է ձեր պատկերը, ամեն օր ես նայում եմ ձեզ և թվում է, որ դուք ժպտում եք, և այնպե՜ս հարազատ է ձեր ժպիտը: Այդպես ժպտում են միայն քրոջը: Թվում է, որ դուք ճանաչում եք և շոյում եք ինձ ձեր եղբայրական նուրբ հայացքով, որպեսզի սփոփեք ձեր քրոջ սիրտը: Օրերս ինձ մոտ եկավ իմ ընկերուհին, ամերիկացի մի նկարչուհի: Նա նայեց ձեր նկարին ու բացականչեց

—Օ՜հ, աստվա՜ծ իմ, այս մարդը որքա՜ն նման է ձեր որդուն՝ Հովհաննեսին: Ձեր ազգակա՞նն է...

Եվ դառնալով ինձ, նա զարմացավ.

—Ինչու՞ այդպես գունատվեցիր, Անահիտ, ի՞նչ պատահեց...

Դրանից հետո ես հաստատ որոշեցի դրել ձեզ այս նամակը: Պատասխանեցեք ինձ, թեկուզ երկու բառով: Ես երջանիկ եմ, որ դուք գոյություն ունեք աշխարհում, որ կա մեր նահապետական տոհմի ազգանունը կրող զորավար Հովհաննես: Եթե նույնիսկ դուք իմ եղբայրը չեք, եթե միևնույն մայրը չի ծնել մեզ, դուք այնուամենայնիվ իմ եղբայրն եք: Իմ եղբայրն իմ ճակատագրի համար չէր կարող ավելին անել, քան դուք եք արել: Թո՜ղ բնությունը ձեզ երկար կյանք պարգևի, և թո՜ղ ապրի մեր ժողովուրդը, մեր սիրելի Խորհրդային Հայաստանը՝ բոլոր պանդուխտ հայերի հույսի անմար փարոսը...

Թույլ տվեք ստորագրել այսպես՝

Ձեր քույր՝ Անահիտ:

Երբ գեներալի աղջիկը կարդաց հեռավոր Ամերիկայից իր հորն ուղարկված անծանոթ կնոջ նամակը, հայրը, մտածկոտ, պատուհանից դուրս էր նայում Բալթիկ ծովի սպիտակ ափերին: Մայրամուտի ճառագայթները լուսավորում էին նրա թուխ, եռանդուն դեմքը: Նա կանգնած էր լուռ և անշարժ: Դուստրը բոլոր մանրամասնություններով գիտեր հոր կյանքի ուղին, և ոչ մի հանելուկ չկար նրա համար: Նա ակնածանքով մոտեցավ հորը, գլուխը դրեց նրա կրծքին:

—Հայրի՛կ, գրի՛ր, որ դու նրա եղբայրն ես...

Գեներալը շոյեց աղջկա մազերը, խորհեց և կարճատև լռությունից հետո ասաց,

—Ո՛չ, Մարգարիտ, այդպիսի կնոջ չի կարելի խաբել, գրենք նրան ճշմարտությունը: Բայց զուգադիպություններն ավելի են, քան նա ենթադրում է: Ես հիշում եմ այդ բոլոր իրադարձությունները, ես նույնպես եղել եմ Կարսի ու Սարդարապատի կռիվներին: Թուրքերն այն ժամանակ համարյա մոտեցան Էջմիածնի վանքին: Ժողովուրդը նրանց ետ շպրտեց Սարդարապատի ճակատամարտում... Պետք է պատասխանել. գրենք նրան միասին:

Աղջկան իր կողքին նստեցնելով՝ գեներալը վերցրեց գրիչն ու սկսեց գրել.

«Թանկագին քույրս.

Ձեր նամակը շատ հուզեց մեզ: Ես ծնվել եմ ոչ թե թրքահայաստանում, այլ Կովկասում եվ մինչև այսօր Անահիտ անունով քույր չունեի: Դուք կարող եք ինձ ձեր հարազատ եղբայրը համարել: Մեզ մի մայր չի ծնել, բայց ծնել է մեզ մի ժողովուրդ և օժտել ընդհանուր զգացմունքներով: Այսօրվանից ես ուրեմն քույր ունեմ հեռավոր օվկիանոսից այն կողմ... և պարտք ունեմ նրա առաջ:

Ձեր եղբայր՝ Հովհաննես»:

ՅԱՆԿ